JN183198

Manuel Gonzales

ミニチュアの妻

マヌエル・ゴンザレス　藤井 光［訳］

白水社
EXLIBRIS

ミニチュアの妻

Japanese translation rights arranged with Janklow & Nesbit Associates
through Japan UNI Agency, Inc., Tokyo

Cover Photograph © Getty Images

シャロンに捧げる

すべてが解体する。

——W・B・イエイツ

目次

装　丁
緒方修一

操縦士、副操縦士、作家

I

高度二千メートルから三千メートルの間で、僕たちは街の上空を旋回し続けてきた。僕たちの計算では、もう二十年ほどになるはずだ。

＊

ハイジャックが起きてすぐ、一週間ほど経ったころ、僕は操縦士に訊ねてみたことがある。飛行機のガソリン事情はどうなっているのか、どうやって燃料を補給するつもりなのか。だが、教えてはもらえなかった。彼が笑って僕の肩を軽く叩く様子は、一緒にドライブ旅行に出た親友から、地図もなくてどうやって行くつもりなんだと訊かれているといった風情だった。客室に戻り、エンジニアだという男性に、どうすればこれほど長く空中に留まっていられるのか知っているかと訊ねてみたところ、彼は複雑怪奇な説明を始めて、僕にはほとんど理解できなかったが、どうやら「永久燃料」が鍵らしい。

「永久燃料？　そんなものがあるのかい？」僕は訊ねた。
「まあ」と彼は言った。「ないとは言い切れないんじゃないかな」

＊

操縦士から機内放送で何度も名前を呼ばれ、ようやくそれが自分のことだと気がついた。そう分かったときには、他の乗客たちは通路側に身を乗り出したり、座席の上に頭を突き出したりして、呼び出されているのが誰なのか見ようとしていた。僕が立ち上がると、低いざわめきが機内に広がった。呼び出された僕が処刑されると思っていたのだろう。何と言ってもハイジャックが起きて一日か二日しか経っていなかったし、ハイジャック犯からは何の指示もなかった。要求や行動や処刑についての憶測が飛び交ってはいたが、実を言えば、これからどうなるのかは誰にも分からなかった。僕が最初の犠牲者となるべく呼ばれたのだと思った乗客たちを恨めしくは思わなかった。僕だって同じことを考えていたからだ。だが、なぜ僕なのか？　前の座席に座っている男性でも、通路の反対側にいる女性でも、搭乗している他の誰でもなく、客室乗務員でもなく、どうして僕が？　機体の前方に歩いていくと、ひとりの女性が僕の腕をつかんで首を横に振り、行かずに席に戻るよう仕草で訴えてきたが、僕は操縦士を怒らせたくはなかったから、腕を振りほどいて進んでいった。

コックピットの扉をノックすると、「入れ」という抑揚のない声が聞こえた。中に入ると、彼は振り返って僕を見た。「まあ座れよ」と言うと、隣にある副操縦士の席を指した。

僕が座ると彼は微笑み、僕のほうは見ずに言った。「あんた、作家なんだってな」

他に何と言っていいものか分からず、僕は言った。「ええ、僕のことです」

「俺の名前はジョサイア。ジョサイア・ジャクソンだ」と彼は言った。そしてメモ帳とペンを渡した。「そう書いといてくれ」

ジョサイア、と僕はメモ用紙の一番上のところに書いた。それに加えて、**ジョサイア・ジャクソン**とその下に書いた。メモを破り取り、確かめてもらおうと彼に渡した。

僕がうまい冗談でも言ったように彼は笑い、そして言った。「お前、俺の見込みどおりの男だな」

僕たちはしばらく黙ったまま並んで座っていた。さらに少し経つと、彼はようやく口を開いた。「オーケー。もう行っていい」

処刑されずにすむと分かってほっとし、どういうわけかは知らないが彼を笑わせたことに勢いづいた僕は、どうして飛行機をハイジャックしたのか、どうしてダラス上空を旋回し続けているのかと訊ねた。すると、彼は厳めしい真顔になって僕を見た。「基本的に質問には答えないことにしているが、お前が相手だから言おう。俺たちが旋回しているのは、俺が左方向にしか操縦できないからだ」。彼は僕を見てまた笑い、そして言った。「違う、違うって。ただの冗談だよ」。それから、暗くなっていく空にまた目を戻し、それ以上は何も言わなかった。

*

飛行機は満席だった。頭上のコンパートメントも満杯だった。僕の隣に座っていた女性は、どういうわけか、通常認められているよりも多くの手荷物を持って乗っていたが、僕と彼女が最後に搭乗した客だったために、彼女は荷物をできるかぎり座席の下に詰め込むしかなく、隣にいる僕がさして荷物を持たずに乗り込んでいることに気づくと、一つか二つ、僕の前の座席の下に置かせてもらってもいいかと訊ねてきた。

「この小さなバッグと、もうひとつ、この小さなバッグだけよ」と彼女は言った。「もし邪魔だったら、足で蹴とばしてよけてくれてもいいわ。ただの洗濯物だから」

別に構いませんよ、と僕は言ったが、実は少し嫌だったから、飛行機が離陸して、シートベルト着用のサインが消え、彼女が席を立って化粧室に行くと、僕はバッグのひとつを本当に蹴ったが、中に詰まっていたのは服ではなく、何かが割れる音というか割れる感触があった。彼女が座席に戻ったあと、バッグに入っていた何かをうっかり壊してしまったと言うべき頃合いを見計らっていたが、それからハイジャックが起き、みんな自分の荷物や乗り継ぎ便のことなど忘れたまま時は過ぎていった。彼女は年配だったし、年月が流れるにつれてさらに歳を取っていったから、そのうちほとんどのことを忘れてしまい、ついには眠ったまま亡くなり、僕は謝れずじまいだった。

＊

しばらくの間、僕たちはみんな窓側の座席をめぐって喧嘩をした。飛行機はどこにも向かっていない、同じ街の上空をひたすら旋回しているだけだと僕が言っても、誰もそれを信じようとしなかったからだ。僕は席から無理やり押しのけられた。もう窓の外を見たいとは思わなかったし、ずっと同じ光景だとは分かっていたが、そんなふうに押されるのは気に食わなかったから、僕を押した男の襟をつかみ、乱暴に引っ張り戻した。ところが彼は思ったよりも体が軽く、僕たちは二人揃って倒れて妊娠中の女性にぶつかってしまい、その彼女が倒れて別の乗客にぶつかり、あとは全員入り乱れての喧嘩になった。しばらくすると、操縦士が僕たちの間に割って入った。「俺は操縦しなきゃならない。

毎回こんなふうにここに出てきて、お前たちの子守りをするわけにはいかない。だから黙って座ってろ」

そのあとは、窓の外を見ようとするのは僕と数人だけになり、何日も、何週間も、そして何か月も経つにつれ、そうした人々も外を見るのをやめてしまい、窓の日よけを下ろして、ダラスの高層ビルにだけは目を向けようとしなかった。首が痛くなるうえに、リユニオン・タワーを見ても気が滅入るだけだからと彼らは言った。

＊

「誰も動くな」と彼は怒鳴った。「お前たちを拘束する！」そして笑い出した。その冗談が気の利いた、その場の緊張を和らげるものだと自分では思っていた。彼は操縦士の格好をしていたし、軽い南部訛りもあったから、僕たちも笑った。でもそのあと起きたことは、ある意味では拘束だった。

＊

他の操縦士たち、つまりは本物の操縦士たちがどうなったのか、僕たちはずいぶん長い間知らないままだった。空港を歩いている途中に拉致されてしまったのだろうか？　縛り上げられてさるぐつわをかまされ、掃除用具入れに閉じ込められているのか、それとも殺されてしまったのだろうか？　よく笑う、少しせり出した腹の持ち主とはいえ、我らが操縦士がそうした行為に及ぶ様子は容易に想像できた。だが、操縦士はどうやって保安検査をくぐり抜けたのだろう？　彼が本物の操縦士ではないと分かっていたはずの客室乗務員たちを、どうやって騙しおおせたのだろう？

あとになってようやく、客室乗務員のひとりが僕たちに教えてくれた。彼は本物の操縦士だった。彼には十年の飛行経験があった。その客室乗務員も、幾度となく彼と一緒に仕事をしていた。でも、副操縦士がどうなったのかは誰も知らなかった。

*

あるとき、眼下の街――通りや高速道路、木々や建物――を窓から眺めていた僕の目に、ハイウェイ635と平行に走る線路をゆっくりと進む貨物列車が見え、その光景に、かつて書いた短篇小説を思い出した――ひとりの男が、十九世紀のアメリカ大陸と、大陸横断鉄道の模型を作ろうとする話だ。主人公は、この短篇の多くの人々と同じく地下で暮らしていたから、大陸が正確にはどれくらいの大きさなのか見当もつかなかった。今、この高度から窓の外を眺めながら、同じような模型が目の前に広がっていることに気づき、僕にも大陸が正確にはどのくらいの大きさか分からないのだと悟った。自分の想像力の及ぶ範囲が、一度も地上を見たことのない男の目を通して想像しようとした大陸より規模も重みもはるかに小さいものだと見せつけられて、僕は落ち込み、初めて窓の日よけを下ろすと、座席の背にもたれて眠ろうとした。

*

何週間も、いや何か月も、僕は化粧室の鏡で自分の顔を見ずに過ごすことがある。もう化粧室の中は知り尽くしているから、目を閉じたままでも生理的なことはすべて済ませられるようになっている。そして、かなりの時が経ってから、ある日ぱっと目を開いて、鏡に映る自分をまじまじと見つめてみようと思う。老けた顔を目にしたショックで、悲しみか怒りか自己卑下か、ともかく何らかの感情を抱けることを期待して。でも、退屈と喉の渇きと鈍い肉体的な痛み以外は、飛行機の乗客たちの手が届かないところにあるのだ、と僕はもう決め込んでいた。

＊

飛行機がハイジャックされてから、これ以外のことも書こうとした。操縦士からペンと紙を渡されて、僕は最初、ハイジャックの記録をつけてもらいたいのだろうと考えた。何ページか書いてみた。細かい描写がほとんどだった──隣の席にいる女性の髪の色、冷たくどんよりとした機内の空気、云々。それを彼に見せると、読む時間がないから要らないと言われた。「俺が忙しいのが分からないのか？」と彼は笑いながら言ったが、僕に邪魔されて苛立っているようにも見えた。そうやってボツにされることには心穏やかでいられなかったから、最初の一年ほどは、彼の言葉のせいで何ひとつ書き留めずにいた。それから少しずつ、短篇小説のためのメモを書くようになり、それから長篇小説のためのメモ、そしてもう一冊の長篇と短篇のためのメモを書いたが、結局はメモでしかなかった。

＊

僕たちは携帯電話を使う許可をもらった。信号の受信なんかどうでもいいし、誰にかけたって構わないと操縦士は言った。何を言うにも笑いながら口にしたが、何がそんなにおかしいのかは誰にも分からなかった。僕たちは愛する人に電話をした。僕は妻にかけた。ハイジャックされてしまったと言った。知ってるわ、夜のニュースはそればかりだから、と妻は言った。そうして互いに言うべきことを言ったが、彼女の言葉に心がこもっていないように思えたのは、テレビのニュース報道に気を取られていたせいかもしれない。僕の言葉にも心がこもっていなかったかもしれない。一列か二列後ろでは、少し前から赤ん坊が泣いていた。僕たちに子供はいなかったし、妻は妊娠もしておらず、そもそも僕たちは結婚したばかりだったから、年寄りの乗客が妻の誕生日に一緒にいてやれず、そして時が経つにつれて、結婚四十周年の記念日にも、そして妻の葬式にも立ち会えなかったことに比べれば、自分のことはあまり気の毒には思えなかった。それに、同じ飛行機に乗っていた妊娠中の女性（偶然僕が押し倒してしまった人だ）がこれから出産する赤ん坊に、夫が一度も会えないかもしれないことに比べれば。だが、当の老人や妊娠中の女性もそれほど悲しんではいないようだった。妻との通話が終わったときに残ったのは大方が、電波が弱いので大声を張り上げねばならなかったせいでぐったりと疲れた感覚だった。それに、受信状態が悪くなったか何かで通話は二度切れてしまい、何度もかけ直したり伝言を残したりした末にようやくつながった。機内を見回して、同じく愛する人との通話を終えた他の乗客たちを見ると、やはりぐったりしているような気がした。最初の数日が過ぎると、誰もさして携帯電話を使わなくなり、どのみちバッテリーはすべて切れてしまった。

*

僕の目は高いところから街を眺めることにすっかり慣れてしまったから、地上でダウンタウンを歩いているとか、ダラス北部からプレイノかグレープヴァインに車を走らせている自分を想像しても、どうやったらそんな狭い視野で進んでいけるのか見当もつかない。どうすれば道が分かるのだろう？どうすれば、車に轢かれたりトレーラーにぶつけられたりせずにすむのだろう？

何年も経つにつれ、タカかフクロウになったかというくらい、僕は細かいところに気がつくようになった。両親の家や妻の母親の家、妻が再婚した教会などが見えるようになった。あのあたりにあるはずだという程度ではなく、くっきりと詳細に見えたのだ。小さな男の子や女の子が、通りに弾んでいったボールを追いかけていき、角を猛スピードでカーブしてくるティーンエイジャーの車に気がついていない、なんていう状況が目に飛び込んでくることもあって、それを目にした最初の二回くらいは、危ない！とその子供（か犬か盲目の老人）に怒鳴ったが、すぐに、自分が何とも馬鹿な真似をして、大声を出して他の乗客を跳び上がらせてしまったと気づき、やがて僕は口をつぐんだ。

＊

ファーストクラスにいる、会社役員かその手の人物と思われる若い男性が、歩行とストレッチの健康法を実践し始め、みんなも真似するよう熱心に説得した。

「こんな貧相な食事じゃ、具合が悪くなって弱ってしまうだけだ」と彼は文句を言った。

僕たちの筋肉については、「諸君、使わないならなくなるまでだよ」と言った。

彼は通路を歩いて適当に人の下腹を軽く叩いていったり、両腕をボクシングの試合に備えるかのように顔の近くで構えてつま先立ちで軽快に通路をジョギングしたりした。何人かの乗客がその仲間になった。柔軟体操、挙手跳躍、ヨガ体操。でも、僕たちのほとんどは席に座ったまま、病人のような青白い顔に汗を浮かべて飛び跳ねる彼を見つめていた。彼はまったく食事を摂っていないことが判明したから、あとから考えれば、最初に死んだのが彼だというのも無理からぬことだった。その後、健康エクササイズは打ち切りになった。

＊

一度、座席の前にある電話が鳴ったことがある。母さんからだった。飛行機にいる僕に連絡を取る方法をどうやって見つけたのかは分からない。他の座席の電話も鳴り始めたことから考えるに、問い合わせてきた人たちに航空会社が僕たちの番号を教えたのかもしれない。最後に話をした七年か八年前と比べて、母さんの声は変わらなかったが、僕の記憶にあるよりもずっと老けているに違いなかったから、話しながら僕は目を閉じて、その顔に皺を加え、髪は白髪にして、電話を握る手の甲にはしみをつけてみた。

母さんからは積もる話があった。父さんの様子、父さんが心臓発作を起こしたこと。母さんは僕の妻の二度目の結婚式にも出席していて、ささやかで素敵な式だったと言った。何を食べているの、と訊かれたから、母さんを心配させないように、どれくらい体重が減ったかとか、操縦士に飲まされている風味のない液体の話はしないでおいた。飛行機で何か出会いはあったかと母さんは訊ねた――ひょっとして素敵な女性とか、とにかく誰かと出会って、寂しい思いをせずにすんでいるかしら。そこで母さんを安心させようと、僕は妊娠中の女性（といっても、かなり前に妊娠は終わっていたが）のことを話したものの、電話で言うにはどうにも気まずかった。僕がそうした話をすれば彼女にも聞こえてしまうと分かっていたし、ある晩、嵐の最中に機内の明かりが消えてしまい、怖くなった彼女が僕の手を握ってきたことを除けば、二人の間に何もなかったことは互いに知っていたのだから。その晩のあと、彼女に一度か二度話しかけてみたが、七歳にしてかなり大柄な少年に成長していた彼女の息子に、母親が見ていない隙に化粧室に閉じ込められ、母さんをそっとしておくと約束しなければこのままお前を閉じ込めておくぞと脅されていた。

少しして、別の女性の声が回線に割り込み、じきに通話が終了します、電話を切れば回線はそのまま切断されますと告げた。僕たちはさよならを言った。妻によろしく伝えておいてもらえるかな、と僕は言った。そして電話を切った。

＊

最初のころ、誰もこの悲劇を生き延びられまいと思った僕は、それまでの人生で最も恋しく思うのは妻のことだろうと考えていた。彼女の存在、声音、ベッドで寄り添う彼女の体、僕の手に包まれた小さな柔らかい手。だが、自分は死んだわけでもなく、重傷を負ったわけでもなければ、消息不明でもなく、厳密には孤独でもない身で機上にいるとなると、一番恋しくなるのは生活の基本的な要素だ――立ち上がり、歩き回り、体を完全に横にして眠り、セックスをする。そして何よりも、食べ物が恋しい。

六週間のうちに、配給制にしてはいてもハムとチーズのサンドイッチはなくなってしまい、それからひと月のうちにプレッツェルも食い尽くされてしまった。最初は食べ物がもうないことに僕たちはがっくりしたが、そのうちに閃いた。操縦士は、自分が飢え死にしたくなければ、あるいはコックピットに食糧をこっそり溜め込んでいたとしても、空腹でやつれ、ついには死んだ人間を満載してダラス上空を旋回したくなければ、いずれ着陸せざるをえないのだと。

プレッツェルの最後の袋が空になってから丸二日が経って、操縦士はコックピットからついに姿を現わした。彼が負けを認めるか、太平洋の離島に着陸するか地面に突入する計画を告げるかと予期していた僕たちは（そのころには、いつまでも街を見下ろすことに比べれば何だってましだと思うようになっていた）、彼が口を開くのをじっと待った。彼は顔をしかめ、足元を見つめた。「お前たちみんなも気づいていると思うが、食べ物は底を尽きた。ということは、俺たちでくじを引いて、誰が最初に食われるのか決めなくちゃならない」。彼が言葉を切ると、僕たちは隣同士で顔を見合わせた。もし共食いさせられるのなら、そのときはみんなで立ち上がり、操縦桿を奪い、どうにか着陸してその試練を終わらせるつもりだった。だが、僕たちが何かするか何か言うかする前に、彼は満面の笑みを浮かべ、笑いながら言った。「違う違う、違うって。ただの冗談だよ」。それから彼は通路を歩いてきて、背中に隠していた袋を取り出すと、透明な液体が入ったガラス瓶を乗客ひとりひとりに渡していった。ひとつ渡すたびに、彼は繰り返した。「二滴で足りる。二滴きっかりだ。贅沢はするなよ。二滴で十分だからな」。配り終えると機体の前方に戻り、僕たちのほうに向き直ると、「召し上がれ（ボナペティ）」と言ってコックピットに戻っていき、扉はまたしっかりと閉ざされた。

　液体が残り少なくなると、彼は新しい小瓶を持ってきた。

どういうからくりなのか、どういった栄養を与えてくれるのか、僕には分からない。二滴飲んだあとでもまだ空腹は収まらず、満たされない食欲と、口の中に何とは言えないが何かしら風味が欲しいという気持ちはあるし（最初のころの液体には草のようなうっすらとした風味があったが、今ではほとんど味がしない――僕が何の味も分からなくなったか、何かの味とはどういうものかをほとんど忘れてしまったせいだ）、体重は減り、これからも減り続けていくだろうが、飢え死にはしていない。僕の知るかぎり、その液体を摂取した人は今まで誰も餓死していない。

操縦士は一日に二、三回、コックピットから出てくるのが常だった。彼が歳を取り、ブロンドだった髪のあちこちが白くなってくるにつれ、朝に目を覚ました彼はどんな気分になるのだろうと僕は考え始めた。僕がときおり感じるような、老けて疲れ切ったような気持ちになったりするのだろうか。

彼も睡眠は取るのだろうと僕は思った。夜になると彼はコックピットの扉をロックしてしまったから、確かなことは誰にも分からなかった。一度訊ねてみたが、答えてもらえなかった。もし眠るのなら、そのときは誰が飛行機を操縦しているのか、と僕は訊いてみた。彼は笑って腹を叩き、「俺の副操縦士さ」と言った。君が死んだときには、その副操縦士が飛行機を操ることになるのか、と最近になって訊ねてみたところ、彼は答えず、僕の質問が聞こえなかったふりをした。

＊

ハイジャックのニュースが一気に広がっていくさまには驚いた。この飛行機をハイジャックしたと告げられてから一時間もしないうちに僕は妻に電話をかけたが、彼女はもう知っていた。その日の夜、ダラスの人々は徹夜の集会を開いた。体を寄せ合った彼らが蠟燭立てを手に、ダラス・フォートワース空港の滑走路に立っている姿が見えた。機内の後方にいた紳士が、「あそこに立たれたんじゃ、着陸したくてもできないじゃないか」と言った。朝になると、同じグループ（それとも新しいグループか）がほぼ同じ形で立っていたが、今度は白いポスターを掲げていた。黒い文字で何か書かれていたが、小さすぎて僕たちには読めなかった。

しばらくは、僕の妻もその中にいて蠟燭立てかメッセージの一部を持っているのだと僕はよく考えたが、実を言えば妻は人混みが好きではなかったから、いないと考えたほうがよさそうだった。僕の妻が参加していようといまいと、一週間のうちに徹夜の集会は終わり、ニュースの報道もなくなったはずで、そして僕たちはダラスの景観の一部になり、モービル社のペガサスのネオンサインと何も変わらず、心躍るものでもなくなった。

Ⅱ

気がつけば、僕は妻が結婚した男についてしょっちゅう考えている。つまりたいていは僕自身についてだが、そういえば彼女は再婚したのだったと思い当たり、そうして僕たち二人、僕と彼女の夫を並べて考えるはめになる。とはいっても、彼とは一度も会ったことがないので、僕はしばしば、自分を二人並べ、僕たちが夫として失格で、この先も失格だということを考える。僕の頭の中には分類された欠点リストがある。日ごとにそれは長くなっていき、欠点の重要度が上下するのに合わせて順番が入れ替わるためしょっちゅう変わる。バスルームの床に脱ぎ捨てたままの下着は、車の後部座席に一週間置きっぱなしのピーナッツバターまみれのナイフに蹴落とされて順位をひとつ下げる。本物であれ架空のものであれ、欠点を並べ直したい気分になると、他の乗客たち、残っている人たちは何を考えているのだろうと僕は自問し始める。僕たちは誰も友達同士ではない。もちろん、最初はみんな友達だったし、友達とは言わないまでも右側や左側、通路越しに隣にいる人たちには、飛行機に乗り合わせた人同士が読んだ本や行き先やこれから休暇で訪れる場所といった共通点を探すときのように親しげに振る舞った。ダラスからシカゴまでの数時間しかその友情は続かないという暗黙の了解のもと、僕たちは互いに心を開いた。飛行機がハイジャックされ、悲劇と不確かさを共有し、一蓮托生だと感じたことで、そうした結びつきはさらに強まった。そして時が経ち、僕たちが旋回し続け、どのくらい長期にわたって同じ空間を共有せねばならないのか悟るにつれ、僕たちは――ここは僕の気持ちをみんなにも投影しているわけだが――すし詰めのような息苦しい感覚に陥るようになり、ゆっくりと自分の内にこもり始め、両膝を胸につけ、足を座席に載せ、三角座りになって頭を垂れるか、もし風景に耐えられるなら、隣の人々から顔を背けて窓に額を当てた。今、揺れはなく飛行機は静かだし、僕たちはずっと規則正しく飛んできたから、完全に静止しているような感覚がある。それが僕の腹の奥に忍び込み、翼をそっとはためかせて、込み上げる不安を生み出している――些細だが個人的な何かをし忘れているか、遊園地で子供用の遊具に乗り、胃をせり上げさせるほどの下降ではないが、腕や肩や脚に重力か重々しさのある、持ち上がるようなぴりぴりする感じ。心地良いと同時に動揺もする感覚。

僕たち、つまり僕と他の乗客たちがまだ言葉を交わしていたころ、荷物をいくつか僕の前の座席の下に入れてもいいかと訊ねてきた隣の女性は、最後に搭乗してくると息を切らせて席に座りながら、あやうくこの便を逃しそうだったこと、搭乗口にいる地上スタッフに頼み込み、あれこれ言い募って訴えたあげくようやく乗せてもらえたことを話してくれた。頑張って説明したのよ、と彼女は僕に言った――シャトルバスのタイヤがパンクしてしまって、誰かが先に電話してその状況を説明してくれているはずだったし、最初に通りかかったレッカー車の運転手をどうにか言いくるめてみんなで押し合いへし合い車内に乗り込んで、それぞれの便に間に合うように空港に向かってもらったのはいいけれど、ラッシュアワーの渋滞につかまって、レッカー車が黄色いライトを点滅させていても、事故現場や立ち往生した車の間を抜けていくには一時間以上かかってしまって、空港の入り口に着いたときはあと十五分しかなかったから、手荷物を預けて搭乗口に走っていって、それだけの思いをしたのに、あやうく乗せてもらえないところだったの、そんなの信じられる？　どうやって説得したんです？　と僕がきまって訊ねると、彼女は答える。あら、女としての魅力を使ったのよ。飛行機が滑走路を走っていき、空に上がっていく数分間、尾ひれをつける語りによってそれは驚くべき物語になり、彼女の周囲にいる人たちに何度も繰り返し語られていると、コックピットから操縦士が出てきて、飛行機をハイジャックしたと告げた。ずっとあとになってから、彼女はまたその話をするようになったが、嘆きの口調で力のない物語になり、悔恨の祈りでも捧げているようだった。そしてその挽歌を繰り返すたびに、物語の細部は省かれていき、ついに、旋回を始めて一か月ほど経ったある晩遅く、彼女は僕に顔を向け、タイヤのパンクもレッカー車の運転手も、渋滞すらも実はでっちあげたもので、要は寝過ごしてしまって飛行機に乗り遅れそうになったのだと打ち明けた。あと十分長く寝てさえいれば、と彼女は言うと、またまっすぐ前を向いた。そのときから亡くなるまでの間に、彼女はきっと何か話したはずだが、それが何だったのか僕には思い出せない。でも今、僕はその話を心の中で繰り返して自分の物語にしている。ただ、ときどきレッカー車の運転手が乗せてくれないことがあるから、ステーションワゴンに赤ん坊と一緒に乗っていた女性を呼び止めるはめになり、すると彼女は時間ぴったりに空港に連れていってくれるから、ときどき、**彼女が僕たちを乗せてくれさえしなければ、**と思わず考えてしまう。真実ではないし、僕自身の話でもないのに、そうした些細な出来事がこんな結末につながったことに対し、僕は刺すような失望感を味わわずにいられない。

Ⅲ

操縦士が死んだとき、本当に副操縦士がいたことが判明した。妊娠していた女性の息子が、コックピットで長い時間を過ごすようになるうちに、飛行技術を学び、僕たちの永久燃料の秘密を学んでいたのだ。最初、僕たちはほっとした。操縦士が死んだのだから、ついに着陸できる。今や若者になったあの男の子は、母親から頼まれていたとおりに着陸してくれるはずだ。だがそもそも、着陸しなければならない理由があるだろうか？ 彼の母親にとっては違うかもしれないが、操縦士が死んだあともダラス上空を旋回し続けるほうが、ある意味、僕たちにとっては理にかなっていた。操縦士とともに旋回していた長い歳月で、どうして着陸するわけにはいかないのか、どうしてハイジャックされたのか、僕たちはただの一度も教えてもらえなかったし、結局それは分からずじまいだった。いざ男の子が操縦桿を握ることになったとしても、彼にできることが他にあるだろうか？ この機内以外の世界を、彼は知っているだろうか？ この快適さや慣れ親しんだものを、そうあっさりと捨てられるだろうか？

僕たちの多くには、まっすぐ立ち、そう目に見えて動いてはいない物体の上を歩き、十万回も循環と再循環を繰り返していない空気を吸うといった記憶がいくらか残っていたが、その僕たちでさえ、ついに固い大地に降り立ったときには人生はどうなってしまうのだろうかと少し不安だった。建物を間近に、下から見上げることになるのを想像して、男の子はきっと圧倒され怯えたに違いない。母親は涙を流し、コックピットの扉の外の床に突っ伏していたが、息子は操縦士の最初の航路を変えず、旋回の方向すら変えなかった。

＊

飛行機をハイジャックしてまもなく、操縦士は僕たちひとりひとりにポラロイドカメラに向かってポーズを取らせた。例によって、どうしてそんな写真を撮りたいのかは説明しなかった。客室乗務員がファーストクラスとエコノミークラスの間にある化粧室の前に僕たちを立たせ、写真を撮って現像すると、それぞれに見せてからすべて箱にしまい、最後にそれを操縦士に渡した。

副操縦士――彼には名前があったが、操縦士の死後は「副操縦士」と呼ばれないと返事をしなくなった――がその写真を見つけ、新しく写真を撮ることにしたため、僕たちはまた列になってポーズを取った。現像が終わると、副操縦士は新旧どちらの写真も母親を通じて僕たちにくれた。新しい写真と対応しない、かなりの数の古い写真が箱に残り、僕たちはそれを今は空席となった座席に置くことにしたが、いざそうしてみると気が変わり、写真をすべて回収して箱に入れ、コックピットに返した。

旅行に出る前、僕は太り始めていた。ズボンがきつくなってきたので気にしていたことを覚えている。最初の写真に写る男と、二枚目の写真の男には、十五キロ近くの差がある。それでも、痩せることは体重が増えることと同じく、あまりいいものではない。かつてはきつく思えて着心地が悪かった服は、新しいほうの写真では情けないくらいぶかぶかに見える。そのうえ、体重とともに、かつての顔にあった何がしかの魅力もなくなってしまった。妙なことに、そしてこれはどうやらみんなも同じらしいが、僕はどちらの写真でも笑みを浮かべている。

Ⅳ

気がつけば、僕はよく物思いにふけり、飛行機が着陸したあとの僕たちの人生の歩みを想像しようとしている。その想像の中の僕は、きまって独りだ。

たとえば副操縦士が病に倒れ、僕たちが緊急着陸を余儀なくされる、あるいはただ単に、彼が大人になるにつれて啓示だか心変わりだかを経験し、人生でもっとやってみたいことがあると思うようになったとしよう。理由が何であれ、ある日、副操縦士がコックピットから出てきて、「どうやったら降りられるのか知ってる人いる？」と何気なく言ったとしても、ひどくは驚かない気持ちが僕のどこかにある。そのとき、僕たちはどちらの道を選ぶのだろう？――かつての人生を立て直すか、新しくやり直すか。二十年という歳月は、失敗した結婚や職業の間違った選択や他人の夢を追いかけて費やした時間を拭い去るに十分な長さだろうか？　僕たちのうち何人が、新しい店子に貸し出されたか板で塞がれたか売られてしまったかつての家に戻り、もう新しい人々が住んでいるかつての場所にまた身を落ち着けようとするのだろう？

何人かは、もう心を決めている。かつて会計士だった男性は、何時間もずっと手品の練習をしている。僕の耳から二十五セント硬貨を取り出したり、頭上のコンパートメントを波のような膝掛けでいっぱいにしたかと思えば空（から）にしたりしてみせながら僕に言うところでは、名前を変え、衣装を何着か揃えて、誕生日パーティーの余興を引き受けるか、もっと大舞台を狙って、コメディークラブの巡業をしてみたいのだそうだ。「楽しむなら今だよ」と彼は言った。

他の人たちにとって、選択は別の誰かによってすでになされてしまっている。僕の妻は再婚した。僕の両親はどちらもとうに死んでしまっただろう。かつての友情も、二十年も経てば炎は消えてしまっているに違いない。僕がこの飛行機から滑走路に降りるときには、同じ飛行機に乗っている人たち以外とのつながりはないが、彼らのほとんどとはもう何か月も口をきいていない。気をつけないと、この二十年間とかなり似た生活をするはめになりそうで心配だ。着陸したらバスの切符を買い、果てしなく回る市内循環の404番バスにでも乗ってしまうかもしれない。それとも、車を借りるか買うかして、環状線に向かって走っていき、市内をぐるぐる回り続けるかもしれない。その手の生活に落ち着いてしまわないように計画を練ったほうがいいが、すぐには妙案が思い浮かばない。そうして想像の中の僕は、バスの運転手に放り出されて道路脇に立ち尽くしているか、ガソリンが尽きてしまって徒歩で道をたどり続けるほかなくなってしまう。そんなことを考えても、ほとんど心の慰めにはならないし、ひょっとするとそのせいで、他の人たちもそんな無益な想像はやめてしまい、ハイジャック犯をねじ伏せて自分たちで主導権を握るという計画は、とうの昔にことごとく放棄されてしまったのかもしれない。

もっと現実的な終わりが訪れるとき、もちろん僕はもうこの世にはいないだろう。そんなに長生きできるはずがない。僕はこの飛行機にいる最年長の人間ではないが、かなり若いというわけでもないし、健康そのものといった様子の副操縦士と同じくらい長生きできるとも思えない。毎日、朝日を覚ましたあとと夜眠る前に、彼が柔軟体操をする音が聞こえる。操縦士から学んだ健康法に違いない。

ちらりと見える彼の顔は、血色がよくつやつやしている。

想像するに、そのころにはみんなも死んでしまっているだろう。今でさえ、客室乗務員はひとりだけだ。機内ではかなり若い部類に入るのに、彼女は液体の摂取をずいぶん前にやめてしまい、かつては可愛かった顔は痩せて干からびてしまった。とすると、元々いた客室乗務員はそのうちひとり残らずいなくなり、他に七人の乗客がいるだけになる。そして僕たちが死に絶え、副操縦士だけになったら、それからどうなるのだろう？　彼が着陸するとは考えにくい——そもそも着陸のやり方を知っているとは思えない。だが彼は寂しくなるかもしれない。僕たちが離陸してからまったく変わらないダラスの景観にうんざりしてしまい、新しい風景を求めるようになるかもしれない。東か西か、日の出か日没に向かってしばらくまっすぐ飛び、じきに太平洋の上にでも出て、上も下も青いなんてどんな世界に飛び込んでしまったのかと考えていると、沈む太陽を毎日追ううちにアジア大陸かアフリカ大陸を見つけ、それからヨーロッパ、大西洋、そして東海岸を通過して、またダラスに戻ってくると、今度は左か右に旋回するかあるいはまっすぐ飛んでいき、ずっとダラス上空を旋回していたのと同じやり方で世界をぐるりと旋回する。そのころには僕はとっくに死んでいるだろうから、自分にとって何か意味があるとは思えないが、ときどき彼のことが、僕たち乗客よりもよっぽど気の毒に思えてしまう。彼はただひたすら飛び続け、ついにある日、操縦席でぐったりと倒れ込み、死体の重みが操縦桿を前に押していく。機体の先端が下がり、両翼が下を向く様子を想像するだけで、僕の胃は跳び出そうになる。飛行機は雲の中を抜けていき、凝固した水滴の玉が雨粒のように窓に連なっていく。下では世界が飛ぶように過ぎていき、車や建物、木々や人々が刻一刻と大きくなり、まるで僕たちを迎えようとせり上がってくるかのようで、そしてついに、とてつもない速度で、副操縦士は着陸する。

ミニチュアの妻

何があったのかずばり言ってしまおう。どうやってか、僕は妻を本当に、本当に小さくしてしまった。

わざとではない。偶然の出来事だった。

僕は小型化業界で働いている。したがって、すべてを小さくするのが僕の仕事だ。僕は小型化の手法を次々に開発し、それを部下たちがテストする。言ってみれば、帽子を小さくするために僕が使った手法をテストするために、彼らは小さな帽子入れを作るわけだ。もちろん、それは喩えにすぎない。僕たちは実際には帽子も帽子入れも作ってはいない。具体的に何を作っているのか、どれくらい小さくするのかは誰にも言えないし、妻にすら明かすことはできない。ただ言えるのは、僕が非常に優秀だということ、そして出世街道をひた走り、今では小型化技師部門全体を統括しているということだけだ。

それから、これも言わせてもらいたい。誘惑に駆られても、僕は絶対に家庭には仕事を持ち込まない。それについては自分自身を厳しく律しているし、同じルールを部下たちにも課している。職権を濫用するような上司だと思われるわけにはいかない。屋根裏部屋にある箱を小さくして、もっとクリスマスの飾りを置けるように、なんてことはしない。冬服を夏に小さくするとか、夏服を冬に小さくするなんて真似は一度もしたためしはない。みんなと同じように、僕も秋の落ち葉は熊手で集めて山にして、袋に詰める。

それなのに。気がつけば、僕の妻はコーヒーマグの高さにまで縮んでしまった。

現在の状況について一番心悩まされるのは（といっても、彼女のサイズの話ではない――僕は標準サイズのものが尋常ではないほど小さくなっているのを見慣れていたから、朝に目を覚まして日常のものの大きさに圧倒されることもあるし、自分の頭の大きさにぎょっとすることもある）、どうしてこんなことになったのか、どうにも見当がつかないということだ。それさえ分かれば、僕は喜んでそのプロセスを逆行させるし、職場では幾度となくそうしてきた。だが、物を小さくするには実にさまざまな方法があり――たとえば、クルツィム・バイパス法は、高度に複雑な機器類を縮小するには理想的だし、モントクレア栄養法は、無機物による食品を安全に縮小することができる唯一の手法だし、他にもまだまだある――今回の縮小化が偶然に起きたうえに、どうやって起きたのかが判然としないとなると、どうすれば妻を元に戻せるのか見当もつかない。

ただし、その皮肉さは僕にもよく分かっていることも言っておこう。オフィスに誰か味方がいれば、この問題の解決策をあれやこれやと相談できるし、今ごろは妻も元どおりになっているはずなのだが、僕にはそんな味方はひとりもいないし、独力では打開できていない。そこで、ドールハウスの出番だ。頑丈な木の作りで、彼女が住むことを想定した家。僕たちの実際の家と家具調度の巨大さ――クレーターのようなボウル、洞窟じみたポケット、登頂不可能なテーブルの脚、それに水たまりサイズの水滴で滑りやすいバスルームのカウンター——に僕はひどく不安になってしまう。それから、猫はアレルギーのせいにして友達に譲ったし、鳥はかごから出していない。鳥自体を始末してしまいたいが、鳥までいなくなると妻は怒ってしまうだろうし、目下のところ、彼女はすでに十分怒っている。

*

それが起きたとき、僕たちは台所にいた。それが起き、彼女は叫び声を上げた。叫んだのは分かったが、僕には聞こえなかった。とはいっても、僕の想像の中では、叫び声というよりもあっと驚いた鋭い声だった。それから僕は、違う次元の声に耳を澄ませるようになった。それに頭にぴったり合うイヤーカップも作ったので、些細な音も拾えるようになった。

つまり——彼女は叫んだが、僕には聞こえなかった。それから彼女は肩からショルダーバッグを外すと、僕に向かって投げつけた。力いっぱい投げたように見えたが、コーヒーマグの背丈なのだから、たかが知れている。というわけで、僕には当たらず、他に手の届く物もなく、妻は自分自身に、というかむしろ自分の服に怒りをぶつけた。ものの数秒で彼女はスカートを引き剝がし、シャツの背中を引き裂き、パンティーストッキングを振り回し、靴のヒールを折ってみせた。それからまたショルダーバッグをつかむと、中身をすべて出し、ライターを見つけて、僕が止める隙もなく、小さな山になった服に火をつけ、踏みにじり、ついにはテーブルの端から蹴り落とした。

大した見ものだった。

言うまでもなく、服は台無しになった。

そして妻は、とても小さいうえに今や裸だった。

問題は、妻の状態が僕の仕事に影響するようになってきたことだ。

二度にわたり、僕は同僚たちから格好がだらしないと言われてしまった。いつもであれば、僕はきちんとした服を着込み、髭もきっちり剃っている。

妻はクライミングが得意なんだと彼らに言ってやりたいが、そんなわけにいかない。彼女が僕の想像よりもはるかに機知に富んでいるとは口にできない。

妻がロープを作ってみせたことを言ってやりたい。小さな道具をこしらえたことを。

僕は言ってやりたい――

正直に言うとね、ジム、僕の髭の剃り具合が不揃いなのは、身長七・五センチの妻が陶器の洗面台をよじ登り、ロープで薬棚を上がると、鏡のついた重い扉を開けて、僕のカミソリの刃を全部なまくらにしてしまったからなんだ。

実を言うとさ、ポール、昨日僕がオフィスにいる間に、小型化した妻が仕事用のシャツ全部からボタンをひとつおきに取ってしまったんだ。よく見れば、つまり我々の手元にある一番性能のいい拡大鏡を使って間近で見てみれば、糸に彼女の歯型がついているのが見えるんじゃないかな。

彼らにそう言いたいが、言うわけにはいかない。その代わり、僕はオフィスにいる時間が長くなる。

そして、いつでもオフィスのドアを開放しておくというポリシーは保留にせざるをえなくなる。

＊

ミニチュアサイズになったとはいえ、僕の妻は魅力を失ったわけではない。腰のくびれやお尻の優美な曲線、美しい脚やきれいな眉といったセールスポイントはまだあり、体が小さくなったからといって見劣りはしていない。でもそれだけでなく、もっと驚くべきことに、性格がきつく、気が強そうに見えた面は和らいだ。咎めるような鋭い目つき。しばしば怒っているか、がっかりして見える顎の形。大きめの足。彼女のすべては同じ比率で縮小するはずで、実際そうなのだろうし、ただの思い過ごしなのかもしれないが、ある夜、僕がマッチ箱と綿、縫い合わせた四角いフェルト布で作った急ごしらえのベッドで寝ている彼女のそばに忍び寄り、拡大鏡で覗き見てみると（僕は高性能の拡大鏡をたくさん持っている）、小型化のプロセスの何かによって彼女の外見の魅力がさらに増しているように思えた。

認めたくない気持ちは山々だが、僕にはそれがどこか誇らしかった。僕のオフィスに多く寄せられる苦情の中には、ある物を小型化するプロセスのなかで、僕たちが細部を消してしまうというものもある。この二年間、僕たちは懸命になって、自分たちの部門が担当する小型化の手法すべてにわたり、鮮明かつ不可欠な細部や本来の美しさ、物としての機能が持つ力を、カップや草の葉、砂粒のサイズにまで縮めても保てるような技術の開発に努めてきた。

拡大鏡越しに妻を見下ろすと、ついに僕たちがある程度の成功を収めたことが分かった。そのときに音を立ててしまったか、それとも虫眼鏡を片手に覆いかぶさっている気配で十分だったか、ともかく妻は目を覚まし、僕を見ると軽蔑したように首を横に振り、フェルトの布を体に巻きつけると憤然とした足取りで去っていった。僕はその足取りを追ったが、彼女は考えられないほどの早さで姿を消してしまい、その後二日間は会えなかった。

＊

ドールハウスを作るにあたって、僕は組み立てキットには頼らなかった。その代わり、設計図にはかなりお世話になった。既製品のキットでは十分にカスタマイズできないだろうと考えたのだ。既製品のドールハウスは、部屋の広さやドア枠、天井の高さがいいかげんで、実際に住むために設計されてはいない。言うまでもなく、僕が作らねばならないドールハウスは、妻にその中に入ってもらって、そこでの一時的な生活のほうが快適だと納得してもらう必要があるわけだから、そのためにはドールハウスはミニチュアの家として僕たちの家よりもずっといいものでなければならなかった。

結論から言えば、かなり楽しい作業だった。おがくずと木と木工用ボンドの匂いがし、小型の釘をたくさん扱った僕の指には金属の匂いが残っていた。ドールハウスの家具もほとんど彫り上げたが、ベッドだけは、僕のちっぽけな能力（ちょっとした洒落だ）では無理だった。

仕様を指定したベッド枠を作ってもらえないかと、僕は製作部門のひとりに頼んでおいたから、別の誰かにそれを小型化してもらうつもりだ。その小型ベッドを持ち帰り、ドールハウスに入れれば、家は完成となる。屋根は取りつけ済みだ。他の場所にはもう家具を備えつけてあるが、妻はいい顔はせず、つまらない破壊行為に走っている――落書き（マニキュア用エナメルだから簡単に落とせる）、引き裂かれたカーテン（取り替えてしまえばいい）。妻は窓ガラスも割ってしまったが、雨や雪の心配はまずないのだから、新しいガラスを入れる必要はないだろう。

今、彼女はドールハウスに不満たらたらだが、僕がベッドを取りつけて、僕たちの家の寝室とほぼ同じように飾りつけをすれば、僕が家の寝室に惚れ込んだように彼女もそこに惚れ込むはずだ。でもそれまではドールハウスの部屋の戸を閉め、扉にはブロックをして、窓には覆いをかけておいた。

*

もちろん、妻を恋しく思う気持ちはある。でも妙な感じはする。というのも、厳密に言えば妻は僕と一緒にいるのだから。とにかく家にはいるのだが、具体的にどこにいるのか、何をしているのかは分からない。でも実のところ、妻が出張に行ってしまったか（といっても彼女は特に働いてはいない）、女友達たちと一緒に長い旅行に出てしまったような気がする（といっても彼女にはそんな友達付き合いはない）。ともかく、ドールハウスを作っていないときの僕は、いつの間にかものぐさな人間に逆戻りしている。自炊はせずに出前を取るか、エンドウ豆とインゲン豆と〈ボヤーディーシェフ〉のミートソース入りラビオリの缶詰を開けて、温めもしなければ味わいもせずにフォークかスプーンでがつがつ食べて終わりにする。

寝つきも悪くなっている。僕はあらゆる手を尽くして、ベッドに行かねばならない時間を先延ばしにしようとし、いざベッドに入るときにはとびきり寝づらい姿勢になって、両脚はベッドの端から下に垂らし、丸めた羽根布団か小さなクッションを妙な具合に脇腹や腰の下に敷く。

ベッドはいつも乱れたまま、台所は汚れっぱなしだ。病欠を取ることが次第に増え、日中もパジャマ姿のまま、昼ドラなんかを見ている。前はテレビなんかまったく見なかったのに。

僕が自分らしくいられるのは、ガレージにいて拡大鏡付きのゴーグルを着け、片手にははんだごてか留め継ぎ用の大鋏を持っているときか、二、三日前に買ったばかりのダイヤモンドチップの彫刻用穴ぐり器を使っているときだ。そうしたとき、僕は妻のことを考えるし、直接にではなくても、妻のため、僕たちのためにしていることを考えると、妻がすぐそばに立って、作業に打ち込む僕を見守っているような気がしてくる。

＊

僕の想像の中で、妻はトレーニングに勤しんでいる。サバイバルのため、成功するため。想像の中の彼女は強い。前よりもずっと強くなっている。引き締まった腕とたくましい背中、太い脚。足はがっしりして、両手はたこだらけになっている。

妻が小さくなる事故が起きてから、家では死んだハエがいつもより多く見つかるようになった。窓の下枠や台所のテーブルの上、トイレの水にハエの死骸が浮いていたりする。オフィスから借りてきた拡大鏡で見ると、たいていのハエは突き刺されたようで、小さくて細い木のかけらが腹や目を貫いている。一匹は捕まって拷問されたらしく、脚をもがれ、翅（はね）は後ろに捻られている。標準サイズだったころ、妻はここまで残酷ではなかった。サバイバルの必要性から彼女はそうなったのだろうし、ある意味で僕は誇らしくなり、彼女が生き延びていることを嬉しく思う。かつての彼女はジャムの瓶を開けることもできず、犬や開いたクローゼットやネズミや昆虫を怖がる女性だった。でも心配がないわけではない。早く元に戻す方法を見つけなければ、彼女は失われてしまう——文明からも、僕からも。

＊

コーヒーマグ大になってしまう前、さらに言えば、僕たちが知り合ったときから、彼女はメモをよく残しておく人だった。ありがとうと書いたメモ、怒りを記したメモ。ちょっとした用事を書き留めてあったり、優しく、ときにはきつい調子で僕を叱るメモもあった。僕たちが結婚して、初めて一緒に暮らし始めたばかりのある夜、僕がもう寝たあと、彼女はベッドの僕の側に汚れた皿をいっぱいに入れたスーパーのビニール袋を置いた。僕が使ったまま洗わずそのままにしていた皿だった。一日か、せいぜい二日ほど放ったらかしていただけだった。翌朝、僕は目を覚まし、皿の入った袋を踏んで足首を捻り、あやうくその上に倒れそうになって、袋を持ち上げてみると、小さな黄色の付箋がつけてあった。「あなたのよ」とだけ書いてあった。

彼女のメモは「〜を覚えておいてね」や「〜を忘れないで」や「〜を覚えてたかしら」でよく終わっていた。でも、そうした決まり文句もなく、「洗濯物」とか「お皿」とか「床に靴が脱ぎっぱなし」とか「バスルームの洗面台に髪の毛が溜まってる」とだけ書いたメモを残していく。でも最近は、今、コーヒーマグ大ではあっても、妻は僕にメモを残していくこともあった。強力で高性能の拡大鏡の数々をもってしても、その文面を理解できなかったり、文字を読めなかったりする。それに、彼女がそのメモを書くための紙とペンをどうやって調達しているのかも分からない。予想外の、ありえない場所でメモが見つかる。彼女には高すぎて手が届かないようなバスルームの鏡に貼ってある。僕のズボンのポケットやジャケットの内ポケットに、糸くずやごみと一緒に入っている。僕のシリアル用のボウルの底に貼ってある。冷蔵庫にマグネットで留めてある。

最初のころのメモは僕とコミュニケーションをとろうとするものだったが、彼女には大して言うことがないようだった。「早くして」「私もあなたが恋しいわ」「夜寒いの」「アリは別にどうでもいいけど、ハエには耐えられない」。だが、彼女がミニチュアサイズのまま時が経つにつれ、そうしたメモはだんだん理解しにくくなってきた。このあいだ見つけたメモには、「子犬から一番いいマヨネーズができる」と書いてあった。それからもうひとつ、「居間の窓台はハエだらけ」というのもあった。さらに三つ目には、「あなたが約束した人生」とあった。言葉がひとつもなく、ただの落書きや図のこともある。絵を描いていることもあるが、彼女は才能豊かな画家というわけではないから、そうした絵を見てもあまり心は動かされない。

そうしたメモをどうすればいいのか、僕にはほとんど分からない。しばらくは残しておこうと考えていたが、なぜなのか、何のためなのかは自分でも分からなかった。二人の結婚生活におけるこの多難な時期を不必要にも思い出すため？　今では、メモを見つけるとズボンの尻ポケットにいつも入れてある小さな封筒に集めておき、一日の終わりに着替えるとき、中身をゴミ箱に捨てている。そして次の日になれば、またその繰り返しだ。

*

ドールハウス作りには、予想をはるかに越えて二か月近くかかった。でも、家が完成し、ベッドや残りの家具を加え、部屋の内外の塗装も終えたあとで、昨日僕は家を開けておき、彼女がどう出るのか様子を見ることにした。

一日もしないうちに、中にはもう生活の気配がある。

ベッドは乱れているし、居間のひとつは散らかっている。床にクッションが散らばり、ランプはつけっぱなしになっている。生活感、人が住んでいる徴がある。窓から覗くしかないから、僕にはよく見えない。僕は家を開けるのが怖い。ネジを外してぱかっと開けると、妻を引っかけて真っ二つにしてしまう危険がある。とにかく、人の住んでいる徴がある。じきに、彼女を標準サイズに戻す方法を編み出せるはずだ。

そうは言っても、本当に素敵な家だ。僕たちの標準サイズの家なんかよりずっといい。この家で、僕と妻の二人だけで幸せに暮らすことはできるだろうか？ 週に一度、僕は普通の大きさに戻って買い出しをして用事を片付け、生活を快適にする。仕事だって続けられそうだ。毎晩家に帰ったら自分を縮小すればいい。そうすれば妻と寝られる。一緒にいられる。確かに僕の職業倫理には反するが、その解決策のほうがずっと簡単だ。

それに、僕はこれまで思いつくかぎりの小型化解除法をすべて試してきた。膨張液や拡大液を家に持ち帰った。その多くは僕自身が開発して、絶対に確実だと確認したものだ。「拡大室」の中に妻を四時間入れたこともある。かなり小さな装置で、オフィスから家に帰るときにポケットに滑り込ませられる程度のものだったが、これまたあれこれの法律や社の規則には違反していた。そして、最後の頼みの綱として、僕は妻を家の外に連れ出し、社が所有する人里離れた荒れ地まで車を走らせ、彼女が生きて出てこられるかも分からないまま、フィボナッチ・トンネルをくぐらせた。

どれもうまくいかなかった。

妻には僕の考えを説明するメモを置いておくつもりだ。もし二人で話し合えば、彼女はその利点を理解してくれるだろう。それが僕たちにとって最善の方法だと分かってくれるはずだ。

＊

一瞬、ほんの一瞬、長めとはいえ一度だけ、僕は想像を膨らませた——もし妻を元の大きさに戻すことができなかったら、生活は、僕たち二人の生活はどうなるだろう。もし、妻のために作ったドールハウス（繰り返すが、とても素敵な、本物よりもずっと素敵な家だ）で一緒に暮らせたなら。そして僕はその夢想を口に出して言い、そしてその夢想は木っ端微塵に砕かれた。

つまりはこういうことだ。今回の試練は、僕たち全員にとって負担になっていた。今日、僕は部下の一人、リチャード・ポール・ウェアを解雇せねばならなかった。働きぶりからして最高の人材ではなかったが、非常に優秀な小型化技師で野心家だった。

その行為は許しがたいとはいえ、彼だけを責めるわけにはいかない。妻のために電話を小型化すれば、まさに今回のようなことではなくても、似たような事態が起きたことを知っておくべきだった。でも、僕は不安だった。ドールハウスの建設プロジェクトを完了してから、妻からは何の連絡もなく、最初の二日間を過ぎると、ドールハウスからは生活感が消えた。ベッドは整えられたまま、部屋はどれもきちんとしていて手も触れられていなかった。妻にメモを残したが、返事はなかった。そのしばらく前から、妻は僕にメモを残すのをやめていた。僕自身が小型化するのはどうだろう、という質問は無視された。小さくなった彼女の耳を痛めないようにそっと名前を呼んでみたが、鳥を苛立たせただけだった。実を言えば、僕は痛いほど妻を恋しく思っていた。ドールハウス作りは彼女のためだったとはいえ、僕にとっても妻の不在をどうにかやり過ごす助けになってくれたし、彼女が家の周りにいるというささやかな徴があり（ハエやなまくらになったカミソリ、メモ、引きちぎったボタン）、迷惑ではあっても彼女がまだ近くにいるという証拠になっていた。それが、ドールハウスが完成してからは音沙汰なしだ。

そこで僕は携帯電話を買い、それを小型化した（ここまで堕ちてしまうとは！）。

そんな小さな電話でも電波を受信できるのかどうか分からなかったし、機能を確かめる手段もなかったが、やってみても損はないだろうと僕は考えた。ピンセットでつまんだミニ電話を、ドールハウスの一階の居間にあるコーヒーテーブルの上に置き、妻がすぐに見つけられるようにした。それから三日間、彼女からは何の連絡もなかった。僕は毎日一回か二回、家に電話した。電話がつながっていないのだと思った。それとも、彼女が家から出ていってはいないとしても僕の元を去ってしまったか、それとも死んでしまったか。

四日目、会議を終えて自分のデスクに戻ると、留守番電話にメッセージがあった。「お昼にうちに来てちょうだい。すごく会いたかったのよ」

そのときになってようやく、彼女の声をどれほど恋しく思っていたのかを悟った。はきはきして大きな、愛情のこもったあの声。どうしてもっと早く電話のことを思いつかなかったのだろう。回線越しの声には、小ささなどまったくなかった。僕が耳にしたのは、縮んでしまった妻の声ではなく、僕が愛し、また触れ合いたいと焦がれる女性の声だった。その声を聞いて、僕の目に涙が滲んだ。めまいがした。すぐにも出ていって家に車を走らせ、妻に会い、僕の愛を伝えたかった。ジャケットをつかんで出ていこうとしたそのとき、部下の技術者のひとりが実験室で事故が発生したと言ってきたため、結局その対応に昼休みまでかかってしまった。でも、口から心臓が飛び出そうになりながら僕は家に飛んで帰った。

あとから考えてみれば、ドアに鍵がかかっていないのは妙だった。台所のカウンターかコーヒーテーブルの上で妻が待っていてくれるだろうと僕は思っていた。足音を立てずに家の中を移動し、彼女の声が聞こえるように耳にはイヤーカップを着けていた。すると、二階の寝室から物音がした。彼女のドールハウスはそこに置いてある。当然だよな、と僕は思った。ドールハウスだって！　忘れていたなんて馬鹿だった！　気がはやり、向こう見ずで若々しい動きになった僕は、階段を二段か三段飛ばしで駆け上がった。寝室のドアを勢いよく開けて部屋に入ると、ドールハウスをぱかっと開けた。興奮のあまり、妻に怪我をさせたり、真っ二つにしてしまうかもしれないということをすっかり忘れていた。

するとそこに彼女がいた。

ドールハウスに。寝室に。僕たちのベッドに。

裸で。

そして、ベッド脇の床で、枕でどうにか局部を隠していたのは、震え上がっているミニチュアのリチャード・ポール・ウェアだった。

妻は僕に微笑みかけ、ウェアのほうに体を倒して髪に触れると、その額に軽くキスした。

僕の妻と寝ていたのはさておき、ウェアは社の規則に違反していた。小型化についての知識を職場以外で使用しただけでなく、自分自身に用いたのだ。僕にも数多の過失があるとはいえ、職場を離れて、ミニチュアになった同僚の妻と甘いひとときを過ごすために自分自身をミニチュアにすることと、膨張液や小型化解除装置を盗み、オフィスの機材を使ってベッドその他を小型化し、（偶然にも）ミニチュアになってしまった妻の（一時的な）小型生活をより快適にしようとすることとの違いは歴然としているだろう。

だが、それよりもさらに深刻なのは、彼に僕の事情を知られてしまったことだ。そのことはオフィスにまで知れ渡り、部下たちに広まり、ひいては、僕の解雇、捜査、警察での取り調べ、裁判沙汰にもなりかねない。

というわけで、僕としては、彼にハチミツと種をまぶして、鳥に食べさせる以外に何ができただろう？

＊

妻と僕の間で諍いが持ち上がった。

僕は電話を破壊した。妻が電話したのが警察や、さらに恐ろしいことに僕の上司ではなく、前回の社内ピクニックで少し顔を合わせただけのウェアだったのは幸いだった。電話を壊すと、僕は妻をドールハウスの中に閉じ込め、ペンキよけの布で覆った。

「暗闇で生きろ」と僕は怒鳴った。「いい気味だ」

帰宅してみると、ドールハウスはすっかり焼け落ちていた。焼け焦げてしまったテーブルの表面を除けば、家にはそれ以外の被害はなかった。そもそも彼女がどうやってドールハウスから脱出したのかは分からない。僕は釘を打って閉じ込めていたし、窓にはボール紙を貼って糊づけしてから家の外面を粘着テープで塞ぎ、ペンキよけの布には重しをつけて、脱出不可能にしてあった。それに、彼女がどうやって火を操って、ドールハウスは燃えても他のものには燃え移らないようにしたのかも謎だ。だが、目の前にその証拠がある――いや、ないと言うべきか。ドールハウスとその内部のすべて（妻以外は、ということになるだろうか）は灰燼に帰してしまった。

それに対する備えがないわけではない。正直に言えば、想定内だった。僕は起こりうることすべてを考え抜くタイプだ。恐ろしかろうとなかろうと、どこかの時点で僕はこういうこと、というかまさに今回の事態でなくとも似たようなことになるだろうと想像していた。

もしドールハウスを、僕たちの本物の家の中にあっても焼いてしまえるのなら、彼女にはほとんど何だって可能だ。そのせいで、僕はヘッドホンと水泳用ゴーグルを着けて寝ている。シーツはしっかりとくくって、ベッドには毛布を三枚から四枚重ねている。夜中に目を覚ましてみると、妻の小さな姿がベッドのマットレスから飛び降りて寝室のドアの下に駆け込み、廊下に出ていくのがちょうど見える、なんてことはしょっちゅうあった。そうした策を講じておくことでようやくぐっすり眠れるが、朝、目を覚ますと、胸が悪くなるような臭いがする。ゴキブリの死骸が小さな金串で腹を貫かれ、僕たちのナイトスタンドの柔らかい木の部分に突き立ててあるのだ。彼女は死骸に火を放っていたので、ひどい悪臭がした。

間違いなく、これは戦争行為だ。

それに対抗して、僕は鳥を空腹にさせている。ウェアを解雇してから餌をやっていない。今夜、眠る前に、鳥を家に放つつもりだ。

*

今朝目を覚ますと、ベッドの僕の側に鳥がいて（死んでいた）、シーツをかけられていたので昼寝しているように見えた。僕の次の手を妻が見抜いていたのか、この策をずっと温めていたのか。

どうやって鳥を殺したのか？　どうやって、優に自分の三倍は大きい鳥を運んで、僕の枕の上に置いたのか？　どうやってシーツを緩めたのか、そしてそのとき僕に手出しをしなかったのはなぜなのか？　そうした疑問に答えるすべはないが、僕とて次の手がないわけではない。家に帰る途中で友達の家に寄って、飼っていた猫を取り戻すつもりだ。

＊

今では猫だけではない。家にはクモやゴキブリもたくさん放し飼いにしている。僕はよく妻の勇姿を思い浮かべる――まるでギリシャ神話のイアソンか、彼の乗り込んだアルゴー号の一員のように、剣を片手に伝説上の巨大な怪物たちと戦っている。山となった虫の外骨格。巨大な猫たち。

さらに、僕は寝室を水浸しにしておいた。ベッドは今や竹馬のように高くしてある。防水の長靴を寝室のドアのすぐ外に置いて、帰宅して寝たくなるときに備えてある。水は五十センチくらいの深さだ。不必要な用心ではある。猫がまだ妻を見つけ出してはいないとしても、そのうち見つけ出すはずだ。とはいえ用心に越したことはない。大きなビニールシートを部屋に沿って広げて、僕はミニチュアのプールを作った。堀のようなものだ。部屋を水浸しにしたので、ゴーグルとヘッドホンを着けるのはやめた。毛布も何もかけずに寝る夜もある。そして夢を見るときは、猫が妻に襲いかかる夢を見る。前足の鋭い爪はないが、歯はある。たくさんの歯が。

それから僕は家のクモの巣を見て回り、妻の形をしたミイラが絡まっていないかどうか確かめるようになった。ハエが一、二匹見つかっただけだった。妻の死体はないかと台所や居間を探し回るが、やはり何もない。

何も見つからないし、何の物音もしない。

＊

イアソンとアルゴー号の仲間たち。頭の中でそうなぞらえたことが自業自得だったのだろうか。今や僕は左目を失明し、猫は溺れ死んでベッドの横に浮いている。

妻はその猫が大好きだった。

もちろん、すべては僕が眠っている間に起きた。もっとも、猫は殺されてから水に放り込まれたに違いない。猫を溺れ死にさせようとしたなら、もがくときの音で僕は起きたはずだからだ。

彼女がまだ部屋にいることは分かっていた。いるに違いなかった。どこかに隠れていて、彼女のボートはベッド脇にしっかりと錨を下ろしている――とはいえ、どうやってボート作りを覚えたのだろう？ それに船体や舵、オールや帆の材料をどこで見つけてきたのだろう？――彼女に刺されたときはかなり痛かったが、僕は半分演技でベッドの上で体をよじり、部屋中を転げ回り、片手で左目を覆っていた。片目から血を流しつつ、もう片方の目は彼女の徴を探して部屋を見回していた。

僕はベッドから化粧台、そしてクローゼットへよろめきながら動き、糸や小さなロープ、彼女が堀を渡るために使ったであろう道具を探した。何もなかった。僕がまだ痛みに気を取られていたうちに泳いで渡ったに違いない。僕が地団駄を踏んだせいで波が起こり、彼女は対岸に早くたどり着いてしまったのかもしれない。

それとも、彼女の頭脳はさらにその上を行っているのかもしれない。

ひょっとすると、妻はまだボートに乗っているか、その真下にいて、水面すれすれのところで揺られつつ、小さなチューブで呼吸をしているのかもしれない。

片手をさっと動かして、僕は妻の船を叩き壊し、水中に沈め、そして寝室の床で押し潰す。何度も何度も殴りつけていると、ついには手が痛くなって痣ができる。

その手を止めると、ボートのかけらが水面に浮かび上がってくるが、悲しいことに、妻の姿はそこにない。

＊

妻は僕よりも強い。もうそれは認めよう。

君は僕よりも強いよ。

僕は三日間寝ていない。

ねえ、僕の白旗が見えないのかい？　見えるくらい高く揚がっているかな？

今や家の一部は完全に彼女の支配下にある。彼女は罠やワイヤーを仕掛けている。このあいだは台所まで遠征したときにあやうく倒されそうになった。細いけれど丈夫な麻の撚り糸が両足首、腰、両手首に絡まった僕はたちまち、リリパットたちに倒されるガリヴァーの気分になった。僕はガスコンロに倒れ込んだがぐいっと体を起こし、台所から外に仰向けに倒れたが、その勢いのおかげで、足首に巻きついた糸を切ることができた。そして、彼女が近くにいてまた襲いかかるつもりでいる場合に備えて素早く立ち上がると、足を振り回して金切り声を上げた。

彼女は小さな槍をいくつもカーペットに突き立て、自分の野営地の周りに防御線を張っている。小さな槍の先には、一匹か二匹のクモと数匹のゴキブリの頭部が刺さっていて、夜になると小さなかがり火が見えるので、僕の目は釘付けになる。彼女は何を燃やしているのだろう？　カーペットの切れ端？　それとも昆虫？　それとも？

彼女の野営地。僕が今向かっているのはそこだ。彼女の足跡をたどっていくつもりだ。厳しい道のりになるだろうし、今の僕は小さくて、片目を失明したうえに睡眠不足で体力も低下しているから遠くまでは行けないし、彼女の野営地まではとても無理かもしれないが、もしも居間を通り抜け、台所の寒々しい風景も越えて、彼女が待ち構える根城に入った暁には、そこでどんな運命が待ち受けているかは想像するしかない。でも、僕は死力を尽くして、クモやゴキブリの群れが襲ってくればそれをはねのけ、最後のチャンスを得るために必要とあれば右目を失ってでも、彼女が眠っている間にそばまで忍び寄り、太い首に両手を回し、小さな体から命が消えるまできつく絞めてやるつもりだ。

ウィリアム・コービン　その奇特なる人生

ウィリアム・コービン（一五七〇―一六六〇）。道化役者（クラウン）。イングランド、マンチェスター生。死後、ウィリアム・コービンの助手たちは多大な危険を冒し、クロウンコヴァ地域の奥深くまで彼の遺体を密かに運んだ。今日の地図ではモルドヴァ付近であるが、一時期のクロウンコヴァ地域は、黒海の端からヨーロッパ大陸の西方に向けて広がり、ウクライナとルーマニアおよびブルガリアの一部にまで達していた。コービンはモルドヴァ南部の平地に埋葬されたが、より奥地、クロウンコヴァの野営地の中心近くに葬られることを本人は望んでいた。結局、彼の友人や弟子たちは、不断の流浪の民であるクロウン人に発見されるという危険を冒そうとはしなかった。

コービンがクロウン人に強く惹かれたのは父親の影響によるものである。村の巡査だった父は、三人の息子（ウィリアムは末っ子であった）を連れ、各種の寄席演芸や命知らずの低俗な大道芸、黒海近くかその沿岸の東欧地域からやってきた旅回りのサーカス団によるカーニバルに足を運んだ。どこかの一座で演ずるクロウン人の存在はつきものであり、大きな足に白い肌、いかにも雄弁な顔つきの彼らは、滑稽な動きやどたばた喜劇、えも言われぬ奇術を披露して人気をさらっていた。コービンの父親はクロウン人たちの道化ぶりや外見を毛嫌いしていたが、ウィリアムのほうは、彼らの奇妙な楕円形の顔によってなされる優雅な動きに魅了された。幾度となく、ウィリアムは父親のそばをこっそりと離れ、「太く描いた眉毛までもが、紙のように真っ白な彼らの顔の輪郭に沿って踊る」さまをうっとりと眺めた。

ある日、若きウィリアムは家族の元を去り、集まった群衆とは離れたところに小さく固まっていたクロウン人たちの元に向かい、見習いになりたいと申し出た。

彼らから二フィートと離れていないところで顔をつき合わせてようやく、私は彼らの真の大きさ、素早さそして強さを悟った。明らかに彼らは我が父よりも頭ひとつ分背が高く――もっと大きかったかもしれぬ――たくましい脚と隆々たる前腕の持ち主だった。無言で立つ三人、私はその動きに気づく間もなく取り囲まれて彼らの頭上に担がれていた。一人目が私の脚、二人目が首と肩を持ち、三人目が私の横と下を歩きつつ私の体を幾度となく回転させるさまは、豚の肉を焼き串に刺し、焚き火であぶっているかのようであった。

クロウン人たちは少年の靴を脱がせ、自分たちの大きく滑稽な靴を履かせると、チョークのような物質を彼の顔に手荒に塗りたくってから下ろし、荒っぽく群衆のほうに押し戻した。群衆の目は人形劇から、クロウン人たちとコービンの一幕に向けられていた。

「だがその間、彼らは一言も発さず、笑みを見せる者もなかった」

この出会いに幻滅こそすれ気持ちは揺らがなかった十六歳のウィリアム・コービンは、クロウン人の動きや態度、演技を密かに学び始めた。クロウン人たちが最も頻繁に登場するカーニバルの余興を長い時間飽くことなく眺め、ウィリアムはよく知られたクロウン人のアクロバット芸、たとえば〈ベンチーの十面相〉や〈コエフスネウシの六体勢〉といった技を頭に叩き込み、それを町から数マイル離れた無人の小屋で夜に練習した。クロウン人たちのステップや回転技を練習していないときは、ウィリアムは本物らしい足の設計と制作に打ち込んだ――「十分に大きく、肌の色をした樹液で作り、火にあてて成形し、我が足にじかに合わせてみれば、その足が多くのクロウン人に比して小さすぎるとは分からないほどぴったりであり、かような材料と正確な手触りと形によって作られているために、単なる支えではなく足として動く」ものである。彼はまた、顔の色を白くするとともに頬のあたりの肌は赤らんだ色にする化粧を施すため、おしろいと樹脂を調合することに時間を費やしたが、その調合法については大昔に失われたか忘れられてしまった。彼が三年以上をかけて開発した化粧は、「汗や正午の太陽の熱、大西洋の海水にも、子供が何気なく指で触れてきて頬をなぞり、私が本物か、実のところクロウン人であるか確かめようとしても」薄れもしなければ滲みもしないものだった。

　外見と動きの技、さらにはクロウン人として通用する能力にも自信をつけた十九歳のウィリアム・コービンは、町の中央広場で演技を始め、近所の人々にも友人たちにも、父親にも一度たりとも正体を悟られなかった。六か月にわたって演技したあと、彼は、ヨーロッパ本土に戻ってルーマニアに帰る道すがら上演しようと考えている旅芸人の小さな一座に合流した。それから二年間、さしたる波乱も正体が露見することもなく彼は旅を続け、クロウン人としての技に磨きをかけ、今では絶えてしまったその人々の言語を習得した。ルーマニアに入るとすぐ、コービンはその一座を去り、年を追うごとに少しずつ縮小しつつあったクロウンコヴァ地域に入った。意外にも、彼は高地の部族にあっさりと受け入れられ、彼らとともに二年間旅をし、その地で結婚もして平穏に暮らした。じきに、自分はクロウン人に扮しているのではなく、実のところクロウン人なのだと感じるようになった。

彼はイングランドを離れたときから日記をつけていたが、ほぼすべてがクロウンコヴァ語、特異で解読不可能な言語で書かれているため、彼の芝居がいかにして露見したのかは誰にも分からないが、露見したことは確かである。一六四〇年、ウィリアム・コービンは自分の部族から強制的に追放され、その地域を去ることを余儀なくされた。そのとき身重だったと思われる妻と引き離され、クロウンコヴァの地と他のヨーロッパを隔てる境界を越えたあともしばしば身を隠さざるをえなかったうえ、イングランドに戻る旅の道すがらでさえ、独自に行動するクロウン人の小さな一団から尾行されていた。彼らからすれば、コービンの罪と裏切りに対する罰として追放はあまりに手ぬるいものだったのである。

いざイングランドに戻ると、コービンは異なる複数の名前と扮装の下で演技を続け、やがてクロウン人の動きの技を他の者たちに教える制度を発展させた。死を迎えるまでの間、毎週、いつもせいぜい十人ほどの男たちが夜になると集まってきて、町外れの肌寒く湿った草地でコービンの技を密かに学んだ。それらの男たちの動きは、本物のクロウン人たちに比べればはるかに見劣りし、コービン自身の計り知れない力と能力にさえ及ぶべくもなかったが、彼らはそれでもコービンの技を練習し、その知識を他の者たちに伝え、彼らの後裔は今日に至るまで演技を続けている。その歩みのなかで、彼らはクロウン人たちを数の上で凌駕し、そして取って代わった。クロウン人はコービンが死んで数年後に姿を消し、その伝説の過去は久しく忘れられたままである。

早朝の物音

彼女はベッドで起き上がったが夫は見つからず、その後ベッド脇の床に横たわっているのを見つけた（「可哀想な、疲れ切ったうさぎちゃん」）。手術用マスクはまだ彼の頭に巻きついていたが、捩じれているために彼の口ではなく片耳を覆っていた。もし彼女が細目で見たなら、夫はお医者さんごっこをする男の子のように無垢で生き生きとして見えただろうが、彼女は細目にならねばならなかった。

おかしなものね、と彼女は考えた。**本当に素晴らしいわ**。

台所に向かって家の中を移動しながら、壁のひびが前の日よりも大きくなっていることに気がついた。二人はじきに引っ越すか、塗装をし直さねばならなくなるだろう。

居間では犬が吠えていた。彼女にその声は聞こえなかったが、吠える勢いで胸をゴムのように叩かれているような気がしたので、急いで部屋を移動し、すでに直しようもなく引き裂かれた寝椅子のクッションが、鐘が鳴り響くような動物の荒々しい吠え声を吸収してくれるよう、その後ろにしゃがみ込んだ。

まだ危険はある、と彼女は考えた。もし夫が犬をどこかにやろうとしないのなら、別の方法に訴えねばならないかもしれない。二人を守るために。

居間を通り抜けて台所に入ると、耳が守られているということをつかの間忘れ、カウンターの上に置かれた品やキャビネットに収められた電化製品の間をこわごわと動き、指を四本使うのではなく二本でつまむようにして鍋やフライパンを持ち上げた。朝食用の卵を耐酸性のビニールタオルでくるんで昔ながらのやり方でひびを入れると、詰め物をした鋳鉄製の重いのし棒の下で転がして、食べたときに分からないくらい細かく殻を砕いた。彼女はそのやり方にすっかり慣れていて、注意深く静かにできるようになっていたため、皿を落とすまで自分が保護されていること、夫の小さなナイフと鋭い痛み、そしてこの祝福すべき、喜ばしい静けさのことを忘れていた。

彼女は微笑んだ。

＊

まずは犬への対処だ、と彼女は考えた。気が進まなかったが、いつまでも犬を避けるのはよくない。彼女はアフガン織りのコートを羽織った。フードをかぶり、きつく締めた。ミトンをはめた。犬がゴーグルを嚙んで使い物にならなくなっていたため、彼女は両目を閉じて犬に近づき、ときおり素早くまばたきして自分の進み具合と相手の動きを確かめた。犬をつかむと手で鼻先を覆って家の外に放り出し、声を出して追い返し、ついには、哀れな鳴き声とともに（と彼女は想像した）犬は慌てて走り去った。あの子の声帯を切り取るよりはましだと夫には説明するつもりだった。残酷なことをする必要はない、と。可哀想なあの子を、無防備なままにはしておけない。

そして彼女はベッドを整えた。

夫をそっとまたぎ、よけて動きながら。
自分の叫び声が彼に深刻な影響を及ぼしてはいないことを願った。彼の頭蓋骨はいつも柔らかく、脆かった。普段は帽子をかぶっていた——最後にごみ漁りに彼が出かけたときに持ち帰った銅の細い糸を使い、彼女が編んであげた帽子だ。彼は手術する前にその手の帽子のどれかをかぶっておくべきだった。彼にそう伝えるべきだったが、彼女は興奮していてすっかり忘れてしまった。夫のことをすべて。

ベッドを整えたあと、夫を見やった。まだ床の上にいて、なおも息をしてはいるが、本当にかすかな息だったため、彼女は不安になった。

あと一時間、と彼女は考えた。**あと一時間しても起きなかったら、私が起こそう。**

コーヒーを一杯淹れると、裏のポーチに出た。二人のどちらかが思い切って外に出てからかなりの時間が経っていたため、蔓は縦横無尽に絡み合い——防御のメカニズムなのかもしれない——パティオの家具を覆っていたので、彼女は植木バサミで何度も切ってようやく座る場所を作った。念のためコートを持って出てきた。用心に越したことはない。さっと飛び、しわがれた声を上げるハゴロモガラス。轟く雷鳴。声を張り上げながらぶらぶら歩く子供たち。何もかもが、恐ろしく危険だ。だが実際のところ、彼女はコートを使うことになるとは思っておらず、しばらくすると、そこまで用心してコートを持ってきた自分にすっかり苛立った。棘に引っかかってしまったのだ。

しばらくすると、コーヒーは冷たくなった。風は強まり、ヒューヒューと音を立てているはずだ。頬に当たるその音を感じた。しかし、コートで身を覆うよりも、朝の一服を諦め、家の中に戻って腰を下ろし、午後になるのを待った。

＊

彼女の夫は、落ち葉の山のように脆く見えた。まだ目を覚ましていなかったが、床からベッドに戻されると、わずかに唇が動いた。彼女はベッドの側柱に夫を結わえつけた。夫の顔からマスクを外し、ナイトスタンドの上に置いてあったアルミホイルの切れ端で両耳を覆った。**今さらこんなことをしても手遅れだわ、**と心の中で呟いた。夫の頭を枕にもたせかけると、顎の下までシーツをかけた。目を覚ましはしないかと鼻をつまんでみた。彼は最初から手術には反対していたし、今となってはそれが正しかったのではないかと彼女は不安になった。二人は猛烈な勢いで十二冊のノートをやりとりして議論を交わし、ついに彼が折れたのだった。

彼女は夫の頬骨についた痣にそっと触れた。顔の高いところにあるその剥き出しの部分は、マスクでしっかりと守られてはいなかった。髪の毛を抜いてしまわないよう気をつけながら、彼の髪をくしゃくしゃにした。彼は手術には反対だったが、それ以外に可能な解決策を提示しなかった。二人はそれまでに窓を三つ取り替えていて、今回のものはつい先週入れたばかりだった。犬はなだめようがなく、害を及ぼすほど騒々しくなり、二人とも、痣や切り傷を作らずには近寄れなくなった。他の界隈の子供たちや略奪者どもの叫び声や脅し、力のこもった声で、乾いたペンキのかけらや壁の剥がれかけた塗料が震え、二人の頭上に落ちてくる——世界はまったく予測不可能でうるさくなってしまった。彼女と夫はどうにかせねばならなかった。

彼女は夫に目を向けた。痣や切り傷、今では曲がってしまった鼻。素敵な鼻だったのに。彼女は夫の頬に触れた。手のひらをそこに押し当てた。彼の頭をそっと横に動かした。鏡があれば、と彼女は思った。ハンドバッグにコンパクトがあるから、それを彼の鼻の下に当ててみればいい。映画で誰かがそうしているのを見たことがあったが、映画の中の男は、相手が死んでいるかどうか確かめようとしていたのに対し、彼女のほうは相手が生きているのを確かめようとしている。

彼の肩を優しく揺すった。目を覚ましてほしかった。目を開けた夫に、何もかも大丈夫だと信じさせてほしかった。彼女は両手で夫の腹を押し、少し前かがみになると、あまり強すぎず、ちょうど彼が口を開けて空気を吐き出すくらいの力を込め、耳障りな音をほんの少し出させようとした。だが、もし音が出たとしても（出たのかもしれないが）、彼女には聞こえなかっただろう。するとそのとき、自分には何も聞こえないのだというその現実が、ゆっくりと実感を伴っていった。

あら、私、ビビッてる、と彼女は言った。

少なくとも自分の声を頭の中で聞くことはできるはずだ、と考えて彼女はそう口にした。

不安なの、と言った。

不安よ、ともう一度言った。

不安、と言った。そしてもう一度。大きな声で。さらに大きく。喉を絞るようにして。声を張り上げ、叫んだ。

彼女は目を閉じ、自分がコンサートホールにでもいるかのように両耳の周りに手を当て、あらんかぎりの声を振り絞って叫んだ。それほど大きな自分の声はどんなふうに聞こえるのか想像しようとした。

何も聞こえなかった。

そして目を開け、夫の顔の無残な有様を目にすると、小さく喘いで口に手を当てた。ほんのわずかな音ですら、夫を治しようもなく傷つけてしまうのではないかと恐れながら。

＊

家事をするのが一番、と彼女の母親はいつも言っていた。家を整理して、魂も整理するのよ。

そこで彼女はバスルームに入った。壁の目地をごしごし擦り、シャワーカーテンの黴が生えたところを引きちぎり、大理石のカウンターを磨く――そうした行為で心が落ち着いた。ところが。

今ではなぜか犬が恋しくなっていた。完全に認めたくはなかったが、あの騒がしい声がなくなって寂しかった。

もし子供たちの誰か、あるいは略奪者が家の外にやってきて壁に向かって叫んだとしても嫌だとは思わないはず、と少しして心に決めた。

それからしばらくすると、彼らがまさに今、家の外にいるかもしれず、自分の目で確かめてみなければ決して分からないことを悟った。

そこで外を見てみた。すると確かに少年が八人、前庭で半円になって立っていた。彼らの叫び声は底をくり抜いたプラスチックのコップでさらに大きくなり（と彼女は想像した）、彼女の家の周りの空気を温めていた。ポーチに立ち、彼女はセーターを脱いだ。

きっとみんな幼いのね、と彼女は思った。**誰も声変わりしていないか、でなければ声が嗄れているのは何時間も、何週間も叫んでいたからなのね。**少年たちの声がもたらす被害は、取るに足らないものだった。

それでも、少年たちの足元の草は茶色くなり、すぐそばにある草木はその息の重みで萎れた。彼らが力を尽くしているのは明らかだった。それでも、その無駄に終わった努力に彼女はさらに落ち込むばかりだった。

*

宇宙服を着込み、彼女は守られながら数か月ぶりに近所を歩き回った。隣人たちの家に向かって手を振った。日光に微笑んだ。二度、足を止めて地面にかがみ込み、歩道のひび割れから突き出ている小さな草の葉を引き抜いた。

略奪者どもから口笛を浴びせられていたとしても、彼女は気がつかなかった。子供が一人か二人、彼女に駆け寄ると声を投げつけたが、何も起こらず、彼女が恐怖も怒りも見せずにいると動揺し、怯えて走り去った。

その服は宇宙向きではないと分かってはいたが、「宇宙服」は彼女と夫の間でお気に入りの言葉になっていた。**宇宙服を着なよ、外で一緒に座ろう、**と彼はよく言った。**二人で宇宙服を着て愛を交わそうか、**とも。

本物の宇宙がないのと同じく本物の宇宙服もなかった。

だが以前は、宇宙服を着ていたとしても、それを二着重ねていても、それほど長く外を歩こうとは思いもしなかっただろう。体がどれだけ守られていても、どれほどの布や素材をもってしても彼女の耳を守ることはできなかった。小さな肉食の鳥は、生き残るために、最も分厚い耳当てさえも貫くような音の角度や反響、屈折の構造を身につけていた。さらには、木の葉の擦れる音、小枝の折れる音、強い風が吹き抜ける音——そうした音のすべてが害を及ぼし、致命的にすらなりえた。

子供たちや略奪者どもがこの数か月をどう生き延びてきたのか、彼女には分からずじまいだった。

＊

風が防音材や遮断材の切れ端を巻き上げ、彼女のそばから通りの向こうに運んでいった。彼女は周りにある家々を見やった。自分の家と同じくひび割れ、剝がれ、崩れかけているようだった。そのうち、空から、一羽の小鳥が彼女から一メートルしか離れていない地面に落ちてきた。気を失っているのだと思ったが、痩せこけた猫がくわえて持ち去ったので、甲高い耳障りな音を立てて空から鳥を落としたに違いない。家から出れば少しは気分も晴れ、心も落ち着いて罪悪感もいくぶん和らぐかと思っていたが、そうした光景を目にしたことで彼女はすっかり疲れ、悲しくなった。夫が一緒に来られなくて幸いだった。

やがて踵を返して帰途につき、夫の元に戻ってできるだけの世話をしようと心に決めたそのとき、何かが彼女の背中に当たった。彼女ははっとして、メガホンかその手の拡声器、彼女の宇宙服を突き破るほど強力なものを手にした人間がいるものと思って振り返った。だがそこにいたのは、石や棒を手にした少年たちの集団で、自分たちが投げたものがいつにない速さを見せたことにひるんでいた。少年たちは無言で彼女を見ていた。そしてひとりが振りかぶって投げた石が彼女の肩をかすめると、もうひとりの少年、そしてダムが決壊するようにして一斉に、めいめいが新しい石を拾うかすでに投げた石を集め、誰もが口を閉じたまま、彼女を洪水のように襲った。

音楽家の声

I

私が初めてカール・アバソノフに会ったのは、彼がニューヨーク州北部にある聖公会運営のセント・アン私立病院の小さな麻痺患者病棟から生まれ故郷のテキサスに戻ったあとだった。介護付きホームに入り、三人の看護師に交替で世話をしてもらっていて、ときおり体調が急変すると療養所に移送された。

私が自己紹介したあと、彼が発した第一声は、「君は酷使されたクラリネットだな」というものだった。

アバソノフの声は豊かで、深い響きがあり、驚くほど力強い。アバソノフはゆっくりとした話し方で、しばしば発音を強調するきらいがあるが、どの言葉も一字一句すんなりと分かり、それ自体が歌か旋律の一部であるかのように思える。話すときには相手の顔を見ない。なぜなら、彼は首の筋肉（頭半棘筋、頸半棘筋、多裂筋、頸回旋筋）を動かせず、毛様体筋（目の筋肉で、収縮して水晶体の形を変えることでさまざまな距離にあるものを見えるように働く）も動かせないため、相手の外見を知ることはないし、過去二十年近くにわたってずっとその状態だったからだ。彼が人々を判断する一番の方法、相手の顔を見ることなく、誰が自分に話しかけているのか、あるいは誰が自分と一緒に部屋にいるのかを記憶する方法は、その相手の声を通じてであり、その人が話していないときには呼吸の音が頼りになる。すべての音が音楽として聞こえるとアバソノフは語り、人混みが耐えられないのは（レストランやバス停、カクテルパーティーやロックコンサートなど）、人々のがやがやとした声が、フラットやシャープ、不協和音といった耳障りな音の塊となり、彼が記憶したくもない悲しい旋律となってしまうためだ。

彼の筋肉は、今やすべてが固く萎縮し切っているため、彼の心臓が鼓動し、肺が呼吸していられるのは、小さな金属製の箱、ニコラス・トレモントが彼のために製作した〈アバソノフの灰色の箱〉の助けによるものである。トレモントはその箱の設計と製作が自分独りの力によるものだとは認めていない。「元々は彼の発案だった」。彼のオフィスで私と話をしたとき、トレモントはそう言った。「そして設計について私に話を持ちかけてきたのは彼のほうだった。十五年くらい前かな。彼がカクテルナプキンの裏に描いたスケッチは、かなり雑で漠然とした図だった。線も震えていたしね。あとで分かったんだがもう二十年、いや二十五年がかりで作曲している曲に取りかかったばかりのころだった。私はその発想に興味を持った。小さな箱が心臓や肺、胃や腎臓なんかをモニターするだけでなく、人間の神経系統に制御されているときのように、それらの臓器を動かすのだから。試作品を完成させるだけでも十年以上かかったが、それを私が仕上げることができたのは彼にとって幸運だったろうな。しかも、彼をその箱につないだときには、すべてが正常に動き始めた。最初は二つほど問題（バグ）があったがね」

たとえばどんな？　と私は訊ねた。

「そうだな、ひとつには、我々は避雷器を取りつけることまでは考えていなかったから、初めて激しい雷雨が南西の方角からやってきた晩は、結局何も起きなかったとはいえ、二人ともかなりヒヤヒヤしたね。本当に我々が怖かったのは――いや、彼には何が起きそうなのか言わずじまいだったから、私が怖かったことだな――私が最初、心臓の機能への接続を間違えていて、電源につなぐ直前に初めてその間違いに気づいたことだった。もし気づかずにいたら、彼の心臓に血液を流れ込ませてしまうところだった。つまり、すべての血液を一気にということだ。そうなれば十中八九、その圧力で彼の心臓は破裂してしまっただろうな」。まだ初期の試作品ではあっても、その箱は血液の循環、酸素の循環、老廃物の排出など、体内のすべての筋機能を制御してみせるが、アバソノフに車椅子生活を余儀なくさせている筋骨組織のほぼ永久的な萎縮を解放したり緩和したりできるほど高度なものではない。そのことを知ると、アバソノフがまだ生きていることは驚きだが、さらにいっそう驚くべきは、彼が話すことができるという事実であり、それはつい最近まで、彼の症状を治療した、あるいは治療しようとした欧米の医師すべてにとって謎だった。

Ⅱ

イサイロ・アバソノフは一九三八年、テキサス州ベンフィックリンに移り住んだ。

一九三六年の晩秋、彼と妻のファビアは故郷のアルバニアを離れ、ニューヨーク行きの蒸気船に乗り込んだ。二人はニューヨークで二年間を過ごし、有能な会計士であるイサイロがロシア料理店の厨房でコックの補佐として働く一方、ファビアは家政婦として、衣類を洗濯し、骨董品から埃を払った。それから二人はベンフィックリンという小さな町に引っ越した。イサイロの伯父ミロラドがそこで暮らし、粗雑な機械を組み立ててメキシコに出荷することでそれなりの稼ぎを得ていたのだ。その機械は荒い毛布や、農夫たちが畑で綿花を摘むときに穿くズボンを作るためのものだった。

二人が到着して六週間と経たないうちに、ミロラドは他界した。その機械で作ったズボンの分厚い生地が、毬（いが）や棘、サソリに刺されたりヘビに咬まれたりといった攻撃からいかに労働者たちを守ってくれるかをイサイロ相手に実演しているときに、ガラガラヘビに咬まれたのだ。

イサイロは金属加工についても簡単な組み立てについても門外漢で、実のところ伯父の拡大する事業の会計面を支えるべくテキサスに呼ばれていたのだが、突如として、歯車やバネやベルトといった油を差した機械がひしめく一軒家ほどの大きさのガレージと、わずか四名の従業員を預かる身になった。伯父は従業員たちが自分の機械の仕組みを覚えてしまえば、その作り方を盗み、彼の工房を去って自前で商売を始めるのではないかと恐れたため、それぞれには機械全体の四分の一の組み立て方しか教えず、ばらばらの四つの部分を、ミロラド自身が密かにつなぎ合わせていた。蓋を開けてみれば、四つの部分をひとつの全体に組み立てる方法は誰も知らなかった。六週間が経っても、機械はひとつにはまとまらず、イサイロは伯父の下で働いていた四人の男を解雇して機械工房を畳むほかなかった。

そのころ、ファビアは妊娠していた。「両親にとって厳しい時期だった」とアバソノフは私に語った。「父はまたコックの補佐の仕事を見つけ、母は掃除婦の仕事に戻り、私が生まれる間際までその仕事を続けて、出産からひと月もしないうちに復帰した。私の世話をする人を雇う金などなかったから、母は私を抱いて働いた。父は会計士として働くこともできたが、合衆国、少なくともテキサスでは、父が金を持ち逃げしないという何らかの証拠、何らかの証明書でもなければ雇ってもらえなかった。父はアルバニア出身で、テキサスでは誰もアルバニアなんて聞いたこともなかったし、アルバニアが何なのかも知らなかった。父の肌の色や顔つきで、たいていの人からはメキシコ人と黒人の混血だと思われたが、にもかかわらず父がスペイン語をまったく話せないのを誰も変だとも思わなかった。だが、おかげで父はコックの仕事を見つけた。みんな父のことをメスティーソだと思ったからね。父は早番で畑仕事の労働者や郡の保安官代理、農夫なんかの朝食を作っていた」。すると、ちょっとした幸運がイサイロに舞い降りた。レストランの経理を担当していた店主の夫が、左半身不随の発作を起こして寝たきりになってしまったのだ。夫の世話をするため、店主はレストランを閉めようと考えたが、また別の仕事を探したくはなかったイサイロは、もしコックとフロア係を見つけてもらえるなら、無給で会計の仕事も引き受けると申し出た。

三年後、イサイロはレストランを買い取った。店主は暑い乾いた気候が夫の体には合うのではないかと期待して、夫とともにニューメキシコ州サンタフェに移った。

「その後、母は掃除婦の仕事をやめて、ほとんどの時間を家族三人で、その食堂で過ごしたよ。私の思い出といえば、ほとんどはレストランでのことだ。厨房の作業台や、カウンターの裏の床に座ってね。〈オリンピア食堂〉という名前の店で、店主だった女性にちなんだその名を、父が変えることはなかった。メニューも変えなければ、食堂の壁にペンキを塗り直したり、厨房の床にタイルを貼り直したりするときも同じ色や同じ模様を守り、すべて元のままにしていた。ある年、夫を亡くした元店主が自分の家族を訪ねてやってきて、父が店をどうしているか見てみようと立ち寄った。ほとんど昔のままの店を見ると、彼女は泣き出したよ。啜り泣くとか涙をほとばしらせるとか、そういう泣き方ではなくて、目に溜まった涙がときおり頬を伝って顔を濡らしていた。彼女は言葉もなかった。コーヒーとピーカンパイを注文し、父がどちらの代金も受け取ろうとしないでいると、カウンター席から立ち上がって出ていった。私たちが彼女を見たのはそれが最後だ」

息子が八歳の誕生日を迎える直前、アバソノフの両親は〈オリンピア〉を売却した。そして三人でテキサス州ダラスに引っ越すと、レストランを売って得た資金と、ファビアが貯めていた金で家とピアノを買い、四歳のころから音楽を習いたいとせがんでいたカールのピアノのレッスン料を払った。

Ⅲ

ブランカールによる『身体辞典』の一六九三年版には、耳鳴りについての最初の記録あるいは言及が含まれていて、そこには「耳の中での特定の唸りや疼き」と定義されている。全米耳鳴協会（一九七一年設立）はさらに、「耳の中、あるいは頭の中で、外的な音が存在しないときに鳴り響く音、あるいは甲高い音その他の音を知覚すること」と耳鳴りを定義している。耳鳴協会が集めた統計によると、推定五千万人のアメリカ人が何らかの耳鳴りに悩まされ、千六百万人のアメリカ人は、日常生活を営むことも不可能なほどひどい耳鳴りを患っているという。

人間の耳は大きく三つの部分に分けることができる。音を集める外耳、音を伝達する中耳、そして聴覚を司る内耳である。外耳と中耳は鼓膜によって隔てられ、中耳と内耳は前庭窓によって隔てられている。音を集める外耳の形は円錐状であり、耳介と呼ばれる。この円錐の機能は概してかなり低く、そのために、高齢者はもっとよく聴こうとするとき耳に手を添える。中耳は外耳が集めた音を前庭窓に開いた内耳へ、耳小骨と呼ばれる可動性の骨によって伝達することに特化している。そして内耳はこの情報を受容体ニューロンに伝える。

内耳は、複雑な前庭システムを通じて第二の機能、すなわち頭部がどの位置にありどのような動きをしているかを常に他の部位に伝えるという役目を担っている。前庭器官は大きく分けて二つのプロセスを通じてこの機能を果たしている。頭を縦横に振るために必要な角加速度と、エレベーターが降下するといった直線的な運動を察知する直線加速度である。

聴覚と前庭器官は緊密につながっている。両者の受容体は内耳にある側頭骨の内部、骨迷路と呼ばれる回旋状の空間にある。連続した膜が骨迷路の内側に垂れ、それによって内部に第二の空間、膜迷路が作られている。内耳には中耳に続く膜で覆われた二つの出口、前庭窓と蝸牛窓がある。内耳と中耳を前庭窓でつなぐ小さな骨、鐙骨(あぶみこつ)は、鼓膜の振動に反応して震え、そして外リンパと呼ばれる内耳の液体を前後に揺らし、それが今度は蝸牛窓を規則的に振動させる。前庭窓と蝸牛窓に挟まれた膜迷路は、その振動に応じて上下に跳ねる。

この動く塊の内側にあるコルチ器官は、基底膜という膜迷路の一部に乗っている。そこでついに、音からニューロン信号への変換が起こる。コルチ器官の内部には、聴覚を司る有毛細胞がある――聴覚の受容体である内有毛細胞と、音の周波数を「微調整する」外有毛細胞である。内有毛細胞の敏感な不動毛(聴毛)は、蓋膜と呼ばれる膜に覆われている。膜迷路が上下に動くと、基底膜も上下に動き、不動毛は前後に動く。不動毛がしかるべき方向に引っ張られると、有毛細胞は脱分極し、信号を放出する。この信号はコルチ器官の下を走る神経系統に届き、それから聴覚神経を通って脳幹に送られ、そこでついに理解可能な音――車のクラクション、声、ジェットエンジンの音、あるいは音楽――として解読される。

だが、なぜこうしたことが重要なのか?

もう少しだけ、私の説明に付き合ってもらいたい。

コルチ器官の外有毛細胞は、我々が耳にする音の周波数の「受容感度を向上させる」のを助けている。外有毛細胞は、神経刺激に応じて長さを変えることができる。基底膜を上下に押すことで、外有毛細胞は振動を増幅させることも弱めることもでき、内有毛細胞の反応を強めたり弱めたりする。つまり理論上は、もし外有毛細胞が基底膜を動かせるならば(それは可能だと証明されている)、特殊な場合には前庭窓も動かせることになり、場合によっては鼓膜も動かせるかもしれない。そして、困難ではあるが、鼓膜を動かすことで外有毛細胞は耳の働きを逆にすることができ、それによって耳は、本質的に受容器ではなく、むしろ音を発するものとなる。アバソノフ以前にも、医学の歴史において、耳の中で絶えず囁く声がすると訴える症例は多くあり、狂気によるものとして相手にされなかったが、献身的な医師がついに聴診器をその患者の耳に当てて聴いてみると、医師にもその囁き声が聞こえたのである。耳の役割が逆転するというこの現象こそ、絶えず鳴り響いたり轟いたりする耳鳴りに苦しむ人々の説明として、多くの医師が言及するものである。

私がここに提示したのは、ラリー・フランクリン博士による解剖学の授業をほぼ一字一句違えず書き写したものである。フランクリン博士は痩せて長身の、ワシントン大学医学部の若き教授であり、多くの専門家によれば、カール・アバソノフの全身の筋肉が歪み、呼吸という単純な行為すら機械によって行なわれているにもかかわらず、彼が話せるというだけでなく、うまく話せるのはなぜなのかを最初に解明した人物である。授業の終わりに私は、正直に言えばおそるおそる、次のような論理的な問いを発した。

「フランクリン博士、つまりどういうことなのでしょう?」

「どういうことか?」と彼は言った。「まあ、端的に言えば、カール・アバソノフは耳によって話し、意思疎通しているということです」

Ⅳ

カール・アバソノフの居間にあるピアノは、塗装材でできたスタインウェイの古いアップライトピアノである。脚には傷があり、本体や椅子、蓋には、塗装が擦れた箇所がいくつか見られる。「それは水のせいだよ」とアバソノフは私に言った。「母はしばらく、小さな鉢に金魚を入れて、ピアノの上に置いていた。あとから思えばあまり意味のないことだったな。そして私はベートーヴェンの楽句を弾いているときに、うっかりそれを壁にぶつけて割ってしまった。ピアノのレッスンを始めて一年くらいのころのことだ」。彼は少し言葉を切ると、こう締めくくった。「私はベートーヴェンに関しては元気が有り余っていたからね」

彼の両親は、習う気ではいたがレッスンを三度受けたところで投げ出してしまった女性からそのピアノを買った。アバソノフの有り余る元気のおかげでハンマーのほとんどが摩耗してしまったため、今ではその古いピアノを弾く者はいないが、彼は両親と自分の子供時代の形見としてずっと手元に残している。音楽マニアや見世物小屋の愛好者からアバソノフのピアノを買い取りたいとの申し出が一度ならずあり、ワイオミング州在住のある女性などは、彼のピアノレッスンの教本すべて、習い始めの小学生が使うような丸暗記用の音階の本のたぐいも含めて一万五千ドルで買いたいと持ちかけてきた。アバソノフが私に見せてくれた教本は、どれも手つかずのままに見えた。

しかしながら、コレクターや博物館が欲しがったのはアバソノフのピアノと教本のみではない。フィラデルフィアにあるムター博物館は、アバソノフの不慮の、あるいは突然の、いやさらには自然な死に際しては、彼がこの世を去ったときと同じ姿勢で亡骸を保存したいと申し出た。博物館側は「VIP待遇」、すなわち彼自身とピアノと楽譜のコピー（実物ならなおよい）を展示すると保証してはいたが、金銭的な補償の話は出ていなかった。

「あちらにはまだ何も伝えていない。お預けを食わせておきたい気持ちもあるんだが、それより何より、そんなことは考えたくなくてね。実際、最後にはすべてをフランクリン博士かジョンソン博士に委ねることになるだろう。とはいえ、二人のどちらかはピアノを残しておいてくれるだろうし、少なくとも古い教本と、私自身が作曲したすべてを残してもらえるはずだ。だが、この私をどうするのかは見当もつかないな」

彼の両親と、初期のピアノ教師たちも、いざレッスンが始まると似たような問題に直面した――カールをどうすればいいのだろう？　彼は四十五分のレッスンを週一回、水曜日の夜に受け始めた。西洋音楽は十二の長音階と十二の短音階から成る。短音階には旋律的、和声的、自然的の三種類がある。

自然的短音階は一音一音、長音階と同じ音階だが、始めの音が異なり、また異なる音程のパターンを生む。これら四十八の音階が西洋音楽の基本であり、十七世紀から十九世紀にかけて形成され、広く使用された。最初のレッスンと二度目のレッスンの間の六日間で、アバソノフは全音階をものにした。最初にハ長調を教わっただけの段階で、である。彼がひとつひとつの音階を間違えることなく弾きこなすのを目の当たりにした教師は言葉も出なかった。両親はレッスンの回数を週二回に増やした。しかしながら、一か月後、もっと優秀で彼についていくことのできる新しい教師を探さねばならなくなった。それから三か月後、アバソノフは教師によるレッスンそのものをやめ、南メソジスト大学の芸術学部に入学し、毎日、音楽学や音楽理論や上級ピアノクラスの教授陣から指導を受け、また初めてバイオリンを手に取った。

「天国にいるような気分だった。完全に音楽漬けだった。そのとき私は八歳、学校には半日行けばいいいだけで、あとは楽器と音楽に囲まれて日々を過ごせた。山ほどもある楽譜。私は昔から初見でそれなりに弾けたから、たまたま手に取ったものを何でも弾いていた。それが私の教師たちをひどく苛立たせてしまった。だって私は次から次に新しい曲に移っていって、ひとつの曲に集中して演奏の腕を磨かせるだけでもひと苦労だったからね。でもしばらくすると、私はまだ八歳なのだし、そのうち落ち着くだろうとみんな諦めてくれた。目の前に置かれた曲が何であれ、私は最後まで弾いたし、ラフマニノフやリストといった、とりわけ難しい曲のときはもう一度弾いてみることもあった。二人とも、平均よりも大きな手の持ち主で、私よりもかなり大きかったから、彼らの曲を弾くときは自分なりに即興で工夫して、彼らが生み出した音をすべて弾けるようにしなくてはならなかった。申し分ない日々だったし、もし作曲の道に導かれていなければ、そのまま人生を送っていただろうと考えることもあるが、いずれにせよ、そのうち自分で作曲し始めて、ああいうふうになっただろうな」

「ああいうふうになった」のは、彼が十歳の誕生日を迎える直前、ある教授が彼に何も書いていない小さな楽譜を渡したときのことだった。「私の頭の中を流れるメロディー、私の音楽かもしれず、書き留めておかなければ失われてしまうかもしれないメロディーのためだと先生は言った。最初は何のことか分からなかった。私はバルトークやモーツァルトやシューベルトにのめり込んでいて、自作の旋律なんて考えもしなかったが、いざその可能性を指摘されると、メロディーはひとりでに出てきた。最初に発作を起こしたのはそのときだ。確かに短い発作だった。私が思いついたメロディーは短く、単純で、いかにも九歳児の作るものだったから、発作というよりは筋肉がつったようなもので、全身に及んだわけでもなく、肩のあたりに出ただけだった。あのころは、いつも首の付け根と肩から始まっていた」

アバソノフは関節のこわばりや些細な発作については深刻に考えなかった。実のところ、彼がわずかに猫背になり、腰がこわばった姿勢で家をよろよろと歩いているのに気づいたのは彼の両親だった。そのことを訊ねられると彼は軽く受け流し、今は忙しい、歌を考えている最中だし、もうすぐ完成するから書き起こさねばならないのだと言った。曲を完成させて自分の部屋から出てくると、彼はまた元気で自然な動きに戻っていて、自分が妙な歩き方をしていたことなど知らず、痛かった記憶もないと主張するのだった。

「だがその次、それが音楽と何らかの関わりがあるのだと私たちが知るずっと前に、私はスケルツォに取り組み始めていた。遊び心に満ちた楽しい曲だったが、同時に、それまで作曲しようとしたどの曲よりも長く複雑だった。すると、その異変は無視できず避けられないものになった。私はベッドから起き上がれず、しばらくすると、瞼すら動かせなくなった。両親にはどこが悪いのかさっぱり分からなかった。往診にやってきた医師にも原因は分からず、何かの発作か痙攣を起こしたのだとしか言えなかった。私は点滴を打ってもらって水分と栄養分を補給し、看護師を呼んで家に泊まり込んでもらった。何が原因なのかはおろか、どのくらいそれが続くのかも分かっていなかったからね。私は二週間ほどその曲に取り組んでいて、ベッドから動けなくなったのは最後の三、四日のことだった。それまでより長い楽譜ではあったが、それほど長いというわけでもなかった。だから、今のようにぎゅっと固まったりはしていなかった。ただ仰向けのまま、板のように動けずベッドに釘付けになり、その間も音楽は頭の中を流れていた。

「少なくとも心のどこかでは、その出来事が頭の中にある音楽のせいで起きたのだと知っていたが、そんなふうに考えたくはなかった。その代わり、音楽こそがこの奇妙な発作を耐える助けになっているのだと考えた。私は音楽について考え、それ以外は一切考えないことで今の状態を忘れていられるのだ、頭の中にあるこのメロディーを続け、終わりまでたどり着き、どういう音になるのかをはっきりと思い描けさえすれば、この発作を乗り越えられる、いや音楽が私を乗り越えさせてくれるのだと。次の発作も、その次もね」

しかしながら、じきに発作は驚くべき頻度でアバソノフを襲うようになった。

カール・アバソノフは、世界でも五例しか報告されていない筋骨組織および神経心理学的な疾患、振戦不随意筋委縮症の患者のひとりである。この疾病においては、菌類の胞子がアリの脳に侵入するように、ある思考の核が脳に侵入する。アバソノフの場合、その胞子は独創的な楽曲という形で入り込み、そしてその核が大きくなるにつれ、神経毒素が発生してそれがノルエピネフリンかアセチルコリンを刺激し（そのどちらなのか、こうした症例においては医師たちにもはっきりとは分からない）、それらの神経伝達物質が、間違ったシナプスに間違った周波数を伝えてしまう。それにより、ゆっくりと、だが多発的な関節炎、筋収縮、あるいは麻痺が起こり、結果として身体は不随意に歪んでしまう。視覚的には、その過程をビデオ撮影して高速で見るならば、核が脳に入ってから身体の最終的な萎縮に至るまでの病の進行は、暑い日差しの下で花か草が萎れていく姿に似ている。

最初に報告された振戦不随意筋委縮症の症例は一九四二年末の、フィリップ・コープキンド博士によるものである。彼の患者はアダム・シャイという無名の画家で、アクリルによる抽象画、しかも茶色と黒と赤を用いた、角が多く不穏な作品の描き手だった。どれもおよそ二十五セント硬貨か、せいぜい一ドル銀貨程度の大きさに凝縮した色と線を塊にして、それを尋常ではないほど大きなカンヴァスに描いていた。コープキンド博士は、催眠術と潜在意識への暗示を用い、芸術的試みによって左半身の首から腰までと、腰から下すべてが麻痺してしまったアダム・シャイが部分的に回復することを発見した。コープキンドは一九四四年にこう書いている。「一か月にわたり、治療前にはほぼ一時間ごとに起きていた麻痺の発作に、シャイは一度たりとも襲われなかった。しかしながら、催眠術による暗示を通じたシャイの芸術的衝動の抑圧は、毎月の診察によって維持されねばならない。さもなければ、作り出したいという衝動がまたゆっくりと浮上し、麻痺の発作にふたたび襲われることになる」

アバソノフは六名の催眠療法士や心理学者、音楽療法士による診察を十回以上受けてきたが、その衝動、作曲への欲求を今も失っていない。

V

カール・アバソノフの症例に最も精力的に取り組んでいる二人の医師、ジョンソン博士とフランクリン博士のうち、より長く彼を、あるいは彼について知っているのはフランクリンのほうである。ラリー・フランクリン博士は、実際に出会うはるか前からカール・アバソノフを知っていた。フランクリン博士の母親ジューンは、最近引退したピアノ教師で、現在はラリーの故郷の町にある教会の聖歌隊の指揮者を務めているが、カール・アバソノフを二十世紀アメリカ屈指の作曲家だと考えている。ジューンとカールは高校時代の友人だった。

「一度、彼は代数の時間に私のために曲を書いてくれたことがあった」と彼女は私に言った。「ほんの五秒くらいで、小テストの紙の裏にすらすら書いたのよ。まだどこかにあるわ。屋根裏か、でなければ箱に入っていると思う。私の記憶では、彼の小テストの成績はDだったけれど。その裏に、ちょっとした短い歌のトリル、鳥のさえずりのような曲を、D音から始まるニ長調で書いたのよ」。唇をすぼめると、彼女は心躍るような音のやりとりを口笛で吹いてみせてくれた。確かに鳥のさえずりのようだった。「もちろん、そのころ私は楽譜が読めなかった。彼からもらったものが何なのか分からなかったし、彼に訊いてみても、自分で答えを見つけなよと笑顔で言うだけだった。実はそれがきっかけで、私はピアノを習い始めたのよ。その短い音符の並びを学校の音楽の先生に見せて、これは何ですかと訊ねてみたら、先生がピアノで弾いてみせてくれた。その曲はとても気に入ったけど、聴くだけではどうにも満足できなかったのよ。彼が紙に書いたものと、先生がピアノで弾いたものをどうすれば結びつけられるのかが知りたかったから、私も弾けるように教えてほしいと先生に頼んでみた。それで教わってみれば、見事にはまってしまって、今でもピアノを弾いているというわけ」

その腕前をジューンが披露できるようになる前に、アバソノフは学校をやめた。「ただ教室に来なくなったの。しばらく彼は具合が悪くて、来たり来なかったりだったし、学校ではいつも保健室にいて、それからご両親が特別な手術か何かのために彼をヒューストンに連れていって、そのあとは全然学校に来なくなった。

「私は大学に行って、北テキサス州立大で音楽教育学の学位を取った。そこでリチャードと出会ったの。私たちは卒業してすぐに結婚して、それからオレゴンに引っ越した。そこで落ち着いたころに、ラリーが生まれた。そのころ私は家の外で生徒を受け持っていたの。落ち着いた人生だったし、幸せだったけど、心のどこかではいつもカールのことを考えていたわ。ときおり、レコード店に入ってグレン・グールドやウラディミール・ホロヴィッツを探すときには、頭の片隅で、コンピレーションアルバムのテープやレコードにカールの名前があるんじゃないか、ハリウッド映画音楽の作曲家でも何でもいいから彼の名前が見つかるんじゃないかと思っていたけれど、結局彼の音楽の録音は見かけずじまいだった。少なくともオレゴンにはなかった。一度、音楽の学会でニューヨークに行ったことがあって、そのとき小さいけど品揃えが豊富なクラシックレコード店を見かけて、彼のレコードにたまたま出くわしたけど、それはバッハのフーガを弾いているもので、正直に言ってあんまりいい出来じゃなかったわ。今でもそのレコードを持っているかどうかは分からない」

アバソノフがそのアルバムを録音したのは一九六九年十月、今ではもう存在しない小さなレーベルから出ていた。アバソノフにとっては重要な年だった。その年の二月か三月に、彼は今までで最も野心的な曲を書き始めたのだ。それ以前の彼は、弦楽四重奏や短い交響曲、複雑なピアノ曲などを書いていた。どれも軽快で楽しく、幸いにも短い曲だった。いずれにしても、二、三週間、あるいは一か月以上にわたって頭の中で作曲するような曲はまだ生み出していなかった。というのも、頭の中で完成するまでは書き始めることができず、作曲が長くかかり、曲が複雑になるほど、彼の体はおのれに刃向かったからだ。しかし、バッハを録音したときの彼は、六か月以上にわたってひとつの曲に取り組んでいた。

「実のところ」と彼は私に言った。「あの演奏をどうやって録音したのかすら覚えていない。我々は一テイクで終えたし、その後は二回か三回しか聴いていない。事情があったとはいえ、ひどい演奏だと自分でも思うからだが、私の記憶では、演奏の始めより終わりのほうが滑らかで落ち着いた音になっている。演奏が進むにつれて、私はバッハの複雑で見事なフーガに合わせて指を動かすことに完全に集中していき、自分の作品をつかの間忘れていたのだろうな」。六か月も作曲していたのなら、体はほぼ麻痺していたはずで、そもそもどうやって演奏できたのかと私は訊ねた。「腕と手が硬直するのはいつも最後だからね。それに、完全に固まってしまうほど長い時間曲に取り組んだことはそれまで一度もなかった」と彼は言った。「それに、親しい友達がスタジオ録音の準備を整えてくれた。私の状態を見て、きちんと座らなくても、手さえ動かせば演奏できるようにスタジオを改造してくれた。スタジオはへし曲げられたような見た目で、滑車やロープやレバーの奇妙な仕掛けが施され、その中央に、あろうことか天井からピアノが吊り下げられていた。スタインウェイのグランドピアノ、全長二〇六センチメートルだ。どこかにその写真があるよ」

かくして彼はバッハを録音し、ジューンがそれを買い、レコード自体は気に入らなかったものの、カール・アバソノフとふたたび連絡を取ろうという気になった。彼女はレーベルに電話をかけ、住所を教えてもらった。彼に手紙を出した。二週間後、返事の代わりに彼女が受け取ったのは、何十枚もの楽譜だった。「すべてカールの作品で、どれも短いものだった。スケルツォやマズルカ、ピアノ練習曲、弦楽器のための曲、ちょっとしたコンチェルト、ハープシコードのための曲、それから短いながら完結したオペラまであったわ。でもどれも短かった。二つか三つあった交響曲でさえ、数分で終わるようなものだった。でもいくつかは複雑すぎて、今でもどう演奏するのか分からない。二台か三台のピアノのために書かれたような曲や、まるでフルオーケストラのために作ったような弦楽四重奏よ。本当に複雑な曲にはまだ手をつけていないけど、繰り返し弾いている簡単な曲もある。練習曲のいくつか、一番簡単な曲は私の生徒たちにあげた。でもカールのピアノ曲のほとんどは、ラリーが小さかったころに弾いてあげたわ」

Ⅵ

私がハロルド・ジョンソン博士に会ったのは、テキサス州オースティンで開かれた小さな医学学会で、ラリー・フランクリン博士とその母親に初めて会ってから数週間後のことだった。ジョンソン博士は現在、ベイラー大学ダラス医療センターの専任所長を務めている。私はカール・アバソノフの症例についての彼の見解を知りたいと伝え、コングレス・アヴェニューにある小さなタコス店で朝食の時間に会う約束を取りつけた。注文を終えると、私はアバソノフの耳に関するフランクリン博士の説を紹介し、それについての意見を訊ねた。

「デ、タ、ラ、メ、だ」。これが、ジョンソン博士の第一声だった。

ジョンソン博士は一九六七年にライス大学を卒業し、一九七〇年にベイラー医科大学に入学した。卒業後はボストンに移って臨床実習を終え、それからニューヨークで四年間、セント・ルーク病院で神経外科を担当した。彼は大柄で、雄牛のように太い首と大きな声の持ち主で、テキサスサイズの大きな手は、握手してみると力強いだけでなく、驚くほど柔らかく敏捷である。「デ、タ、ラ、メ、だ」と彼は繰り返した。「一年前か、いや半年前でも、カールが耳から喋るとかいうくだらん話を君がここに持ってきたら、私は間違いなくそう言っただろうな。なぜって、レアー（フランクリン博士のこと）がここに来て自説を披露したとき、私は実際そう言ったからね。何なら、今から彼のところに電話して、君から直接訊いてみたらいい。私が何と言ったのか、そのとおりに教えてくれるよ、デ、タ、ラ、メ、だ、ってね。でも彼はその説を諦めようともせずにしつこく粘って、ついにはこう言った。『いいかハロルド、私の話を信じてくれないのなら、今すぐこの説を検証してみようじゃないか』。いいかい、あの男の主張は有力で説得力があった」

ジョンソン博士はマンハッタンに住んでいたときにカール・アバソノフに興味を持った。一九八九年、アバソノフのパートナーであるアニー・アシュベリーは、ニューヨークに在住し勤務している十人の優れた神経外科医に連絡を取った。ジョンソンは彼女のリストで十番目だった。その十名はアバソノフのアパートに招待され、昼食とカクテルを振る舞われた。医師同士はみな顔見知りだったが、カール・アバソノフかアニー・アシュベリーに会ったことがあるのはただひとり、リチャード・イオヴィネッリ博士だけで、昼食を取りカクテルを飲む間、他の九名の外科医たちは謎めいた招待主についての情報を得ようと質問攻めにした。カクテルのあとでようやく、アバソノフは姿を現わした。

「そこにいた間ずっと」とジョンソン博士は私に言った。「昼食を取って静かに酒を飲む間、我々はスピーカーから流れる音楽を聴いていた。短く張りつめた、複雑な音楽だった。聴いたこともないような曲で、誰の、いつの時代の曲なのかも分からなかった。実はカールの曲で、アニーが我々のためにかけてくれていたとあとで分かった。だが、カールの車椅子を押して部屋に入ってくる前に、彼女は止めてしまったようだ。

「彼の姿は何とも衝撃的だった。リチャードが最後に診察してからさらに症状が悪化していたらしく、彼ですらしばらくは言葉もないまま、哀れなカールを見つめていた。今じゃ誰も正確には知らないだろうが、元々一九〇センチくらいはあろうかという長身だった。その彼が車椅子に座り、四歳児くらいの大きさしかなくて、体全体がぎゅっと縮こまっていたんだ。だが左腕だけはどういうわけか体の他の部分とは違うふうに萎縮していたから、体から飛び出した格好だった。枯れた木の幹が地面から突き出ているみたいにね。

「二人が考えていたのは、ある種のリレー方式の手術で、我々十人が入れ替わり立ち替わりぶっ続けで手術をして、彼のおかしくなった神経系統をつなぎ直すという途方もないものだった。私に言わせれば、アニーにしてはあまりいい案じゃなかったが、彼女の努力を責められはしない。カールは麻痺してちょうど二年が過ぎたころで、例の曲にもう二十年も取り組んでいた。あの小さな灰色の箱のついた車椅子から立つこともできず、もう悪化する一方に見えたよ。率直に言って、あんな装置が持つとしてもせいぜい一週間だろうと我々は思った。彼女は実に素敵な女性で、彼に対する愛の深さは一目瞭然だったし、我々のためにパンケーキやカップケーキやマフィンを次から次に焼いてくれた。そのせいで胸が痛んだが、我々としては、その案はうまくいかないと伝えるほかなかった。十人が別々に取りかかり、それぞれが異なる手術の段階をこなしていくとなれば、ミスが起きる可能性が大きすぎた。そして、我々がノーと言ってからしばらくは、アニーは我々の誰ともまったく話さなくなったが、二、三年前、私がテキサスに移ったと知ると、ある日唐突に電話をかけてきた。ほら、カールもテキサス出身だったし、ちょうどそのころ、彼を故郷に戻そうという話が出始めていたのさ。もちろん、それから半年後に彼女は亡くなったわけだが。おかしなことに、我々はあれだけカールに注目していたのに、アニーの体調、心雑音や高血圧については誰も何も知らなかった。カールの世話という重荷でついに体を壊してしまったのだろうが、それでも我々全員にとっては驚きだった」

ジョンソン博士はしばらく黙り込み、コーヒーの残りをぐいと飲み干した。「素敵な女性だった」と言った。「まさに地の塩だ」

そして私が伝票を頼むと、私の抗議をよそに、ジョンソン博士が勘定を支払った。レストランから出るときも、私はまだ何かが欠けているという思いが頭から振り払えなかった。

「待ってください」と私は言った。「それでは、フランクリン博士の説が正しいということですか？」

「正しいかって？　そりゃそうだとも。間違いない。理にかなっているのはあの説だけだ。私も最初は半信半疑だったかもしれないが、あのフランクリンの野郎の言うとおりさ。カールのやつは耳から話してるんだ。この先解明すべきはただひとつ、いかにしてやってのけているのかだ。彼は両耳から話しているのか、それとも片耳だけなのか？　ある種の体内の神経メカニズムによって、ちょっと話したあとは話を聞く、インターコムシステムのようなものでも備わっているのか？　それから、それらのシナプスはどうやってつながっているのか？　何がどんな信号をどこに送っているのか？　といった具合さ。おかしなことに、彼と話すときには誰もそんなことは訊かないがね。最初は誰もそこに思い至らない。彼に話しかければ返事があるから、聞こえているのだと分かるし、彼の言うことが聞こえるのはもう分かっているから、彼が革の結び目みたいにカチンコチンに固まっているのにどうしてそんなことが可能なのかという疑問は浮かんでこないわけだ。まったく、私だって彼とはかれこれ十八年来の付き合いだが、こう言ったことはないな――おいみんな、カールのやつは顎も動かせないのにどうやって話せるんだ？　なんてね。それを最初に不思議に思ったのはラリーだった」

Ⅶ

「おかしなことに、私ですらそのことについては考えていなかったよ」。私はテキサスにあるアバソノフの介護付きホームの部屋に座っている。「誰も思いつかなかった。アニーですらね。それからフランクリン博士が家に来た。何の予告もなく、ワシントン州から飛行機で到着し、レンタカーに乗り、家を見つけて訪ねてきた。まだ私たちがニューヨークに住んでいたときのことだ」

アバソノフの声を聞きながら、私はその言葉が彼の両耳から出てきているのだと考えるよう努め、どのような仕組みになっているのかを納得しようとするが、錯覚はあまりに強力だ。子供に戻り、騙し絵の紙を一枚渡されたような気分だ。これは蠟燭立てか、二つの顔か？　醜い老婆か、それとも若く美しい女性か？ 子供のころの私は、二つ目のイメージが何か分かりさえすれば、いつでもそれを浮き上がらせることができた。だが、今回のこと——ありえないことに彼は口から話しているのか、それとも同じくありえない（と私には思える）ことに、耳から話しているのか？——これは私の理性の力を拒んでいる。そのうえ、そのどちらなのかを示す体の動きもない。彼の耳はぱたぱた動いたりはしない。喉仏が上下することもない。だがそれでも、どういうわけか彼は話している。私は一つ目の錯覚を消し去ることができず、二つ目の錯覚をはっきりと思い描けなかったので、もう諦めることにする。

その困難に拍車をかけ、さらに厄介にしているのは、彼を見るだけで居心地が悪くなってしまうということだ。彼は見るからに痛ましく、荒っぽい結び目のように捩じ曲がり、縮こまり、今ではますます小さくなり、私が初めて彼に会ったほんの数週間前からさらに固く萎縮している。私には彼に訊ねてみたいが思い切れずにいる、あるいはすでに答えを知っているような気がして訊ねられずにいる質問がある——ここまでする甲斐があるのですか？ あなたが頭の中で作っているその曲は、これほどの状態になってもいいと思えるほど素晴らしいものになるのですか？

「ラリーがやってきて」と彼は話を続ける。「私たち、つまりアニーと私は驚いたが、それは嬉しい驚きだった。いくつか検査をしてみたいとだけ彼は言った。もう検査には慣れっこだったし、ラリーはいつも気のいい若者だったから、私はいいよと答えて、それから何のための検査なのかと訊ねてみたが、彼は答えようとせず、終わったらすぐに教えるとだけ言った。そして丸めた綿の入った袋を開けると、準備をする間は気にせずに喋り続けてくれと言うから、私は話し続けたよ。ほとんどは他愛のない話で、彼の空の旅のことやら天気のことやら、どうして私の耳に綿を詰めるのかといったことだった」

ここで明記しておくと、多くの人はカール・アバソノフが麻痺しているという誤った印象を抱いている。彼の神経系統は正常に働いていないと考えるのは正しいが、彼には触覚がないというのは正しくない。彼の神経は死んでもなければ麻痺してもなく、むしろ過剰に機能していて、そのせいで彼の皮膚は極度に敏感になり、耳に綿を詰め込まれるなどという行為は不快以外の何ものでもない。

「だが、彼は何も言わなかった」とアバソノフは私に言う。「そして私の耳に綿を詰め続けて、ついには両耳にそれぞれ十個ほど入ったところで、おいおいラリー、私の耳にはもう綿は入らないよと私は言ったが、彼に無視されたか、あるいは私がそう思っただけかもしれないな、ともかく彼は私に話しかけることも、質問に答えることもやめてしまった。そうして耳に二十個の綿玉を詰められた状態で十分かそれ以上待っていると、ようやく彼は綿玉を外してくれて、そのとき初めて、彼がずっと話しかけていたにもかかわらず綿玉のせいで聞こえていなかったことを知った。アニーの表情は見えなかったが、彼女の息遣いが速くなったので、何かに興奮しているのだと分かったよ。そのときラリーがこう言った。『カール、こりゃ驚いた。どうやったらそんなことができるんだ、どうして誰にも言ってくれなかったんだ?』するとアニーは、そんなこと思いもしなかった、なぜ気がつかなかったのか、口では話せないのだから考えてみれば当たり前のことなのに、とまくし立てた。私には何が何だか分からなかったが、思うにそれこそラリーが求めていた反応だったのだろう。私が普通の方法では話していないことに自分では気がついていないと彼は確信していたし、そのとおりだった。彼が説明したところによると、一つ目の綿玉を入れたとき私の声がくぐもって聞こえ、最後にかけてはほとんどど言っていいほど聞こえなくなったという(耳にそれぞれ四つか五つ玉を入れただけだと彼は言うが、それは嘘だな）、そして彼にもアニーにも、もう綿を入れるのはやめてくれという私の声は聞こえていなかったと知ったときは、かなり興奮したよ。何と言っても、耳で話をするなんて大したことだし、私のような状態になってしまうと、新しい進展や発見というのは大したことだから、今回の件は実に大きな出来事だった。妙なのは、その後、私が半年近く話せなくなってしまったことだ」

「半年？　何があったのですか？」と私は訊ねる。

「ピアノを弾いていたり、野球をしていれば、」と彼は言う。「そういうこともあるものさ。望んでもいないのによく起きる。

「たとえば君が野球選手で、小さいころから、そうだな、五、六歳から野球をしてきたとしよう。大きくなるにつれて、君は天性の才能あるキャッチャーになり、二塁に見事な送球をするようになる。そしてこの手のことが起きる――どうして起きるのかは知らないよ、『おい、お前はすごい強肩だな』と言われたか、君の送球技術について何か言われたせいかもしれない――とにかく、君は自分が何をしているのか考えるようになる。そして二塁に悪送球する。まあ一度だけだから不安になることでもないと自分に言い聞かせはするが、やはり不安になって、また送球エラーを犯す。そうなると君はさらに考え込み、本当に不安になり始める。すると今度は、ピッチャーへの返球が暴投になる。もう二十年近くプレーしてきて、目をつぶっていてもできたことだ（実際、目をつぶるとうまくやれるかもしれない）。以前はどう投げているのかなんて気にもせず、ただ投げていた。すると監督は君の練習時間を増やし、それでも五試合続けてピッチャーへの返球ができなくなると君をベンチに下げる。君は自分の肩に何が起きているのか見当もつかず、一体どういうことなのかと考えてばかりいる。頭の中ではボールを投げる基本動作、何かを学んでいるとも知らなかったほど小さなころに覚えた技術を繰り返し思い描く。その間ずっと、問題は考え込んでしまうことにあり、体に染みついている動きを頭が邪魔しているのだとはまったく気がつかない。

「さて、私が耳から話すということについても、これと同じことが起きたわけさ。真相を知るやいなや、私は考え込んでしまい、話すことができなくなった。そのときも何事かを見抜いたのはラリーだった。前と同じく、前触れもなく彼がやってきたとき、私は落ち込んでいて、何も言葉をかけてもらえないアニーは泣いてばかりいた。彼女の声は聞こえたが、何か月かすると彼女は私に話しかけるのをやめてしまった。独り言を言っているか、死人に話しかけているようで落ち込むだけだと言っていた。ラリーは透明な液体の入った点滴の袋を持ってきた。あとでそれはただの砂糖水だったと分かったが、そのとき彼は、私の筋肉をほぐし、神経束を正しく接続してくれるかもしれない新薬だと言って準備万端整えて数分すると、動いてみてくれと言うわけだ、腕でも脚でも頭でもいい、はっきり見るために目の焦点を合わせようとするのでもいいと言われ、私は精一杯頑張ってみたが、何も動かせず、声が出ないことも相まって苛立ちが募っていった。ラリーは動かせ動けと言い、私のほうは、もう無理だ、これではうまくいかない、もう疲れ果ててしまったと言いたかった――そのころには全身汗びっしょりだった――だが、耳を使えないので何も彼に言えなかった、するといきなり、私はまた喋っていたんだ。『ちくしょう、ラリー、黙りやがれ。何ひとつ動かせないって言ってるだろ、このヤブ医者め』。これがそのときの台詞だ。彼もその言葉を忘れさせてはくれないだろうな」

その日から、アバソノフは苦もなく明瞭に話せるようになり、私との会話の中でも一度として口ごもったりどもったりはしなかった。「どういう仕組みになっているのか考えずにいるのは、それからはずっと楽になったよ。今もまさにそのことについて君に話しているが、実はそのことについて考えてはいない。少なくとも、そのプロセスについてはね。実のところ、何についても考えていない。この一時間ほど、私はずっと、右腕を五センチ左に動かそうとしていたんだ」

ヘンリー・リチャード・ナイルズ　その奇特なる人生

ヘンリー・リチャード・ナイルズ（一九四〇―）。詩人。オハイオ州クリーヴランド生。ポーランド系の両親の元に生まれたヘンリー・リチャード・ナイルズは、七歳の誕生日を迎えるまで一言も言葉を発しなかった。当初、息子は生まれつき耳が聞こえないのだと両親は考えていたが、聴覚検査の結果、その説は退けられた。少年の声帯が正常に機能していないのではないかと医師たちは推測した。そして、親に読み書きを教えてもらうべきで、意思疎通を図る最良の方法はメモ帳と鉛筆を使うことだろうと言った。口をきかない息子を、私立学校であろうと公立学校であろうと必ずや待ち構えているであろう嘲りや不当な扱いにさらしてしまうよりはと、両親は彼を学校には通わせず、話し方や読み書き、計算、図形の基礎など自分たちの手で教育を施した。ナイルズはアラビア数字に関しては初歩しか理解できず、8以上の数字を認識することはなかったが、奇妙にもローマ数字のほうを巧みに使いこなした。さらに、幼いころの彼は、鉛筆を右手で握っても左手で握っても、英語での意思疎通に重要（かつ不可欠）な単語、“the” “and” “to want” といった言葉をうまく書くことができなかった。子音の間に母音を置き、子音を正しく並べることはできたのだが、彼の手で作られた文字の組み合わせは判読不可能であり、話し言葉の音をそのまま転記したものだとしても解読不可能であった。

ナイルズが初めて発した言葉とは、"oeghene lachen"であった。それ以降、彼の口からは、母音や唸るような音、甲高い喉音が、単語として識別できないほど素早く、ほぼ途切れることのない勢いで溢れ出た。「私たちの耳が痛くなるような音でした」と彼の父親は語っている。それから三年が経過してようやく、両親は、息子が最初に口にした言葉が、英語に翻訳すると"eyes laughing"に相当することを知った。それをもってナイルズが初めて作った詩だとする者もいる。

学術雑誌『言語学研究』(一九七一年、四六―五二頁)に掲載されたジェームズ・エイヴァラの論文によれば、ゲルマン語派に属する東ゴート語の最後の話者はウルフィラ・ユーテスであり、ユーテスの助けを借りて、言語学者たちは、今日の我々が単語として認識し、翻訳することができる不完全ながら百語ほどのささやかな単語リストを作成することができた。一九〇〇年代初頭に他界したウルフィラ・ユーテスは、決して流暢な話者ではなかった。東ゴート語に堪能な最後の人間は、一世紀以上も前に死んだものと推定される。現在広く認められているところでは、ヘンリー・リチャード・ナイルズは、東ゴート語を流暢に操る唯一存命の話者であり、その死に絶えた言語を百数十年ぶりに話した人物である。

ナイルズの言語的問題の原因が突き止められるやいなや、両親は高名な言語学者たちに息子を引き合わせた。両親の願いは、(1)息子が話す言語の起源を見つけ出すこと、(2)ヘンリー・リチャードができれば英語を正しく話せるように、それが無理ならせめてフランス語を話せるように教えることであった。七歳のときから十八歳の誕生日を迎えるまで、ナイルズは言語学者たちと過ごした。英語、スペイン語、そしてフランス語を徹底的に学び、そのいずれにも堪能になったが(取扱説明書や財務報告書、新聞の見出しなどを読みこなすことができるようになった）、ナイルズが（詩的に）みずからの内面を表現できるのはただひとつ、東ゴート語であった。

日ごとに語彙を増やしていったナイルズは、今日に至るまで約六百篇の詩を残している。二単語の詩から千行に及ぶ長篇詩まで、長さは多岐にわたるが、後者に関しては、ウルフィラ・ユーテスによって提供された百語の単語リストを使っても断片的にしか翻訳することができない。いざ訳してみれば、彼の詩のほとんどは銃弾で蜂の巣にされたか、引き裂かれてえぐり取られたように見えるが、東ゴート語で、作者によって朗読されるのを耳にすれば（ナイルズの肉声はただひとつ、二十年前に書いた一連の短い詩を朗読した録音のみである）、理解不可能なそれらの詩を耳にした者はむせび泣き、そして、今までどれほどの可能性が失われてしまったかに思いを馳せるのだという。

殺しには現ナマ

俺たちは一時間かけて死体を埋めて、さあハンバーガーを食いに行くぞってところだった。俺は最初、死体を持ち上げるのに苦労するんじゃないかと心配していた。一緒にいたのはロジャーだけで、あいつはこの手のことをするのは初めてだった。いつもなら、重いものを持ち上げるのに助っ人には図体のデカいやつを二人つけるんだが。俺もロジャーもデカくなかったし、死んだ人間はやたらと重いって話も聞いていた。だから、ロジャーが死体の胴のところに移動して腰に両腕を回したときに俺は言ったんだ、おい無理だって、どっちかの端から持ち上げなきゃだめなんだ、頭か足かどっちかだよ、真ん中じゃない、ところがロジャーのやつは聞きたくない話には耳に蓋をする名人だったから、間違ったやり方のまま死体をまたぎ、腰に腕を回してから気が変わって死体のベルトを引っつかみ、膝を曲げて――あいつはアイスクリーム店で働いてたときに腰を痛めていた――そしてぐいっと持ち上げた、となれば俺としてはロジャーが前につんのめって、無様ではあるが愉快に死体の上に倒れ込み、恋人の抱擁ってな具合になるか、少なくともひっくり返って地面に仰向けになるんじゃないかと期待した。だがロジャーがうまいことやったのか見た目以上に力持ちだったのか、それとも死体はみんなが言うよりずっと軽いものなのか、ともかくロジャーはその死体を脚の間に引っ張り上げるとひょいと肩に担ぎ、俺のほうを向いて、で、こいつをどこに埋めるんだ？　って訊いてきた。

俺としては、その男を殺したのは偶然だったと言えたらどんなにいいだろうと思うし、もしこの状況を長い目で見て、そいつの人生の出来事、俺の人生の出来事、ロジャーの人生の出来事、俺たち三人にたまたま降りかかった気まぐれな成功と失敗の数々なんかも勘定に入れて、あるいはもっと遡って俺たちの親とかじいさんばあさん、ひいじいさんばあさんから一番古い先祖まで考慮に入れて、その男がその男になり俺が俺になりロジャーがロジャーになったのは何かの偶然のいたずらだったということにできるなら、それは偶然だったと言えるかもしれない。だが短い目で見れば、俺たちは故意に、ある目的をもってその男を殺した。そしてロジャーが何と言おうと、殺す相手を間違えたからって、俺にとって事の本質は変わらない。その男は俺たちが殺そうとした男で、俺たちはその男を殺した。それだけだ。

その男を見張り、隠れて待ち伏せし、殺し、そして埋めて、時間を無駄にしたという以上に腹が立つのは、人違いで殺ってしまっただけじゃなく、最初狙ってたやつをまだ殺さなきゃならないうえに、今しがた殺したやつについてガセネタを俺に流したやつも殺さなきゃならないってことだった。それで三人になるが、そもそもは一人だけか、せいぜい二人のはずで、つまりはすべてが片付いたあとに俺がロジャーをどうするか、それ次第だが、実質的に俺の仕事は三倍になるし、俺はそのことばかり考えてバンに戻った。それに、かなり腹も減ってたから、ハンバーガーと、まあソフトクリームでも帰りがけに食おうかと言い出したわけだ。

ワタバーガーの店に車を停めようってときになって、ロジャーは財布を落としたことに気がついた。

まずい、とあいつは言った。まずいって何が？　と俺は言った。財布がない、とやつは言った。焦んなって、と俺は言った。俺が二人分払うからさ。違う、とあいつは言った。そうじゃないんだ。

　そもそもどうしてあの間抜けが殺しに財布なんか持ってきたのかが謎だ。殺しには現ナマを持ってこい——俺からすれば常識だ。クレジットカードも免許証も身分証も、それが偽物で偽造写真を貼ってでもいないかぎりは持ってくるな。なのに、財布を丸ごと？　ロジャーは昔からいいやつだったが、常識はさして持ち合わせてなかった。そこで俺たちは死体を埋めた場所まで車で戻り、ロジャーの財布を探し回ること二十分ほど経ったところで、穴の中に落っことしたに違いないとあいつは言い出した。穴の中かよ、と俺は言った。確かか？　シャベルを取ってくる、と返事の代わりにあいつは言った。それから一時間ゆっくりと掘った、というのもロジャーの財布をうっかり掘り当てて土と泥ごと後ろに放り投げてしまいたくなかったからで、すると俺たちは死体に行き当たったが、そのとき俺は、それが別人の死体だと気がついた、こりゃまったく別人の死体だ、となれば無意味に掘り続けてもしょうがないし、ロジャーも穴にひょいと飛び込まずにすむように俺は言った、こいつじゃない。

　何だって？　それマジかよ？　とロジャーは言った。ここにどんだけ死体があると思ってるんだ？　と言うと、俺の言葉を本気にはせず、穴に飛び降りて俺の間違いじゃないかどうか確かめたが、間違いじゃなかった、いやむしろ間違いだった。

　つまり、その野原全体が碁盤目状になっていて、もちろん線が描いてあるわけじゃないが、俺の頭の中ではひいじいさんの土地すべてがその基盤目状の論理に従っていて、それぞれのマスに別のやつらがそれぞれの論理に従って埋められてるわけで、それはきわめて単純な数学的システムなんだが、俺は頭に来てたうえに腹が減って混乱していたらしく、マスを二、三個取り違えたわけだ、まあそれはいい、大したことじゃない、計算し直して、こいつの死体を埋め直し、正しい男の死体のところへ行けば財布は見つかる。そうだろ？　そうだよな。だが実にとんでもないことに、俺たちが掘り返した間違った死体ってのがロジャーの兄貴で、ロジャーは兄貴が死んで俺のじいさんの土地に埋まってるなんてつゆ知らず、ヴェガスに行ってブラックジャックのディーラーになってるとばかり思っていたんだが、それは俺が手紙をでっちあげて、「ヴェガスに行ってブラックジャックのディーラーになる」と書いておいたせいでもある。

こいつじゃない、と俺はもう一度、ちょっとばかり焦って言った。よし、と俺は言った。こいつは土に戻して、正しい死体を見つけなくちゃならない、要するにお前の財布を見つけるってことだ。だがもう遅すぎた、ロジャーの体がこわばる様子と、喉から絞り出されてきた邪悪な唸り声で、もう手遅れだと分かった。まさにそのとき、事態が手に負えなくなる前に、俺は即座にロジャーの脳天をシャベルでぶん殴ったが、いまいち気合いが入ってなかったか、足元の土が柔らかくて踏ん張りがきかなかったせいかもしれないが、そのせいで、やつの肩をかすめてちょっと後ろによろめかせただけだった。するとやつは穴から一目散に飛び出して俺目がけて突進してきた。我ながら情けない話だが、俺はこれは偶然だとか間違いだとかベラベラ喋り始めた、とはいえ自分が嘘をついてるのは分かってたし、さらにまずいことにロジャーも分かってたが、おそらく俺の言うことなんか聞いてやしなかっただろうというのがせめてもの救いだ。

相手の鼻をしっかり殴れば一発で殺せると聞いたことがあったから、ロジャーのことが好きで苦しませたくなかった俺はまずそれを試した。そんなことじゃ殺せないのか、それとも俺のやり方がまずかったのか、とはいっても、やつはかなりの勢いでこっちに向かってきてたし、俺の手はあとでかなり痛かったから、やつをかなり強く殴ったはずだ。ところがロジャーは怒り狂うあまりほとんどひるみもせず、こっちに突進しながら俺を仰向けに打ち倒し馬乗りになって、俺の目ん玉をえぐり出すか首を絞めるつもりだったんだろうが、俺は体を捻って逃れ、ロジャーは怒りのあまりジャケットに銃が入ってることを忘れてるはずだし、論理的にはやつの次の行動は俺を絞め殺すことだとも考え、で、やつが顔から地面に突っ込んだ隙によろめきながら立ち上がると、シャベルを取って今度こそバッチリ叩きのめした。

そういえば、二週間後にバンを洗ってシートやら何やらに掃除機をかけてると、ロジャーの財布が運転席とカップホルダーの間に落ちてるのが見つかった。あの大馬鹿、としか言いようがない。あのいまいましいクソ馬鹿野郎。

ハロルド・ワイジー・キース　その奇特なる人生

H・W・キース（一八三九―一九〇五）。発明家、科学者（植物学、動物学、学術語定義学）。ノースカロライナ州アッシュヴィル生。正式名はハロルド・ワイジー・キース。双子の兄弟のひとりとして生まれる。病院の記録によれば、ハロルドとマーティンのキース兄弟は同時に生まれ、どちらが兄でどちらが弟とは言えなかったがゆえに、H・W・キースは家族から「双子の左」と呼ばれていた。

幼少期のハロルドとマーティンは、父親の地下室で日々を過ごし、穀類やコーンミールや米粉を使って作業をしていた。ハロルドの日記中に見つかった膨大なメモが示すように、兄弟はシリアルの生みの親であるグラハムとケロッグの伝統に則り、「情欲を刺激することなく空腹を満たす」食べ物を作る実験において一定の進歩を見せていた。しかしながら、麗しきマーガレット・リリアン・モーヴの愛情をめぐって、若く健康的な争いの影が差したとき、二人の実験は唐突かつ不完全な終わりを迎えた。

マーガレット・リリアン・モーヴへの求愛についてはほとんどが謎に包まれているが、最終的に彼女の心を射止めたのがハロルドであること、二人が一八六〇年に結婚したことだけは分かっている。

双子の兄弟であるマーティンが花婿の付添人を務め、ほどなくして兄弟は穀物の実験を再開した。しかし、穀物を挽いてクラッカーを焼くだけでは飽き足らず、ハロルド・キースは未知のウイルスやバクテリア、さらには突然かつ痛みを伴う死の原因についての徹底した科学的かつ医学的研究を独自に開始した。この時期にH・Wは初めて、人間の臓器の代替物を発明する必要があるという着想を得た。「疑いなく、肝臓と腎臓と胃がだめになると、人は死ぬ」と彼は書いている。

こうした代替臓器の実験は、歴史家の知るかぎり、別の研究室で秘密裏に行なわれていた。H・Wの研究は北部か南部の有力な将軍からの委託を受けたものだったと推測する者もこれまでいたが、キースの実験が南北戦争の終結後も長期にわたって継続されたことから見ても、その説は説得力に乏しい。初期の日記への書き込みから複写された図式によれば、当初キースがカボチャ属の殻を使って代替臓器を作ろうとしていたことが分かる――ドングリカボチャ、ヘビウリ、キンシウリなどの中身を手ですくい取り、それから折り畳めるが頑丈なミニチュアの木の梁から成る構造体によってその内部を支えるというものである。半年後、その構想は放棄されたが、歴史家たちは理由を特定できていない。なぜならそれに続く日記の数ページは欠落しており、おそらくキース本人によって削除されてしまったからである。

新たに発見され命名されたばかりの植物の維管束系（一八六一年）に興味を惹かれ、H・Wは各種の複雑な植物の構成図に倣い、クリップや完璧な結び目によってつなぎ合わされた色つきのチューブによる実物大の試作品を作り上げ、それを使って今度は、木部と師部の主要な機能である転流、貯蔵、支持、伝達という複雑なシステムを再現した。彼の発想は、管の束を据えつけることで臓器の機能低下を代替するか埋め合わせようというものである。「というのも植物は、養分、カロリー、排泄物として、エネルギーを消費し、蓄え、そして放出するという点において、我々と同じ生命の基本的な機能を果たしているのではないだろうか？」このシステムを大がかりに模倣して再構築したものが原型となり――深夜から早朝にかけて作られ、各部位は寝室がひとつきりの彼とマーガレットの家の台所で考案され形づくられ、それから近くの打ち捨てられた道具小屋でつなぎ合わされた――彼はそこから、外科手術によって被験者に挿入するにふさわしい装置を設計した。彼の頭の中では、維管束系は既存のかさばる臓器系よりも効果的に機能していた。もし臓器の一部が突き刺されるか何らかの穴を開けられれば、その臓器は直ちに修復されねばならず、さもないと身体が機能不全に陥る可能性があるが、維管束系であれば、管を何本切られようが穴を開けられようが取り去られようが、他の管が残っているかぎり、組織は効率性を落としたとしても機能し続ける。

その間、マーガレットは二人の息子、ソロモンとジェレマイア、そして娘のメアリー・アンを産んだ。ハロルドの双子の兄弟であるマーティンが、ゆくゆくは彼らの教育を引き受けることになる。実際、彼は一家を丸ごと引き受けることになり、最終的には五人は平穏に、H・Wといたころよりも親密な一家となる。

試作品が完成するとすぐ、H・W・キースは三段階の手順を構想した。第一段階は、ホモ・サピエンスに適したものに再設計した維管束を外科手術によって身体に入れ込むことで、人間の木部と師部の束が体内に張り巡らされ、可能であれば既存の血管に接続できるというものであった。しかるべき数の束が食道の中、胃と腸の周囲、腎臓と肝臓近くに据えつけられ、尿道につながれる。第二段階は、患者が人体維管束系向けに科学的に調合された液体食品や溶解性の新たな栄養素に適応することであり、それによって新たな組織は（部分的には古い組織を模倣することで）みずからの機能を学ぶ。このために、彼は以前の穀物による実験から離れ、代わりにトマトやナスといったナス属の果物や野菜に専念した。食事の量は次第に増やされ、通常の生体組織が摂取するような固形の食物も含まれるようになる予定であった。そうして通常の食事が達成され次第、第三段階が開始され、そこでは伝統的な人間臓器の組織的な除去が行なわれるが、「心臓はそこには含まれない。そこは当然ながら魂の宿る家であり、つまるところ人と植物を分かつ臓器なのだから」。この計画を実現させることにH・W・キースは生涯にわたって取り憑かれ、他のすべてのもの、マーガレット、マーティン、穀物の実験、子供たちは顧みられなかった。その研究をまっとうするのに四十七年近くを要し、ついに人体維管束系の外科手術による挿入の準備が整った。

特許を取得した維管束手術を最初に受けたのは、H・W・キース本人であった。彼自身がつけた記録によると、手術が始まって二十分が経過した時点で、外科手術を補佐していた若者は気を失った。それにもひるむことなく、さらには自身の設計による斜角の大型鏡の助けを借りて、キースは次々に切開し、頭は朦朧としていても「自信に満ち、決然として躊躇(ためら)いのない手さばきで」手術を終えた。しかし説明のつかない予期せぬ合併症により、彼はほどなくして息を引き取った。

動物たちの家

帰り道にその家を見つけた、というのがウェンディの言い分だった。歩道から臭いがしたと言っているし、そのとおりなのかもしれない。彼女は僕よりも鼻がきく。実のところ、僕がその家の表にある小さなコンクリート造りのポーチに立っていても何の臭いもしなかった。彼女にドアを開けてもらい、家の中に頭を突っ込んで初めて、臭いが僕を襲った。むっとして湿っぽい、蹄と毛皮の強烈な臭いだったが、ウェンディにそう言うと、「ここの動物には蹄なんてないわよ」と言われてしまった。

二ブロック離れた僕らの家でも、動物たちの呻き声や、カラスやツグミのような鳴き声が聞こえなかったのが意外なほどの騒がしさだった。動物たちはケージに入れられていた。「このケージはどこから持ってきたんだろう?」と僕はウェンディに訊ねた。

彼女は首を横に振った。「動物保護施設とか?」

「保護施設は閉鎖されたと思うけど」と僕は言ったが、彼女は肩をすくめただけだった。

それから僕たちは家を見て回った。アヒルとムクドリモドキ、リスが二匹、野良猫が数匹、ネズミの群れ、そして僕には何だか分からない茶色い動物が二匹いて、ヌートリアじゃないかとウェンディは言ったが、それは動物の名前というよりは蓄膿症の薬の名前みたいに聞こえた。裏庭に置いてあるもっと大きなケージには三匹の野良犬がいると彼女は言った。ひととおり僕を案内し、家の中とそこに住んでいる動物たちを見せると、彼女はしばらく、それらが自分の動物であって世話をしなければならないようなそぶりを見せた。そしてケージのひとつにかがみ込んだので、何をしているのかと訊ねてみると、「一匹抱っこしてみたい」と彼女は言った。

「だめだよ」と僕は言った。「やめたほうがいい」

彼女は非難がましい鋭い視線を僕に送ると、それから首を振り、ケージのひとつを開けてヌートリアを一匹引っ張り出した。ヌートリアは彼女の腕の中によじ登った。ウェンディはその頭を撫でて、耳に優しく囁きかけ、持ち上げると僕にも触るようにと差し出し、そんなのごめんだしとんでもないと僕が言うと、悪い人の言うことは聞いちゃだめよとヌートリアに言った。

*

初めてウェンディと出会ったとき、僕は誰もいない家の床の真ん中で横になっていた。部屋は暗くて、彼女は僕のそばに立ちはだかっていた。その家になら住めるかもしれないと思って侵入したことは言っておくべきだろう。彼女が振り回していたものは最初は散弾銃に見えたが、実はフロアスタンドで、銃を構えるというよりは牛追い棒か簎（やす）で狙いをつけているようだった。両親を別にすれば、故郷に戻ってから僕が本当の意味で交流したのは彼女が最初だった。

僕は実家に戻ってきていた。故郷の町に戻る道のりで最後の金はすっかり使い果たしてしまい、金欠だった。戻ってきてみれば、町はほとんどもぬけの殻だったが、多くの人にとっては、また別の小さな町に、あるいは大都市に行ったにせよ、そろそろ引っ越す潮時だという以外の理由はなく、そしてもちろん、出ていかずに亡くなった人たちもいたが、結果としてはさして変わらなかった。いずれにせよ、実家に戻るにはちょうどいい頃合いに思えたし（僕の両親はそのまま町に残ることにした数少ない人たちだった）、そこで自分の人生のベアリングを締め直すというか油を差すというか、ともかくまたしっかり歯車を動かすために必要なことをすればいい。しばらくすると、自分の家が必要だと分かったが、まだ金はなかったし仕事のあてもなかったから、引っ越せるだけの資金を捻出するのは無理だった。けれども町には古い荒れ果てた空き家がごまんとあり、修繕して住めるような家だってあるはずだと考えた僕は、町をうろついては品定めするように家並みを注意深く観察した。

ところが、ようやく選んだところはウェンディの家だった。そこで過ごした最初の夜、僕はそれを知った。

正面の窓を背にした彼女のシルエット、擦り切れたブラインドから切れ切れに差し込むかすかな月光に、僕は眠気を誘われのんびりした気分になり、一瞬、また眠ろうかとも考えた。僕がまた目を覚ますまで、彼女はそのまま立っているだろう。

「銃の持ち方はそうじゃないよ」と僕は言った。

「銃じゃない」と彼女は言ったが、言いながら嘘をつくべきだったと気づいていた。「ここで何してるの？」

「それは牛追い棒かな？　それとも簎（やす）？」と僕は訊ねた。

「牛追い棒？」と彼女は言い、その声音に、僕が言ったことに笑い出したいのだと分かった。笑う代わりに彼女はフロアスタンドを僕のむこうずねに叩きつけ、そうして僕はそれがスタンドなのだと悟った。

痛かったが、それは叩かれた痛みのせいというよりは不意を突かれたからだった。彼女には僕をしっかり殴れるほどの力はなかったし、スタンドは安っぽい作りだったうえに、彼女はあまり勢いをつけずに振り回して、ホッケー選手が氷をスティックで叩くように胸のあたりからスタンドの先を振り下ろしてきた。その動きを見て僕は、ほんの一瞬、ショッピングモールが閉鎖された今、そこのスケートリンクにあった氷はどうなったのだろうと自問した。

「ここで何してるの?」と彼女はもう一度言った。

誰かを相手にちゃんと話をしなければならないのは本当に久しぶりだった。彼女から訊ねられた僕は、どう答えればいいのか分からなかった。

彼女はまた僕のむこうずねめがけてスタンドを振り回したが、今回僕はその一撃に身構えていたので体を動かしてかわした。

「待て」と僕は言った。「ちょっと待ってくれ」

すると、彼女は動きを止めた。スタンドを高々と掲げ、もう一度、もっと強く叩く構えで、僕が何か口にするのを待っていた。だが、僕は何と言うべきか分からなかった。

＊

六年か七年か八年前、僕は両親と住んでいた家の近くにある小さな動物園でちょっとした仕事をした。動物園というよりは動物のいる自然の小道、あるいは一連の小道と言うべきかもしれない。つまり、その土地には動物がいて、しかもフクロウやヤマネコ、リス、ヘビ、ネズミ、ハツカネズミ、オオタカ、ノスリといった野生の生き物だった。だが、妙な組み合わせの動物たちがケージに入れられた小さな区画もあった。そこには二頭の小型のアンテロープ、四匹のワオキツネザルと二匹のカッショクキツネザル、ヤマアラシが一匹、ワラビーが二匹、温室に似た建物には蝶がたくさんいたし、カピバラとリカオンもいた。大した仕事ではなかった。僕は事務室のアシスタントで、ときおりチケット売り場を担当したり、そこで会議を開くか野外運動大会を実施したいと考えている企業向けの宣伝に使う小さな会議室で机や椅子を移動をさせたりした。何も面白いことはなかったし、給料もさしてよくはなく、手当もなかったが、故郷を出るまでにした仕事の中では一番気に入っていた――その理由はもっぱら、ほとんど成果を求められず、最小限の努力で大いに褒めてもらえ、僕は人目を盗んで自分の席かそのとき割り当てられた事務のデスクからこっそり抜け出して、三十分かときには一時間ほど小道をぶらぶらできるからだった。

その仕事を最後に僕は故郷を離れ、世界に繰り出して有意義な人生を送ろうとした。また両親と暮らすようになってから僕がまず考えたのは、そこに住むべきだろうということ、実家から本当に出るのなら、森の中、その小道や付近に住む動物たちに囲まれている場所以上にいいところはないということだった。アメリカフクロウ道やアメリカオシドリ道の間か、ウシクサ道から木立の奥に入ったところに小さなテントがある光景を、僕は思い浮かべた。物を減らした最小限の生活で、寒さが本格的になれば日没後に小さな焚き火をしてもいいが、僕がそこにいるとか、誰かがそこにいると合図を送るためのものではない。

そうしたことすべてをありありと思い浮かべたので、翌日の夜、僕は町で唯一営業している書店に歩いていった。偶然にも、そこはハンティングとサバイバル関連書籍が専門だった。一、二時間ほど、僕はサバイバルガイドをあれこれめくった。そこにはどんな気候のどんな土地でも生き延びる方法を伝授すると謳う本もあれば、動物の脳を用いる皮のなめし方、内臓の抜き方、頭や脚の外し方、石器の作り方、さらには昔ながらの手斧や万力など原始的な道具の作り方を指南する本もあったが、結局僕が買ったのは、二十代後半か三十代前半の男が勧めてきた本で、短い角刈りの頭に日焼けしてざらついた肌の闘犬用テリアのようなその男は、棚から一冊を取り出すと僕に渡し、もし本物の、本当にいいサバイバル本を探しているのなら使うべきはこの本だ、それは彼自身も持っている本で、東南アジアに落下傘降下したとき――落下傘降下、と彼は言ったと思う――ナイフが一本とロープと小さな背嚢とこの本しか持っていなかったが、人里離れた孤立した土地で六週間を生き延び、ついには徒歩で荒野から出て文明社会に帰還したのだと言った。

彼は誠実そうで信頼できる男だった。空軍のどこかの部門で、おそらく熱意を持って何度も従軍したことがあるような、さらに次の兵役に向けて準備していそうな男だったので、その本の使い道として僕の計画にあることを考えれば、推薦本を受け取るのはいささかやましくも思えたが、その本を棚に戻すほどのやましさではなかった。

実家に戻ると、僕はそそくさと夕食を済ませ、母はとっくに寝てしまっていたから父とだけ手短に話をすると、急いで二階に上がり、荒野でのサバイバルについて学べるすべてを学び尽くそうとした。僕はページをめくって目次を開き、見出しをざっと眺めると、まずは仮の宿を作る方法という項へ、そして栄養摂取の章に移り、二股に分かれた棒でヘビをつかまえるという項を読み、そして本を閉じるとナイトテーブルの上に置き、二度と開くことはなかった。

という話を僕は彼女に、スタンドを持った女の子に聞かせた。全部ではないが、動物園と小道についてて少しばかり。彼女には、いや誰であっても、フロアスタンドを持ってそばに立ちはだかっている相手には効果があるかもしれないと思った。自然保護区で働いていた男はどのくらい危険だろうか？　僕は彼女にその話をしてから、床に寝たまま、自分について別の話をし始めた。他に何をどう言えばいいのか分からないまま、最初からなるだけ早口に話しているうち、ついに、僕の最近の過去という汚泥をどうにか抜け、現在という泥沼に入った。故郷に戻ってきたが、どうしてなのかはよく分からないと僕は言った。こうした空き家のひとつをどうにかしようと計画を立てているが、どんな計画なのかはよく分からない。この家に心を惹かれたが、それもなぜだか分からないと言った。

するとと彼女は自分の話をしてくれたが、話すことはあまりなかった。彼女は学校を卒業したばかりだった。十六歳で家を出た。こうした古い家で暮らすのが好きだった。自分の持ち物は町のあちこちにある数軒の古い「空き」に置いている――ビール瓶の話でもするかのように、彼女は「空き」という言葉を使った。彼女は獣医を志していた。彼女の父親は、死ぬ前は大型動物の獣医をしていた。すべてが心地よくありきたりな話に思え、僕はついに立ち上がり、持っているうちに重くなって床に引きずられていたスタンドをそっと脇に押しやると、体をかがめて彼女にキスした。それから一週間すると、彼女からその家を出ていくように言われた。僕としてはもう家も彼女も見つけられなくなるんじゃないかと心配で出ていきたくなかったが、そうせざるをえなかった。「もう一週間でしょ」と彼女は言った。「ご両親がすごく心配してるはずよ。顔を見せに行ってあげなきゃ」。そこで僕は家から出た。

実家に戻って事の次第を話すと、二人は動揺し、特に母がうろたえたが、何にそこまでうろたえたのか、僕にはいまひとつ分からない——僕が居場所も知らせずに長いこと留守にしていて無事だったことなのか、それともまだ生きていながら無茶な生活をしていることなのか。ウェンディのことや、二人の計画について話すと、母は自分の部屋に閉じこもってしまい、ようやく出てきたのは僕が去ったあとだった。

新しい家に戻ってくると、僕は中に入りつつも、もうウェンディがそこを捨ててしまってはいないか、残っているものは何もなく、彼女は跡形もないのではないかと怯え、心の片隅では、そもそも彼女は僕の妄想が作り上げた存在ではないかとも思っていたが、彼女はそこにいて、床で胡坐をかいていた。僕を見ると跳び上がって抱きつき、それから後ろに下がってしげしげと眺めた。「あなたが本当に恋しかったから、スクランブルエッグみたいにぺろりと食べてしまえるくらいよ」と言うと、卵を割ってフライパンに入れてフライ返しでかき混ぜ、ナイフとフォークで食べる真似をした。「誰がナイフとフォークでスクランブルエッグを食べたりするんだい？」と言うと、彼女は僕の肩にパンチしてからキスし、僕は家に帰ってきたのだと実感した。

＊

その空き家で生活できるようにするには、同じブロックにある他の家を探し回ればたいていのものは揃うだろう、と僕たち、ウェンディと僕は思っていたが、僕らの家と同じくその家々にも物が全然ないかもしれないとは僕は考えていなかった。何時間も何日も家を漁って、二人とも手ぶらで戻ってきたとき、その手の家具や家庭用品を調達するのは二人とも諦めて、持ち物は背中に背負って、仮住まいに近い生活に落ち着いていくのだろうと僕は思った。ウェンディはそんなことは一切受け入れなかった——僕が最初に、そうした家のどれかを修復してしっかりした家にする本格的な計画があると信じ込ませてしまったからだ。「せめて何か座るものが必要よ」と彼女は言った。そして、近くにある自動車修理店に捨てられていた車から、僕がシートを引き剝がして持ち帰ったとき、彼女は笑顔で僕にキスすると、こう言った。「あとは寝るものがあればいいわね」

だが今、そうした最初のころの会話や二人が当初持っていた自信の何が気になり、彼女が見つけたばかりだと言い張るその動物だらけの家の何が自分を不安にさせているかというと、僕が最初は平凡でありきたりだと好もしく思っていた、彼女の人生のささやかな夢だ。将来はいつか獣医になりたいと思わない女の子がいるだろうか？　それまでは、彼女はもうとっくに獣医になることを諦めているのだと高をくくっていた。その無責任でその場しのぎの生き方によって、何かに大成しようという彼女の野望はきれいさっぱり消え失せたのだと高をくくっていた。でも、その家を彼女に見せられた僕は、それは彼女が見つけた家なのか、それとも彼女が自分で作り上げた家なのかと考え込んだ。

＊

つまりこういうことだ。僕には家庭の良し悪しを決めたり、家を修繕するには何が必要なのかを実際に見積もった経験はないが、父には自然とそれが備わっていたし、今では廃れてほぼ空になってしまったとはいえ金物店を経営していたから、僕としては、金物で何かを修理しなくてはならない状況に陥れば、必要に迫られて、それまで埋もれてはいたが生まれつき蓄えられていた知識がぶくぶくと浮上して、父と同じくらいうまくやれるはずだと思っていた。そしてウェンディも人生のどこかで、同じ誤った哲学を持つに至ったのだろうと僕はふと思った——ある技術か才能は父から子に必ず受け継がれているはずだと。ただし彼女の場合は、父親が馬やロバの世話を心得ていたのだから自分もそうした動物たちを治す方法を知っているはずだ、というものだったが。

だから僕としては、ある晩ふと目を覚まして、ウェンディが鳥を手に持っているのを目にしてもさして驚きではなかった。どこでその鳥をつかまえたのかと訊ねてみると、外でその鳥があまりに騒々しいので眠れず、調べに行ってみたら見つけたのだという。どういうわけか片方の翼が折れていて、彼女はそれを持ち帰って世話をした。その鳥の扱いに見える優しさに、彼女は前にも同じことをした経験があるのだと確信した。「もしかして、その鳥を他の動物たちと一緒にするつもりかい？」と僕は訊ねた。彼女は首を横に振って、「今夜はやめとく」と言い、それから鳥の嘴に唇を寄せたが、触れ合ったのかどうかは分からなかった。そして彼女は言った。「明日はみんなの家に入るけど、今夜は私たちと一緒に寝るのよ」

一晩中、その鳥は物音ひとつ立てず、彼女も鳥を離さず、僕が目を覚ますとまだ鳥を抱いて眠っていた。僕は上体を起こしてズボンを穿き、鳥のためにカップに水を少し注いだが、鳥は動かず、僕は心の中で思った——**鳥よ、君のことが分からない、というか君をどうやって治せるのか分からない、でも間違いなく君はもうすぐ死ぬよ。**そして一、二分の間、鳥をウェンディの手からそっと取り上げて首を折るか、息ができなくするか首を絞めるかしようかと考えたが、鳥を窒息させるためにはそもそも何をすればいいのか分からなかった。彼女のため、とにかく彼女の心の平安のためにそうすべきだと思った。そして正直に言えば僕のため、僕自身の心の平安のために。このか弱い生き物が一週間か二週間後に死ぬよりは、今、彼女が目を覚ましてみたら死んでいたというほうが辛くないだろうと思ったが、そのときウェンディは身動きし始めて目を覚まし、鳥は嘴を上げて彼女の指を軽くつつき、僕のチャンスは消えてしまった。

＊

続く数週間、僕は動物だらけの家がもたらす被害は無視しようと努めた。だが簡単ではなかった。彼女はまったく家にいないように思えた。いつもあちらの家にいるか外にいて、怪我をしていたり病気だったり迷子になっていたりする動物たちがいればおびき寄せようと探していた。僕らの家、僕らが暮らしている家には、もうひとつの家の臭いがするようになった。どうしてそうなったのかは分からない。ひょっとすると、彼女の服や髪や肌に染み込んで持ち込まれたか、マンガに出てくる煙の筋のように彼女の後ろにまとわりついて入り込んだのかもしれない。ともかく、僕は臭いを嗅ぎつけたし、その話をすると、ウェンディは僕に向かって首を横に振り（臭いの細い筋をあちこちに散らし）、それは僕の妄想だと言った。そして一度ならず、僕が目を覚ますと、まるで小さいころから一緒に寝ていた動物のぬいぐるみのように別の動物を腕に抱いて眠っていた。そうした動物たちをどうやって抱きやすい体勢にさせたのか、僕には見当もつかなかった。それに、そもそもどこで動物たちを見つけてきたのかも分からず、彼女も教えてはくれずに「あちこちで」とか「公園で」とか「道路脇よ」といった曖昧なことしか言わないうえに、そのうち何匹かは病気というよりただの迷子のように思えたとき、彼女が他人の家やペットショップ、あるいは見捨てられた町の動物園に忍び込んで、動物たちを盗み出してきているのではないかと僕は疑い始めた。そして、そうしたことに対する自分の怒りにどんどんのめり込んでいかなかったら、僕は立ち止まって彼女の動物の扱いに賞賛の目を向けたかもしれないが、実のところ、僕は動物たちが死に絶えるか脱走するかしてほしいと心から願った――だが、動物たちはそのどちらも望んではいなさそうだった。そうして次第に汚れてみすぼらしくなっていく家に暮らして一か月が過ぎ、僕はウェンディからもこの家からも立ち去るべきだと心を固めた。彼女には動物たちと、自分で見つけたもうひとつの家を満喫してもらい、僕はいったん実家に戻って、そのあともう一度、住めそうな放棄された小屋でもないかと探しに出るべきだ。あるいは、いっそこの町からも出ていき、別の場所で一からやり直してもいい。

するとと、もうこれっきり出ていくと決断する前に、彼女が体調を崩した。気分が悪くなって戻してしまい、頭がくらくらして力が入らず、汗をびっしょりかいていた。僕は水を飲ませた。実家にこっそり入り込んで、彼女のために頭痛薬や蓄膿症の薬、咳止めの薬などをあれこれ見つけたが、どれもさして効き目はなかった。そして結局、動物たちがいる家に僕が独りで行ってケージを取り替え、薬をあげてきてほしいと頼まれてしまった。僕は訊きたかった。それは本当に僕らが心配しなきゃならないことか？　僕らが時間を割くべき作業なのか？　だがその代わり、何をしてほしいのか、そしてどうやればいいのかと訊ねると、彼女は嘔吐して青い顔で具合が悪いながらも説明し、そして「独りでいる間に何か要るものは？」と訊ねると、首を振って横になり、そして僕は家を出た。

＊

簡単なのは実家に向かうことだろう、と僕は心の中で思った。家に帰り、中に入り、階段を上がって昔の自分の部屋に行き、そのまま寝て、翌朝目を覚まして何事もなかったかのようなふりをする。

ちょっとした長い散歩、本当に長い散歩に出てようやく戻ってきたところなのだ、と。母は疑り深くなって、僕に笑顔は見せないだろうし、僕のほうに首を傾げて「面白い話だとでも思ってるの？」と言うだろうが、僕が家に戻ってきて嬉しいはずだ。それは分かっていた。

それに、ウェンディや病気の動物たちを置いていったからといって、僕にはどうってことないし、彼らの元に戻れば悪い結果を招きかねない。僕は歩きながらそうしたことすべてを考え、行き先を変えて、どこでもいいからよそに行ったほうがいいとは分かっていたが、結局そうはしなかった。

もちろん、家は臭かった。病気だったり死にかけた動物たちなのだから当然、毛皮や体毛や羽毛、鼻から滴る粘液、肉球や腹にできた膿みだらけの腫れ物の臭いがしたたし、糞尿と、ウェンディがその臭いを隠すために家中に撒いた消毒薬の臭い、そして動物たちの吐く息と、彼ら自身の臭いがした。その臭いがどんなものであれ、僕にとっては動物園やサーカスを思い出すものだったし、そして思うに、この怪物のコレクション、平凡な怪物の集団は、僕らの小さな町が見ることのできる動物園に最も近いものだった。だが、別の臭いもした。その強烈で金属的な臭いは血だと心のどこかですぐに分かったが、家に血の臭いがするはずはなかったから、僕はその考えを退けた。

家の中を素早く動き回り、動物たちの治療を終えるころにはその臭いが薄らいでいるように臭いの元を探り当てて取り除こうと考えていると、僕は何かに足を取られて前につんのめり、あやうく両手を前に投げ出して転ぶところだった。何に足を取られたのかと振り返ってみると、両膝が濡れていて、ズボンに赤い染みが広がっていくのが見えた。一瞬僕はひどい怪我をしてしまったのだと怖くなり、あまりに怪我がひどいせいで、それほどまでに出血するような傷でも痛みすら感じないのだと思ったが、そのあと、自分が血だまりか血の染みの中につんのめったこと、そしてそもそも足に引っかかったのはケージのひとつの金属扉で、もぎ取られて捩じ曲げられ、原形をとどめないほどの状態で開いた戸口に放り出されていたことに気がついた。

調べてみると、扉が蝶番のところで捩じ切られたケージがあと五つあった。それらをじっくりと見ても、元々は中に何がいたのか思い出せなかったが、今は空っぽで、かつて何かの動物の家だったことを示すものといえば、曲がったか折れたフレームから続いていく血痕だけだった。そうした殺戮の光景と臭いにすっかり動転した僕は、ケージをひとつも開けず、給水ボトルにも手をつけずに慌ててその場を立ち去り、ようやく二人の家に歩いて戻ると、ウェンディは床の上で眠っていて、僕はズボンとシャツを脱ぐと、床の上の彼女のそばに横になったが、眠りに落ちたのは夜明け前のことだった。

＊

何を見つけたのかはウェンディには言わなかった。その代わり、すべて順調だと僕は言い、朝一番に彼女の具合を訊ね、いつもの一日を始めつつ、動物の家で彼女を待ち受けているのが何かという秘密に緊張し、不安になった。もちろん僕は驚きショックを受け打ちのめされたふりをするだろうし、彼女が出くわした惨状について話を聞けば、いくつかの説を提示して——それが何だとしても、僕のあとに家に入ったはずだから、今朝早くなのかもしれないな——そして片付けを手伝って、できるかぎり彼女を慰めようとするだろう。でも、動物たちの世話をしに行く時間になったとき、彼女はまた吐いてしまい、僕は彼女を置いて出た。

その家に着くころには、そこには死と腐敗しかないものと腹をくくっていたし、自然死しなかったか僕の怠慢のせいで死ななかった動物たちは、あの五匹を襲った何ものかの餌食になっているだろうと考えていた。だが、動物たちは死んではいなかった。実のところ、僕が来たことで元気が出たようにも見えて、それは自分たちの空腹と喉の渇きの理由が僕だと知っているかのようだった。

僕は餌や水を求める動物たちの鳴き声や甲高い声や吠え声を無視し、まずは家の中を見て回ったが、残酷な争いの形跡はどこにもなかったし、行方不明になった動物の数もそれ以上増えてはいなかった。前の晩の失態を埋め合わせる義理を感じて、僕は窓を開けて換気をすると、動物たちに餌と飲み水を与え始め、ひとつひとつケージを掃除していった。床の血はできるかぎりきれいにし、もしも自分だったら、生の儚さであるとか、暴力による死を迎えるかもしれないという運命の避けがたさ云々をあからさまに思い知らせてくるものと隣り合わせで生きていきたくはないと考えて、空になったケージは取り除いた。それをすべてこなすうち、手順が決まった機械的な作業でいくらか気分は上向いた。ウェンディに手なずけられたか、あまりに具合が悪く弱っているせいで誰かにつかまれてケージから持ち上げられても嫌がらない動物たちを扱うことにさえ心が落ち着いた。僕は楽しんでいたし、必ずしも正しい行ないではなく何の役にも立たないだろうとは思ったが、ウェンディに指示されたとおり動物たちに薬を与えた――ついでに言えば、出所も効用も怪しい薬だ――そしてすべてをやり終えると、僕は立ち去った。

翌日の夜も同じことをし、その次の夜、さらに次の夜、と一週間にわたって続け、それが二週間、さらには一か月になった。毎晩、動物たちがケージの中で全滅しているんじゃないか、それとも半分が死んでいて何匹かは盗まれているんじゃないかと予想していたが、翌月にかけて、動物たちは日増しに体力を取り戻しているように見え、ひょっとしたら回復しているのかもしれない、いつの日か元気になって放してやれるくらいになるのではないかという気がした。

時が経つにつれて動物たちに愛着が湧いてきたというのも事実だ。すべてにではないが、それなりの数の動物に愛着が出てきたせいで、あるときはリスやハトに名前をつけるのを思いとどまらねばならないこともあったし、また別のときには、アライグマの一頭に名前をつけずにはいられなくなり、その名前を口にしたり耳の後ろを掻いてやったりするのをどうにか自制し、彼らをペットや友達だと考えないようにする必要があった。

それに、その家で時間を過ごし、必要以上に長くいることは、僕にとって気晴らしにもなった。臭いと騒音はひどかったが、あるいはそのおかげで、その家は僕がしばしば戻りたくなる場所、自分の家でウェンディと一緒にいるときに思いを馳せる場所になった。

ウェンディは回復しなかった。というよりも、体調が戻って体力もつき始め、顔色もよくなったかと思うと、彼女を蝕んでいた何かの病気がまたぶり返してしまうのだった。しばらくは、彼女が慢性かつ不治の病、ひょっとすると伝染病にかかってしまったのかと思っていたが、そのうちに、彼女は病気なのではなく妊娠しているのではないかという思いが僕らの間に芽生えた——とはいえ、その可能性をはっきりと口にしたことは一度もなかった。その代わり、僕らは幾度となく、それはありえないと頭から締め出した。

「梅毒じゃないわよ」と彼女は言った。

「まさか、ありえない。症状が全然違うと思う」

「ひょっとして不整脈?」

「手持ちの医学大全を調べてみるよ」と僕が言うと、彼女は弱々しく微笑んだ。

「君がインフルエンザなんて馬鹿らしいものの餌食になったとは思えないな。それとも単核症とか？」

「もし単核症なら、間違いなく全部あなたのせいよ」

「なら違うな、マラリアじゃないかな。それかジフテリアか」

そしてしばらくすると、それまでの他の会話と同じく、このやりとりも気まずく尻切れになって、自分たちをかえって追い詰めてしまい、残る可能性といえばただひとつ、彼女は妊娠しているに違いないということになるのだが、それだけは二人とも口にしたくなかった。

そのせいで心落ち着かず、どうしたものかと思い、ウェンディが浅い眠りに落ちたか、そっと足を引きずりながら片隅に行って吐き気に身をよじらせ始めると、僕はしょっちゅうウェンディを置いて家を空けるようになった。僕は近所の通りをあちこち歩き回り、この界隈に住んでいる人がいるとすれば誰なのだろうと思いながら、ときおりどこかの家の居間や台所やポーチに灯りがついているのを見て驚いた。僕らの周りにはそれぞれの生活を営んでいる人たちがいて、老朽化しているとはいえ家具や電化製品があって家族のいる家に暮らしているのだということを忘れていた。そしてそのうち、気がつくと動物たちの家に戻ってきていた。一、二匹の動物をケージから出すと、こわごわ匂いを嗅ぐその動物を、他のケージから離れた安全なところまで出てこさせて、一緒に何時間も座っていた。たまには、ご馳走をちらつかせて膝に乗せることもあったが、たいていは独り静かに座り、ケージの中で寝ているかうろうろしている動物たちを眺めるか、目を閉じて自分も眠ってしまい、やがて二人の人生がこれからどうなるのかと考え始め、妊娠したウェンディ、僕らの日常に登場する新たな命がもたらす帰結を考え、そして計画を練り始めた――どれも漠然としていてうまくいきそうにない計画ではあるが、それでも急激に芽を出しこの先ずっと続いていく二人の新生活、この世界での二人のささやかな持ち場を確かなものだと感じるようになった。**いいか、**と僕は自分に言い聞かせた。**この動物たちの世話がお前にできるのなら、いや、お前だけじゃなくてウェンディもだな、もしお前とウェンディにこの動物たちの世話ができるのなら、子供がひとりいるなんて大したことじゃないだろう?**そして僕はその生活を想像し始めた。ウェンディと僕自身、そして僕らのどちらかが背負った顔も性別もない人間、僕らでこの動物たちの世話をしながら日々をともに過ごしていくのだ——だがこれらのイメージはさして先まで続かず、そのうちに、どこにいても、家でウェンディと一緒にいても、あてもなく通りを歩き回っていても、動物たちの家にいたとしても、僕は興奮して苛立ち、落ち込んでいたので、それが戻ってきた当初は、気が紛れてありがたかった。

＊

ところが、かつてほんの少し垣間見ただけのそれは、いざ戻ってくると、僕がしたことをすべて台無しにしてしまった。

大胆不敵になったのか、気が強くなったか単に必死だったのか、それはまず、裏庭にいる犬たちのところに向かった。僕としては、殺された夜に犬たちの遠吠えが聞こえたのだと思いたい。夜のどこかの時点で、僕はびくっとして目を覚まし、自分がどこにいるのか、なぜそこにいるのかも分からず、嫌な夢を見たか妊娠のことを考えていたせいで目が覚めた可能性もある。犬たち、いや捩じ曲げられて体を捻って隣にいるウェンディを見、それから緊張した浅い眠りにゆっくり戻っていったのだが、空になった犬たちのケージを見つけると、それが戻ってきたことを僕は悟り、家の作業に取りかかった。

僕は窓に木の板を打ちつけた。正面玄関以外はすべて板で塞いだ。屋根の上に登り、穴があればすべて板を当てた。バスルームの流しの下にスチールウールがあったので、隙間があれば押し込むようにした。地下室を見て回った。屋根裏を探した。見つけた入り口はすべて閉めた。それでも、それは中に入り込み、今度はヌートリアとアライグマをさらっていった。やがて僕は規則性に気づいた――襲撃、二晩の休み、また襲撃、三晩の休み、そしてまた襲撃があり、僕らの家に繰り返し襲いかかるたびに、さらっていく動物の数は増えていった。どれだけ対策を講じても、家を守ることはできないようだった。それは壁に穴を開け、家の下に穴を掘り、防御の弱点を見つけてそこから入り込んだ。そこで僕は待ち構える戦術に出た。昼も夜も、家の外にしゃがんで身を潜め、怪物が襲っている現場をつかまえようとした。僕はナイフを一本見つけていた。台所のナイフで刃は鈍くなっていたが先はまだ鋭く、十分に尖っていた。僕は待ち、そして、それがまだ手を出していなかった動物たちを慰め、僕がいない間か外に座って襲撃を待つ間ですら家の中でやりたい放題された被害の跡を片付けた。

待っている間、僕はケージにいる動物たちのことを夢見たり、ときには赤ん坊のことを夢想したりして、そうした夢に心乱されたが、それよりも心乱されたのは、夜、複数の夢が互いに入り込んでしまい、赤ん坊が怪物となってウェンディの動物たちを恐怖に陥れていたり、赤ん坊が動物たちの仲間で、ケージのひとつに弱々しく疲れ切って暮らしながら、自然なものであれ暴力的なものであれ死がやってくるのを待っている、という夢になったことだった。それから、僕自身が夢に出てくることもあり、それが最悪だったのだが、中でも最悪だったのは、僕が怪物だったり、自分の子供になってケージの中に囚われていたり、自分の子供が無残にも殺されるのを目撃する動物の仲間になって、間違いなく迫っている自分の死に怯えていたりするときではなく、僕が自分自身であり、自分以上に恐ろしかったり心乱す何ものかではなく、他ならぬ僕があの家のドアを開け、その怪物を迎え入れているときだった。

そして、残るはあと一羽になってしまった。家に足を踏み入れたときから僕には分かった。僕はできるだけ素早く家の中を歩き回り、その一羽を見つけた。もうはるか昔に思えるあのとき、ウェンディが僕らの家の裏庭で助けた鳥。悲しげな様子で、寒さか恐怖に体を震わせていたその鳥が入ったケージは台所のカウンターの上に置いてあったので、そのおかげで助かったのかもしれない。僕は捩じれて空になり床に散らばったケージを蹴り飛ばしながらそこに向かった。ケージから鳥を出してそっと持ち上げ、目を覗き込んだ。

「もう飛べるかな?」と僕は訊ねた。「翼はすっかりよくなったかい?」

そして鳥をケージに戻した。そのケージを父の金物店に運んでいき、裏口から押し入った。麻紐と座金をいくつか、ポリタンクをひとつ、ハサミを数本、それからホース一本と布を何枚かつかんで、動物たちの家にはるばる戻る道すがら、ときどき立ち止まっては、停めてある車からガソリンを抜き取っていった。

家に着くと、僕は作業に取りかかった。仕掛け線を張り、仕掛け線に何かが引っかかったら音で分かるようにその端に座金を結わえつけた。それからいくつものケージを居間の真ん中で小さな輪になるように積み上げ、その中心に小さなケージに入った小鳥を置いた。もしも鳥が好奇心を持ったか怖くなったかで扉を押せば開けられるくらいにそのケージをほんのわずか開け、そして家から出た。

僕は外で待った。そして眠りに落ちた。あの怪物が家まで僕についてきた夢を見た。それがずっと待ち構えていて、動物たちの家に入る僕を見つめ、僕の絶望の叫びは聞こえないかと耳を澄まし、それから僕がもう一軒分のお手軽なご馳走を持ってはいないかと考えながら僕についていけるように待っている。僕のあとを追いかけてきて、そしてウェンディがドアを開けて僕を迎えようとすると、怪物は彼女に飛びかかり、そして夢の中で、僕は彼女を押しのけてそれに僕の片腕をつかませ、そしてつかの間僕は幸せになる、いや幸せというのは僕の感情を正しく言い表わしてはいないし、かといって「満足」というのも違うが、ともかくも心満たされ、覚悟ができていた――これに僕は備えてきたのだし、痛みと自分の血が流れるさまと怪物の牙の鋭さにも増して、その事実が僕の頭の中で際立っていたので、一瞬、それ以外のことは無視してしまえたし、無視したおかげで、現代のベオウルフか騎士のような気分で、あのナイフを手にとって怪物の頭深く、あるいは首の奥まで刺し込むことができ、深く刺したあとは奥に捩じ込み、するりと引き抜いてはまた突き刺し、それを何度も繰り返していると、怪物はとっくに僕の腕から離れていて、身動きもせず僕の血だらけの膝元に体を丸めて横たわり、大型犬かジャーマンシェパードほども怖くなっていた。そして僕は目を覚まし、ウェンディのほうに向き直って初めて、自分がまだ家に帰ってはいなかったのだと悟った。その夢は僕の中でまだ生々しく、あまりに生々しかったので、僕は手を握っては開き、自分がナイフを持ってはいないこと、眠っている間に知らずに手に取ったりはしていないことを確かめねばならないほどだった。また眠ろうとしたところで、座金が四方八方で動きカチャカチャと鳴り始めた。僕は飛び起きて、ポリタンクを持って家に走っていき、家の周りを全速力で走りながら、正面玄関とポーチと裏手、そして家の側面にガソリンを撒き、それからもう一度正面に撒いた。そして布をガソリンに浸し、どうして前もって準備しておかなかったのかと自問したが、家の中でなおも何かが動く音がして、それがまだやまないことを願った。布にしっかりと染み込ませ、僕がドアを蹴破ると、廊下の奥で、あの小鳥が狂ったように羽ばたいて飛び、僕が積み上げたケージの壁の上に一、二秒舞い上がると、疲れてしまったか、貧弱な止まり木を見つけたものの叩き落とされたかして下に落ちてしまい、それが飛びかかって捕らえようとしていた。

そのときケージの壁が一気に床に崩れ、赤茶色の毛皮のようなものが僕の目に入り、そしてまた鳥を追って見えなくなった。僕は傍観するのをやめ、布を詰めたタンクをその混乱の只中に投げ込み、それからドアを閉めてマッチに火をつけ、そして用意しておいたガソリンの跡に点火した。

すべてが燃えていた。僕は立って眺めていた。自分が何を待っているのかは分からなかった。火の手が広がることだろうか？ 僕は火が燃え広がるのを止めるような手立ては何もしていなかった。誰かが消防署か警察署に通報すること？ それが僕の望んでいたこと、あるいは恐れていたことだったとしても、隣人たちはそれを裏切り、誰も通報はせず、したとしても誰も来なかった。怪物の気配、その苦しみと死、あるいは逃亡を待っていたのか？ しばらくして、炎が家を焼き尽くすうちに、僕はそこに立っているのは無意味で危険なうえに愚かなことだと気づき、家に、ウェンディの元に歩いて帰ることにした。

歩きながら、僕の頭の中はあの夢のことでいっぱいだった。想像できることといえば、僕たちの家の正面玄関のドアが引きちぎられ、家は徹底的に壊され、ウェンディの姿はなく、連れ去られてしまったか、家にいたとしても、怪物が彼女をそこに残していったとしても、変わり果てた無残な姿だという光景ばかりだった。そしてじきに、僕は歩くのをやめていた。じきに僕は走っていた。歩道を叩く自分の足の音しか聞こえず、自分の激しい鼓動しか感じられず、立ち止まったときにはぜいぜいと息をして膝に力が入らず、頭も肩も痛かった。めまいもして、僕は体を二つに折った。だが、家は何事もなかった。ドアは無事だったし、家の中はいつもどおりだった。すべてが平穏だった。ウェンディは僕らが間に合わせで作ったベッドですやすや眠っていて、僕はその姿を十分、三十分と見守った。眠る彼女を見て、彼女に何をしてやれるか、自分自身には何を、そしてもし赤ん坊がいれば赤ん坊に何をしてやれるかを考え、それから尻ポケットにあったハサミを取り出すと、しっかりと握りしめた。また外に出ると、ハサミを手に正面玄関の階段に陣取って待ち、そして待っている間、僕を押しのけて入ろうとするやつがいれば、それが人間であれ怪物であれ、そのハサミでどんな痛い目に遭わせてやろうか、あれこれ思いめぐらせていた。

僕のすべて

僕の中のゾンビには、いくつかはっきりさせたいことがある。

僕の中のゾンビは、僕の中にはゾンビそのものはいないことをはっきりさせたいと思っている。実際、いるのは僕だけで、僕のすべてがゾンビなのだと知ってもらいたがっている。

僕の中のゾンビは毎日そう言う。毎朝、僕が目を覚ますと耳にそう囁きかけてくるし、顔の肉をしっかりと保っておくために毎朝の化粧をするときも、シャツのボタンを留めてネクタイを締めるときにもそう囁いてくる。僕の頭の中で響くゾンビの声は、ほぼ途切れることがない。

僕の中のゾンビは、別のことも言う。

たとえば、「彼女の顔に嚙みつけ」――これは僕が受付嬢のバーバラに挨拶して、彼女のデスクの横を通って自分の小部屋に向かうとき。

または、「あいつの首をへし折れ」――これを僕の中のゾンビが言うのは、上司のキースに対してのときがほとんどだが、実を言えば僕の中のゾンビはキースに悪意を抱いてはいない。つまりその言葉は個人攻撃だと考えるべきではないし、キースに対する私怨というわけではない。

それを言うなら、バーバラに対してもそうだ。彼女とはランチをよく一緒にする、というのはつまり、食堂で彼女がランチをしているときに僕も同席しているということだ。僕は食べない。少なくとも、食堂で出されるようなものは。

ひとつには、食堂で出される料理はかなり脂肪分が多くて、脂ぎっていて味気ないから。

そしてもうひとつには、どれも人間の肉ではないからだ。

＊

実を言うと、僕はバーバラにかなり好意を抱いている。仕事上がりの時間になっても、彼女からはシャンプーの匂いがする。そして夏、月曜日に彼女のデスクのそばを通ると、いつも肌から日焼け用ローションの匂いがして、僕はビーチを思い出す——もうずいぶんビーチなんて行っていない。日焼け用ローションかシャンプーの匂いが彼女からするとき、ほんの一瞬だが、彼女の顔に噛みつくか首にキスするかの間で、僕の衝動は引き裂かれる。そして、そのどちらかに走ってしまう前に僕は、「おはよう、バーバラ」あるいは「じゃあね、バーバラ」と言い、足早に小部屋か階段を目指す。

僕とビーチの間に立ちはだかる大きな壁には、塩水という問題もある。ひとつにはひりひりするし、砂と同じく肌が擦りむけてしまう。

水着姿になるというのも、これまた大きな問題だ。

もちろん、自分の衝動から逃げるときや、何事もなく九時間働き、表計算ソフトや四半期の収益報告とにらめっこしたあとは、エレベーターを使うほうがずっと楽だ。階段は僕の膝によくないし、スーツのズボン越しだと見えないのだが、僕の膝は肌色の包帯でつなぎ合わされている。それ以外で膝をつないでいるものはほとんどない。ひょっとすると僕の存在の神秘的な力のおかげかもしれないが、その効果といってもたかが知れている。言うまでもなく、僕たちのオフィスは十二階にある。丈夫な膝があったとしても、十二階となるとかなりきつい。

だがエレベーターは、僕のような人間にはかなり危険な場所だ。そこは刺激、いささか暴力的な刺激に満ちている。どんな刺激があるかというと……

いや、やっぱりそれは言わないでおこう。

実のところ、あまり詳しくは語りたくない。だからこれだけに留めておこう――エレベーターは刺激の多い場所なので、僕は階段を使っている。

*

僕はバーバラのことが好きだが、彼女は結婚している。

彼女が既婚者だから、今までデートに誘わなかったわけではない。僕が彼女をデートに誘うには山ほど問題があるし、その問題のほとんどはかなり明白なので、わざわざ議論しようとは思わない。

彼女が結婚しているということが問題になる理由、彼女が結婚しているという事実にある問題、そもそもなぜそれが問題なのか、つまるところそれは、僕が自分の中のゾンビほど賢くはないという端的な事実にある。

どういうことかというと――僕がふとバーバラのこと、彼女が結婚しているということについて考えていると、「やつの顔を食え」と僕の中のゾンビは言う。

「やつの顔」とは明らかに、臆面もなく、彼女の夫の顔を指している。

夫の名前はマークという。

「やつの顔を食え」とゾンビが言ってくるのは、僕がついその気になると知っているからだ。誰かの顔を食べる、ましてやそれがバーバラの夫の顔だとなれば、かなりその気になると知っているからだ。

ゾンビに関してますます僕を悩ませているのは、やつが言葉はさして巧みではないくせにしつこいということだ。ゾンビはしつこいうえに、最近、ごく最近になって、恐ろしいことに、イメージを作り出すのがそれはそれは上手になり、僕の頭の中にそれはそれは生々しいイメージを作り上げるのだ。たとえば……「たとえば」の話はやめておこう。そうしたイメージがどぎつく、心を惹きつけ恐ろしいせいで、僕はまごつき、腹が減り、血に飢えてしまうとだけ言っておこう。

ただしひとつだけ、ゾンビがかなり力を入れるようになっているイメージをひとつだけ。

それはバーバラのイメージだ。驚くほど穏やかで、可愛いバーバラの姿。

彼女は僕と手をつないでいて、一緒にビーチの近くにいるが、ビーチに出てはいない。僕たちはビーチ沿いの遊歩道を歩いている。僕は水着姿ではないが、いつもの服でもない。まとっているのはぼろぼろになったいつもの服で、この美しくも馬鹿げたイメージでは、僕が何者なのかは明らかだ。僕の正体は。そしてそのイメージは続いていく、音はなく、僕たちの姿だけがあり、二人で手をつないでいる素敵な光景がひたすら続いていき、やがてバーバラは僕の肩にもたれ、それからこちらを向いて僕にキスしようとする、まさにそのとき、キスする直前になって、ゾンビはそのイメージを終わらせてしまい、そして出し抜けに、僕は頭の中で、マークの顔を食いちぎっている。

ゾンビがイメージを駆使していることの意味が僕には分からない、とは思わないでほしい。

僕はマークに二度会った。一度目は二人の結婚記念日に、マークがバイオリン奏者を連れて、バラのブーケを手に僕たちのオフィスに現われたときだ。二度目はごく最近、彼が別の女性といるところをバーバラが見つけたときで、その翌日というのが、実はバーバラが二度目に病欠の連絡をよこした日で、電話受付は臨時雇いの別の女性が務めたのだが、その臨時雇いの匂いときたら樟脳のような、樟脳のような不快な匂いだった。バーバラは電話で病欠の連絡をして職場には来ていなかったが、どうやら家にも戻っていないらしく、そのせいで彼が妻を探しにオフィスまで押しかけてきて、そのとき僕を見つけたというわけだ。

「ネイサン、だったかな？」と彼は僕に言った。

「えっと、違います」と僕は言った。

すると彼は言った。「ところでネイサン、バーバラは今日、仕事に来ているかな？」

彼は言った。「ここにいるかな？　誰かの小部屋に隠れていたりするかな？」

そして彼は、じっくり考え込むように「小部屋か」と言った。

それから言った。「小部屋っていう言葉には、ちょっと性的な響きがあると思わないか？」

それに対して僕は言った。「いや、そうは思いませんが。ないと思います」

マークは大男ではないが、わけもなく大きな態度に出るので困ってしまう。実際、彼はいささか威圧的だ。実際には背は低くて、小柄なのに。

彼は僕のほうに身を乗り出してきて――ふつう人がそうするよりもかなり近づいてきたので、こちらが居心地悪くなるほどだった――はっきりと脅すわけでも、とりたてて肉体的に危害を加えようとちらつかせるわけでもないが、いわくありげな脅しの口調で言った。「それは真相を探ってみなくちやな」

「真相って何の?」と僕は訊ねた。

「小部屋についての話さ」と彼は言うと、笑って僕の肩を強く――かなり強く――叩いて言った。「オーケー、じゃあ彼女を見かけたら、俺が来てたって伝えておいてくれるか?」

そして彼は立ち去った。

彼の口からはデリのカウンターにあるハムのような匂いがしたということも、僕としては指摘しておきたい。

人があまりにも近くに身を乗り出してくると僕が居心地悪くなる理由はいろいろあり、もちろんデリカウンターのハムの匂いのせいだけではない。主な理由としては、昔から自分の個人的空間にむやみに入り込まれると困惑するたちだというのもあるが、それは別にゾンビならではの特性だとか、異常なことではないはずで、個人的な空間を守りたいと思うのは僕にかぎったことではないだろう。もうひとつの大きな理由としてはもちろん、顔の肉をつなぎとめている化粧がじろじろ見られることにどこまで耐えられるのか、僕には定かではないからだ。

ほとんど耐えられはしない、というのが僕の考えだ。しっかり見られたらひとたまりもない、と言いたいところだが、それはいくぶん先入観にとらわれすぎている。

もちろん、僕の中のゾンビは正反対の意見で、実を言えば他人に近くからじろじろ見られるのを喜んでいるし、デリカウンターのハムの控えめな匂いですら嬉しくて、つまりこの手のことは大歓迎なのだ――なぜかと言えば、ひとつにはゾンビは飽きていて、うわべを取り繕うのにもうんざりしているからで、もうひとつには、ゾンビが好んで食べる人肉の部位の中でも、顔がおそらく一番の好物だからだ。

＊

必要に迫られて、僕は対処法を編み出した。

たとえば、僕は物を投げて割るのが好きだ。たとえば、どうしても物を投げたくてたまらなくなることがある。

もちろん、痛いほど分かり切った衝動に対処したいがゆえの方法だ。

物を投げて割るのは、同僚の顔を食いちぎったり上司の首をへし折ったり、充たされざる好意を寄せてしまう女性の夫の背骨を真っ二つにするのをこらえるために僕が行なうことのほんの一例にすぎない。

意外にも、物を投げつけるのは僕が編み出した対処法の中でもかなり効果的なやり方で、それがうまくいったので、僕は自宅の部屋のひとつを丸ごとそれ専用にした、といってもそれほど大きな家ではなく、余分な部屋があるわけではないのだが、僕はひと部屋を丸ごと、物を投げつけて割るための場所にし、つい最近では足首くらいの高さまで、部屋中僕が投げた各種の割れものの破片が積もっていた――ほとんどはリサイクルショップで買った安物のガラス製品で、それを何箱もガレージに積み上げて、いつでも投げられるようにしてある。この空き部屋、床一面にガラスの破片が広がるこの部屋を、ようやくオフィスに戻って電話応対をするようになったバーバラに、僕は冗談で、いや半分本気で、もしよかったら僕の空き部屋を使ってくれてもいいよと申し出た。そう言いながらももちろん、彼女も他に友達がいるだろうし、友達でなくても他の同僚もいて、そうでなくても家族は、確実に家族はいるのだし、言うまでもなくいろいろ揃った快適なホテルはごまんとあるわけだから、そのどれかに泊まれるだろうとは承知していた。もちろん、僕の申し出を彼女が受けるはずがないと分かったうえでの発言だった。

ところが彼女はその申し出に乗り、そのせいで、僕はランチの時間が終わるやいなや職場を出ると、近くの救世軍の店に飛んでいって、来客用の寝室のために粗末な家具類を買い揃え――傷だらけで鏡のない化粧台、錬鉄製のツインベッドの枠、弱々しくへたったマットレス、大きく黒いビーンバッグのクッション――それから家に飛んで帰って部屋から破片を掃除して、家具を並べ、人が暮らせるように、人が暮らしていたように見せかけ、このところずっと僕がコップや皿などの割れものを思い切り投げることで人肉に対する食欲を抑えるために使っていた部屋だとは分からないようにした。

もちろん、「飛んで」というのは普段と比べてのことだ。

僕の存在の神秘的な力にもかかわらず、僕がそもそも動き回る半死体であるという事実にもかかわらず、僕は概して動きが速くはない。

結局のところ部屋は片付いたし、家具の設置も間にあったわけで、問題はそこではない。問題なのはむしろ僕の外見で、つまるところ、言ってみればいささかほつれかけていた。ほつれかけというより、崩れかけていたと言うべきだろうか。たとえば僕の肌は、青豆色みたいな青白さだった。あるいは左手の親指の角度は、たまたま壁とベッド枠の間に挟んでしまったことが少なからず影響して、いつもよりも目立って直角になっていた。あるいは、どういうわけか鼻の先が剝がれてしまい、どう見ても意志の力のみによってくっついていた。

これだけは言っておこう。つまるところ、バーバラが家にやってくるというこの機会に、まともな頭の人間ならこうありたいと望むよりも、僕はおぞましい外見だった。

まあ、そんな話はもうやめよう。嫌なことばかり言い募るのではなく、いい面に目を向けよう。たとえば、彼女が本当にやってきたときのこと。彼女はかなり酔っていたうえに、目には大粒の涙を溜めていたから、僕のいささか歪んだ外見にはほとんど気づいていないようだった。それに、お酒を用意してくると言って部屋を出たあと、僕が体のあちこちを直すのに二十分かかったときも、彼女はほとんど気づいていなかったし、僕がお酒を持たずに戻ってきたときも、実はこの家には飲み物なんてないと白状したときも、ほとんど気にしていなかった。彼女は肩をすくめただけで、立ち上がると「じゃあ外に行きましょ」と言って、肌の妙な感触にもろくに気づかずに僕の手をつかんで外に連れ出した。

*

昨日の晩のこと、昨日の晩、何があったのかをまとめると次のようになる。

昨日の晩？　文句なく、僕の人生で、あるいはこの人生で、というかこの人ならざる生で最高の夜だった。

昨晩があまりに最高だったから、今朝、一夜明けて出勤し、いつもどおりのろのろと足を引きずりながら階段を上ってきた僕の、いつもどおり入念に整えられた外見を見たロジャーが、「おいおいジョニー、お前ときたら今日はかなりのゾンビだな」と言ったときも、僕は超人的な自制心を発揮して、ただこう言っただけだった。「どうも、ロジャー。君に会えて僕も嬉しいよ」

その自制心がどこから出てきたかとなると、あの夜、すなわち昨日の晩と今朝以外に考えられない。

昨晩バーバラと僕の間に何があったのか、僕たちが一緒に飲みに出たときに何があったのか、もしそれを知りたくてうずうずしているのなら、そしてもし、ほの暗い中でのしっとりと甘美な筋書きを僕のために思い描いてくれたのなら、こう言おう――

何も起きなかった。

バーバラが期待した、昨晩の出来事における僕の役割の中には、一つ目の不実を正すべく二つ目の不実を二人で犯すことは含まれていなかった。むしろ、僕の役割とはお酒をおごり、彼女のハンドバッグとジャケットに目を配り、席を見つけ、彼女のためにトイレの前の列に並ぶというものだった。僕の家のバスタブで彼女が吐いている間、髪を押さえておくというのもあった。そして、そうした合間、お酒を飲む合間、彼女が踊り疲れ、言い寄られるのにうんざりしてテーブルによろめきながら戻ってきたときには、僕はちゃんと待っていて、彼女の打ち明け話に耳を傾けた――ずっと怪しいとは思っていたが、まさかそんなはずはないと自分に言い聞かせていたし、裏切られた気分だが、マークに裏切られた気分かというとそうではない、あんなことをする人だとは思っていなかったからではなく、マークはそもそも彼女と寝るようになったときには結婚していて、前妻と別れたのは実は前妻から捨てられたからで、その理由というのも、彼とバーバラが一緒にいる気まずい場面を前妻に目撃されてしまったからだし、それはついこのあいだバーバラ自身が、マークと彼の職場の彼女より年下の女との気まずい場面を目撃したのと似ていなくもない、だから裏切られた気分だというのは自分自身に裏切られたということで、夫の浮気の証拠がごまんとあり、自分に対する愛情の証があからさまに減っているのを前にして、自分がいかに独りよがりだったかに幻滅しているのだ、と。

それが、その晩の僕の役回りだった。

だが、僕が根性なしだからその晩、自分を「お友達」にしてしまったのだと結論づけたり、据え膳を食うことができない男なのだと決めつけてしまう前に、ここはひとつワセリンでぼやけた妄想は捨て去り、僕たちの下等な脳のとりわけ刺激的な部分に冷水を浴びせ、僕の存在にまつわるひどい誤解を議論しよう。そして、性的満足という分野における僕の能力をしっかりと直視しよう――僕は性的満足という分野でこれといった能力はない。その分野においてはいかなる能力もない。僕の存在の神秘的な力は、そうした能力や欲望や欲求には生かされないのだ。

ゾンビの人生なんてそんなものだ、と言われるかもしれない。

単に死んでいるほうが楽なのでは？ と言われるかもしれないし、その点については確かにそうなのかもしれない。

とはいえ、昨晩はそうは思わなかった。バーバラと一緒だとそんな気持ちにはならなかった。そう思うべきだったが、僕はそうは思わなかった。目を覚ました彼女を見たとき――疲れ切って気分が悪そうなひどい格好で、目の下には大きな濃い隈ができ、髪の毛はぼさぼさにもつれ塊になっていたが、そんな状態でも彼女はやはりどこか素敵で、既婚女性にふさわしい花柄のパジャマを着た姿は、何ともたまらなく愛らしかった――僕の家の小さな台所に立った彼女が、弱々しくかすれた声で、まずはコーヒー、次にシリアルを頼み、そして疲れたぼさぼさの頭を僕の肩に預け、それから僕をしっかりと抱きしめて、「今回はありがとう」と囁いたとき、単に死んでいるほうが楽だなんて気持ちはさらに小さくなった。

僕がここで言いたいのは、要するに、今朝家を出たときは最高の気分だったということだ。今朝の僕は素晴らしい気分で家を出た。

バーバラは僕より先に出ていた。いったん家に帰って着替え、そして荷造りをするために。次の日の朝もその次の朝も、そのまた次の朝も、もうここを出ていかずにすみ、二人で車に乗って一緒に仕事に行けるように。「それって楽しくない？」

彼女が出かけたあと、僕は台所を少し掃除した。口笛を吹こうとした。吹けなかったので鼻歌にした。

車を走らせながら、僕は混雑のせいでしじゅう出口専用車線に追い込まれてしまうことにも気がつかないほどだった。

もしロビーからオフィスまで十二階分の階段を一段飛ばしで駆け上がれたなら、間違いなくそうしただろう。

それは僕が恋をしていたからではない。いや、ひょっとするとそうかもしれない。ひょっとすると、僕が恋をしていたからかもしれない。でも、バーバラとのいつまでも続く幸せな生活を思い描いていたからではない。僕たちがキスしたからでもないし（僕たちはしなかった）、あるいは僕たちが愛を交わしたからでもなく（僕にはできない）、それは彼女が朝まで僕と一緒にいてくれたから、前の晩に僕のところに来てそのまま泊まり、目を覚ましたときもまだそこにいてくれたからだし、僕にいろいろ打ち明け話をしてくれて、僕に打ち明けることができたという事実を彼女が感謝していたからで、そしてほんの一瞬、自分が紛れもなく人間的なことを成し遂げ、手が届かないものととうに諦めていた生活にひょっこり足を踏み入れたように思えたからだ。

だから、僕がオフィスに入り、彼女のデスクのところで大声で陽気に笑っているマークを目にしたとき——彼の姿は花を入れた馬鹿でかい花瓶（電話とコンピューターと並べて置くにはでかすぎる）

ではほとんど隠れていたが、僕がオフィスに入ると、マークがそこで笑っていて、彼女もそれに応えて笑っていて、笑いながら顔を赤らめて生き生きとして、二人の何事もなかったかのような姿を目の当たりにしたとき——当然ながら僕の最初の本能的な反応は、荒れ狂う怒りだった。

当然ながら僕は足を止め、オフィスの出入り口を塞いでしまい、するとロジャーが僕の背中にぶつかった。

それで僕は最悪な気分になり、当然ながらその怒りの矛先はロジャーに向けられた。僕らが出入り口にいることや、「おいジョニー、どうしたんだ?」とロジャーが言ったことに誰かが気づくよりも早く、僕がいることにバーバラが気づくよりも早く、僕は振り返ると、ロジャーを、哀れなロジャーの喉を荒々しくつかみ、灰色の指関節が白くなるほどの力で彼の気道をほぼ瞬時に握り潰し、体をつかんで持ち上げ、そのままエレベーターまで引っ立てていき、まだ開いていた扉の中にどさりと放り込んだ。この一連の行動に気づいた者はいなかった。ロジャーだけは気づいたかもしれないが、本来なら彼は何も感じてはいなかったし、その一連の出来事も、手足を引きちぎられ、体から血みどろの内臓をえぐり取られたのも、何ひとつ感じてはいなかったはずだ——それがささやかな心の慰めでしかないことは僕にも分かっているし、ほとんど何の慰めにもならないことも分かっている。ロジャーにとってはもちろん、そして、必死の思いで自分の本性とは違う何かになろうとしている僕の心にも。

＊

それは細い境界線だ。綱渡りのロープだ。それは綱渡りだ。僕は薄い、ぐらぐらするフェンスの上に乗っている。

僕はフェンスから落ちてしまったのだろうか？　境界線を越え、ロープから足を滑らせてしまったのか？　僕はどうにか持ちこたえ、首の皮一枚でつながっているとは言える。どうにか持ちこたえている、と。だがロジャーを、というよりは彼の残骸を、ロジャーの変わり果てた姿を見れば、どんな喩えを使われたとしても、僕はもはやぶら下がっても乗ってもバランスを取ってもいなくて、地面にしっかりと立っていると言わざるをえない。

あれこれ決めつけないでほしい。自分たちの手に負えないものを操ろうとすることの難しさを僕が分かっていないだとか、人が日々直面する困難を僕が軽んじているだとか、僕は幸せ者で、バーバラやマークやロジャーよりもむしろ運がいいと考えたことがないだとか、僕たちは実はそれほど違ってはいないことを僕が考慮してこなかっただとか、バーバラの事情を僕がよく理解せず、あるいは自分の事情と比べてどうなのかを分かっていないだとか、僕たちの卑しい本性をしっかり抑え込んでおくことがいかに難しいか、そしてつまるところ、僕たちがよく知り尽くした悪、あまりに長きにわたって連れ添ってきたために自身の生まれ持った不可欠な一部のようにすら思える悪に舞い戻り、その悪に戻りながら、仕方がないんだ、好きでこうするんじゃない、他に選択の余地がないんだと自分に言い聞かせることがいかにたやすいかを理解していないだとか、そんなふうに思わないでほしい。選択することについて、そして選択できないことについて、そして他に選びようがないように思えるときにどんな気持ちになるかについて、僕は知っている。バーバラに対して、彼女がマーク相手に下した選択に対して、僕に思いやりの気持ちがなかったとは思わないでほしい。

僕には思いやりの気持ちがあった。今もそうだ。同情してはいるが、同時に心配もしている。彼女が選ぼうとしている道が心配だし、他にもいろいろな道があることが彼女には見えていないのではないかと不安だ。そして僕はロジャーの残骸を片付けつつ、ふと思う——運のいいことに、七階はテナント募集中で人がいない——僕にも選択肢はあるのだ、この瞬間、僕の目の前には、思い出せるかぎり久しくなかった多くの選択肢がある、と。そしてこうも思う、そうした選択肢の中に、初めて自分に合うものが、僕のすべてに、バーバラと彼女の幸せを気にかける僕に、そしてほとんど何も気にかけないもうひとりの僕にも、完璧に合うものがひとつある、と。

どちらの僕にもぴったりの選択肢が。

＊

変わり果てたロジャーを眺める僕の頭の中で、何度も何度も、「そいつを立ち上がらせろ、立ち上がらせろ」としつこく繰り返す声がする。その声は「大群だ、俺たちの大群だ」と言い、「そいつを立ち上がらせろ」と言い、その声に完全に支配されてしまう前に、僕はその階の最後の賃借人が残していった刃のように薄い金属製のトレーを見つけるとロジャーの首に強く押しつけ、どんどん力を込めていき、ついに切断する。

僕がそんなことをするのは、神秘的な力はさておき、僕たちの蘇る能力や一心不乱に人間を追う習性はさておき、ゾンビには、いやゾンビにも、頭部は必要だからだ。

かつて、かなり長い間、僕にも仲間がほしいとひたすら願っていた時期があったが、正確に言えばそれは大群というほどではなく、ひとつの群れ、いや、群れというほど多くもなく、たったひとり、もうひとりだけいてくれたらと思っていた。それは試行錯誤のプロセスだった——より正確には、間違いだらけのプロセスだった。ゾンビを新たに作り出す手順が複雑だというわけではない、それには噛みつきさえすればいいわけだし、僕にとってそれは最も自然な本能的行動なのだから。そうではなく、実際のゾンビ創出は、僕がそのこつをのみ込めるかどうかにかかっていた。死体はどこまでの損傷に耐えつつも感染し、ふたたび立ち上がって息を吹き返し、意識や知覚のようなものを得られるのかを僕が理解すればよかった。だがそううまくはいかず、僕が手を貸して作り出したのはひとりとして、自分で望んでいたとおりのものではなかった。

とはいえ、僕は何を世に送り出せばよかったのだろう？　実のところ、僕はよくて何を望めただろう？　ひとりの怪物が、第二の、第三の、そして第十の怪物に生を与えることだろうか？

あとから見れば、その試みは最初から失敗する定めだった。

それでも、正直に言わせてもらえるなら、腹を割って話させてもらえるなら、その長い時間に感じていたことをはっきりと言わせてもらえるなら――新たなひとりが生を与えられ、おぼつかない足取りで立ち上がり、数歩後ろによろめいてから僕を見るなり飛びかかってきて、そしてもう僕から得られるものはないと悟ると、僕も、僕の言うこともすべて無視し、僕などいないかのように、たった今生を与えたのは僕ではないかのように僕のことはもはや眼中になくなり、生きたご馳走はないかとよろめく足で夜に消えていくたびに僕が感じたのは――嫉妬だった。

嫉妬と欲望。

嫉妬と欲望と、力。

だが、満足感は一度もなかった。僕は一度も満足感を味わったことがないし、仕事をちゃんとやり遂げたという実にささやかな満足感、予定どおりに給与支払い報告書を提出したことから得られる程度の満足すら感じたことがなかった。

だが、それはまあいい。僕にとってはどうでもいいことだ。そのことを蒸し返したいわけではない。僕はくよくよするタイプではない。実際に不公平な状況でも、不公平な状況だと言い募るようなたちではない。**僕たちには人生で与えられるものがあり、それでやりくりするしかない、**というのが僕のモットーみたいなものだ。**僕たちには機会が与えられるのだから、機会が巡ってきたときを見極めて活かさなければならない、**と言ってもいい。

そして僕は今、機会を、チャンスを手にしている。その思いを抱え、頭の中で考えながら、僕はロジャーを見つめ、それから彼を、というよりは彼の残骸を置き去りにする。自分のオフィスへ、十二階へ戻る間も頭の中でそれを考えている。そして機会というのはつかの間のものだから、今回のようなチャンスはいつも転がっているわけではないから、そしてまた、今回みたいな機会が向こうから訪れたときには素早く、一刻も早くそれを活用したくなるものだから、そうしたすべてを考慮して、僕はオフィスに戻るにあたり、階段ではなくエレベーターを使うことにする。

僕がもたらしたいのは大規模な変化ではない。僕が影響を及ぼしたいと思っているのは人類の歩みではなく、ひとり、ただひとりの女性、ひとりの女性の人生だけだ。そして今僕がオフィスの外の、オフィスの角を曲がったところで、エレベーターのそばにある鉢植えのイチジクの木に隠れて待ちながら考えているのは、その女性、彼女のことだけだ。

僕は信じられないほど長い間待つ。もう何時間にも思えるほどだ。ひたすら待ち続けるが、それでも僕の集中は途切れない。自分が下した新たな決断、自分の人生がこれから向かう先に気持ちを集中させている。

そしてついに彼が角を曲がってくると、僕の口から笑みがこぼれる。実に実に久しぶりに、僕は万事心得た者が浮かべる笑顔になる。次に何が起きるのかを知っていて、この人生における自分の居場所がどこかを承知している男の笑顔に。そんなふうに僕は微笑む。

だがそれから、マークの隣を歩いてくる彼女の姿が目に入る。彼と並んで歩くバーバラを見て、そのとき、すべてが真っ暗になる。

＊

バーバラは鳥が好きだ。

彼女は鳥を観察する。バードウォッチングをする。野鳥観察イベントにも参加している。かなり鳥に入れ込んでいる。オーデュボン協会に金と時間を捧げている。マークに言われて手放すまでは、しばらくの間インコを飼っていた。それも四羽か五羽。雛が生まれたこともある。

自分の苗字を「バード」にして、バーバラ・バードに改名したいと言ったこともある。そう言うと彼女は笑い、それから赤面して、「馬鹿よね、ほんと馬鹿げてる。馬鹿みたいな名前」と言ったので、僕が「いや、いい名前だよ」と言うと、「マークは馬鹿みたいだって言うのよ」と言った。「彼の言うとおりかも」と彼女は言った。

僕自身は鳥が好きではない。一応言っておくと、鳥からも好かれていない。たいていの動物と違い、鳥は気に食わないことがあると攻撃的になるときがある。

鳥が死んだ目をしているというのが、僕にとっては一番困った問題だ。死んだ目をして、生きているのに死んでいるように見える――いやその逆か、それともそんなことではまったくないのかもしれない。

それでも、彼女が鳥好きだということに僕はいくらか希望が持てた。大した希望ではない。かすかな希望以上のものは得られたためしがない。それでも。鳥と、鳥の死んだ目——僕とそんなに違うだろうか？

死んだ目の僕。

生きているように見えるのに死んでいる僕。

だが、これは自信を持って、しかもかなりの自信を持って言える。望みをかけるに足る希望ではない。

つまり、バーバラは鳥が好きで、鳥を愛してさえいるかもしれないし、僕のことも好きかもしれない。だが、僕を愛することはない。それはありえない。

今の僕にはそれが分かる。今なら受け入れられる。それは人生の基本的な事実であって、今の僕にはそれを受け止めることができる。

彼女の鼓動が死まであと二十回か三十回しか続かないせいでもあるし、折れた彼女の体が不自然な角度で僕のデスクに横たえられているせいだとも言えるし、彼女がこんな妙な姿になってしまったら僕には今回ほとんど選択肢がないとも言えるだろう。

だが、それは必ずしも正しくない。このことについて選択の余地がないというのは、真実とはやや異なる。僕には選択肢が残されていないというわけではない。

僕が取れる手段はいくつかあるし、それもかなりの数がある。少なくともそれは認識しておこう——そうした手段を取らないというのが、僕の選択なわけだ。

彼女の夫の姿はどこにも見当たらない。ともかく僕の仕事場、あるいはその付近の小部屋をざっと眺めたかぎりでは。確かに、いろいろなものが見える。死体はいたるところにあるし、その中に彼がいるということもありうる。その無数の死体のひとつが彼である可能性はあり、ひょっとすると別の死体の下に隠れているのかもしれない。

正直なところ、詳細はよく分からない。詳細については今ひとつ把握力に欠けるとだけ言っておこう。

とはいっても、詳細について、僕が知っていることがひとつある——物事は計画どおりにはいかなかった、ということだ。

あるいは、僕の計画どおりにはいかなかった、と言うべきか。

僕の計画が特別いい計画だったとか、最初から完全無欠だったというわけではない。バーバラが人生においてより健全な判断を下すことができるようにマークを始末する、つまりはマークを殺すという計画が、必ずしも最良の案ではなかったことに僕が気づいていないわけではない。

それでも、計画は計画だった。しかも単純な計画だった。その単純な計画には、間違いなく、職場の同僚を皆殺しにすることは含まれていなかったし、ましてやバーバラを、今僕のデスクに横たわって喉を静かにゴボゴボ言わせているバーバラを殺すなんて論外だった。

ここで僕が言いたいのは、つまりこういうことだ——ゾンビにはゾンビの計画がある。

それはつまり、今や死体のいくつかが身動きし始めている、ということだ。

でも、本当の驚き、予想だにしなかった驚きが僕を襲うのは、まさに今この瞬間、我に返って事態を悟るこの瞬間だ。

バーバラの姿が目に入ったとき、すべては真っ暗になった。すべてはそのままだったかもしれないし、永遠に真っ暗なままだった可能性もある、僕がそれについて何を知り、何を思いどおりにできただろう？　でも僕はここにいて、すべてはもはや真っ暗ではなく、そのことをどう考えればいいのか見当もつかない。

つまり――これは残酷な仕打ちなのか、それとも寛大な行為なのか？

このゾンビは僕のことを笑い、僕や彼女、世界に何らかの変化をもたらそうとする僕の弱々しい試みをあざ笑っているのか？　それともこのゾンビは、「ほら、最後にひと目見ておけ、せめてひと目だけ、せめて一瞬だけ見ておけよ、お前の努力に対するご褒美だ、こういう結果になるってことは俺たちみんな知っていたがな」と言っているのか？

でも正直なところ、僕にはどうだっていいことだ。

後ろでは足を引きずる音がする。呻き声がし、写真立てやコンピューター、書類のキャビネットが床にガシャンと音を立てて落ちる。

どうだっていい。僕は最後にひと目見る。

＊

自分が最初にやってきた状況について言うと、僕にはそのときの記憶がない。かつての自分は誰だったのか、何だったのか、まったく記憶がない。それは空白だ。心地よく、控えめな空白だ。

かつてはこんな時代があった。記憶があり、しかもおびただしい記憶があった時代が。容赦ない思い出が次から次に、僕の頭の中を十五分、二十分、三十分と途切れることなくかすめていき、そうした記憶にはこれといった脈絡も特別な意味もなかった。それは個人的な、実に個人的な、つかの間の感覚、イメージ、匂い、音といったもので、おそらく僕の中の暗い面によって隠れ場所から押し出され、白日の下にさらされて貪り食われるか単に消えてなくなるだけの、最後に残ったかつての僕のかけらだった。公園のベンチ、寮の食堂の光の具合、ラベンダーの匂い、熱しすぎた食用油の匂い、水泳プール、血のついた膝小僧、たまらなく柔らかい唇、青いソファ、暗い部屋、眩しい青空、「息子よ、ときどきお前のことが分からなくなる」と言う男性の声、パンクしたタイヤ、長く伸びる灼熱の道路、小さな池から立ち昇る靄、頭上で白鳥のような形になっている凧、十月最初の冷んやりした日——こうした記憶が次々と僕の中で湧き上がり、駆け抜けては消えていく。その勢いに僕はよろめき、そして記憶は消え去り、その去りゆく速さに僕はふらついて椅子をつかみ、床にどさりと腰を下ろす、とまあこんな具合だ。今でもそうしたことを覚えてはいるが、今の僕は、映画かテレビで見たもののように、自分とはまったく関わりのない、切り離された感覚として記憶している。

というわけで、僕が何者だったのかとか、その人が僕の中でまだ生きているかどうかなんて話をしてみずからを貶めるのはやめよう。僕の目はその人の目なのかとか、この瞳に、かつてのその人の名残があるのか、とか。

その手の「昔はああだったこうだった」的な話に頼るのはよそう。

僕の物語をその手の悲劇に喩えるのはやめよう。

そうではなく、この結果が実はいかにも想定内だったことを述べて、それから先に進もう。断固たる態度で落ち着いて進もう。

話を元に戻すと——彼女の死体はデスクの上で不自然に折れ曲がり、ゴボゴボという音が静かに唇から漏れている。

僕は彼女に伝えたい。こんなことになるはずじゃなかったんだ。

彼女の頭に膝枕してやりたい。彼女の髪の匂い、手首の匂いを嗅ぎたい。首筋にキスしたい。優しい、素敵な言葉をかけて、揺るぎない真実の数々を耳に囁きかけてやりたい。彼女の鼻に沿って、鼻梁から鼻先まで指を滑らせて、そこから唇まで触れたい。

彼女の温もりを感じたい。彼女の生きた体は僕の太ももと足と下腹を温めてくれて、冷たいゴムのような感触の肌は、またしなやかで血の通ったものに感じられるだろう。

それこそが僕の求めることだ。僕はそれを長い間ずっと求めてきた。そこに手が届かないような存在になってしまう前から、僕はずっとそれを求めてきたのだろう。

だが、僕の中のゾンビは別のことを求めている。僕の中のゾンビは食べたがっている。ゾンビは食べたがっていて、自分の大群を求めている。そしてどんなに否定しようとしても、僕の中にゾンビはいない、いるのは僕だけで、僕のすべてがゾンビなのだ。

あの沼地モンスターの野郎を俺たちが仕留めるまさにそのとき、ロボットどもが襲ってくる。リッキーはたちまちやられちまう、ちくしょうめ、いいやつだったし、俺にタバコ一箱の借りもあるし――あったし、と言うべきだな――販売部を切り盛りしてる女、やつとは小学校からの知り合いのベッキーって美女を紹介してくれる約束だった。ベッキーのケツは最高なんだが、俺が彼女の気を引こうとする以上にあの手この手で俺を避けてくるもんだから、リッキーが最後の望みだった。俺は冷たいのかもしれないが、あいつが沼の泥に顔からぶっ倒れるのを見て俺がまず考えたのは、あの計画が全部パアになっちまったってことだ。

「ロボットどもめ」というのはその次に考えることだ。

あいつを泥から引き上げて背負い、護送船隊までとぼとぼ歩いて戻ろうかとも考える。兵舎に戻ったときにはベッキーに武勇伝を聞かせてやれるかもしれないし、あいつが最初の一発では死ななかったことにして、息も絶え絶えだったが俺のリッキーを置き去りにはできなかったとか、あいつは最期に一言、前に進め、諦めるんじゃない、いつかお前も美しい女の優しい心に真実の愛を見つけるだろう、と言い残したなんて言ってもいい。でも、わざわざリッキーの重たい死体を担いでいかなくったって同じ話はできるよなと思い直して、俺はあいつを残したままとっとと退却を始める。

このキャプラⅡ号星に赴任した新入りの士官候補生がまず学ぶことのひとつ――生活をシンプルにせよ。

二十分後、候補生五人分だけ身軽になって、俺たちはようやく護送船隊に戻る。すると、あいつらに奇襲をかけられた大隊は俺たちだけじゃないってことが分かる。ありえないような話だが、あの沼地モンスターの野郎どもとロボットどもは、俺たち相手に共同作戦を仕掛けてきやがった。

五分後、俺たちは離陸して兵舎に戻っていく。

俺は窓からその惨状を見下ろす。誰かが沼の泥に火を放っていた。リッキーの姿が見えないかと一、二分目を凝らしてみるが、ロボットの体の部品にきらめく光と、生き残った数匹の沼地モンスターが炎の中で体をよじらせているのが見えるだけだ。そのあと俺は頭を戻し、目を閉じて少し眠ろうとする。

*

〈新世界連邦〉が余り物の入植者たち、つまりは若くて体が丈夫で見た目もいいキャプラⅠ号星の住人にはふさわしくない連中を収容する惑星はないものかと探し始めると、まもなく連邦は入植者たちの金を没収して送り出し、この岩の塊に置き去りにしてそれっきり忘れてしまった。まあ、それも十分の一税が来なくなるまでの話で、そんなわけで俺たちはここにいる。

キャプラⅡ号星。妙ちきりんな惑星だ。というかたぶん惑星ですらなく、〈新世界連邦〉が住めるような星にしようと決めた、ただ宇宙を漂ってるだけの岩で、今じゃもう分かりようもないし、確かに俺たちが送り出されたときには一連の経緯について簡単な報告があったかもしれないが、俺は任務の細かいところにまでこだわるたちじゃない。どっちにしても、ヘンテコなところだ。まず、色が褪せて見える。どうして褪せて見えるかは説明できないが、とにかくあたりを見回してみれば、すべてに何かのフィルターでもかかってるか、自分が黄色っぽいバイザーでも装着してるみたいな感じだ。バイザーなんかつけてなくても。青は緑に見える。赤はオレンジに。すべてが色褪せている。それに、大気中の何かのせいで頭がクラクラするし、物の匂いも感じなくなっているが、兵舎で百人の歩兵と一緒に暮らしてるわけだからありがたい話だ。

それでもだ。ちょっと不気味だ。

何より俺が不安になるのは、この星の空虚なところだ。俺たちの目の前にあるのは、たいてい荒れ果てしない沼地で、俺に言わせれば、沼地だらけの惑星を住めるようにしようなんて考えたアホにはタマに蹴りを入れてやるべきだ。こんなところに住むなんてほとんど不可能だし、無機物をすべて侵食してしまうような沼の泥に耐える建物をどうにか作って、虫やら沼ネズミやらが入らないようにして、寝てる間に染み込んできて住民を皆殺しにしようとする毒性の沼地ガスも締め出したとしても、まだあのクソみたいな沼地モンスターどもと戦わなきゃならない。水面より高い乾いた陸地がところどころにあって、そこなら人が住めそうだし、実際に建物や社会生活の名残が見える――ガラス張りの診療所、教室がひとつだけの校舎、それに炭化カルシウムでできた小屋があるが、何だって炭化カルシウムみたいなどうしようもない材料を選んで古代文明の一員が作ったみたいな小屋を建てるのかと思ってしまう――そこで目をすがめて想像力を試してみれば、それなりの生活が営まれている様子が浮かぶが、実際には住民の姿はなくなってるし、なぜ姿がないのかは誰もはっきりとは知らないが、俺としては沼地モンスターかロボットどもが絡んでいることに金を賭けてもいい。いずれにせよ、ここは気味の悪い幽霊惑星で、俺たちはただぐずぐずしていて、ここに巣食うあらゆる邪悪な連中にじっくり見られて一番の弱点を見破られ、そして最初にここで生活していこうとした入植者たちと同じ目に遭わされるのを待っているだけって気がする。

＊

俺たちは沼地モンスター狩りをしている、心のどこかで、これは前にもやったことがある、俺たちはまた沼地で沼地モンスターを狩ってんのかよ、と言いたくなるが、そんなはずはないから、俺はその思いを振り払って、油断せずしっかり身構えておこうとする。

リッキーは俺の右側を固めていて、俺としては首の後ろの凝りをほぐして、この地獄の穴を進んでいく間に気晴らしが欲しかったから、ベッキーのことを訊いて、小学校で一緒だったときはどんな子だったのか訊き出そうとする。お前を紹介してやってもいいとか、お前をきちんとした男に見せてやるとか、あいつとは長い付き合いなんだとかあれこれ騒いでたから、それは出まかせなのか本気なのか俺としては知っておきたい。ところがそんなときに沼地のバケモノが一匹、俺たちの間に立ち上がる、モンスターだな、分かってる。そいつらが本物のモンスターで、ここで俺たちがやってるのはお遊びなんかじゃないことは分かってるが、そいつらを見ると、どれだけ監視カメラの映像を見てきても、どれだけたくさんの写真を見てきても、そいつら相手にどれだけたくさんいい仲間を失ってきたとしても、その姿にはついびっくりしてしまう。

ひとつには、そいつらは沼地から出てくるというよりは、沼地でできている。まるで沼地が三、四メートルせり上がって、両目と口の穴、それに沼っぽい歯のついた顔を出し、腕とかぎ爪のついた手ができて、胴体も出てくるが脚はなく、脚と言えるような脚はないってことだが、まるで飛行機が浮上して空中で停止するように沼地の泥がこのモンスターどもを勢いよく持ち上げるだけといった具合だ——重力に、物理の法則に、そして神に逆らって。どうにもおぞましく心乱される姿で、今回のやつにはがっつり見下ろされてて、俺としては手頃な射程距離でそいつを撃ち倒すチャンスなんだが、まったくどういうわけか手にする銃を間違えてる。両手で持ってるのはスナイパー用ライフルで、不安夢だか何だかの中で、大事なテストを受けるってのにすっかり忘れたまま学校に来ちまったか、それか服を着るのを忘れて来ちまったような気分になる、だって沼地のクソやら小枝やらでできたこいつ相手に、スナイパー用のライフルが何の役に立つっていうんだ？

＊

次に何が起こるのか、俺には分かるような気がするときがある。

何もかもが突然、見覚えがあるのに不気味に感じる瞬間——リッキーが立っている場所、沼地モンスターのガスみたいな臭い、ジョンソンやハラルドやスピッグスの銃や装備に当たってきらめく日光、遠くで聞こえる護送船隊の音、それから俺の頭をよぎるそうした思考まで——このとき、俺は突然、リッキーを沼地に押し倒し、全身であいつに覆いかぶさって二人して危険から逃れたいという強烈な衝動に駆られる。それをどうにか思いとどまり、突然の強烈な衝動を抑え込むと、そこへロボットどもが攻撃してくる——どこから出てきたんだか知らないが、俺は驚くと同時に驚きもしない。

＊

沼地モンスターを俺たちが仕留めるまさにそのとき、ロボットどもが襲ってくる。金属の体に日の光をきらめかせるそいつらを見て驚くが、もっと衝撃なのは、今俺がリッキーのケツをレーザーで攻撃しようとするロボットをまっすぐ見つめていて、まるでどこにそのロボットが躍り出るか第六感で分かってたかのように、俺のグレネードランチャーがぴたりとそいつに向けられてるってことだ。俺はそいつの頭を吹っ飛ばして、リッキーを見て「一体どうなってんだ？」と言いかけるが、あいつは「ありがとよ」の一言もなく逃げ出していて、まだタバコ一箱の貸しが残ってるぞと怒鳴りたいところだが、俺の周り、俺たちの周りのいたるところで爆発が起きてるから叫んだところで意味はなく、俺は二体目、そして三体目のロボットを倒し、グレネードランチャーを持っててマジでラッキーだったと思う、というのもほんの数分前に俺が持ってたのはスナイパー用ライフルだったはずで、その前は確か軍用ピストルだったからだ。

俺は沼地を駆けていく、まずは左に、それから右に、もっと沼地モンスターかロボットどもはいないか、俺の部隊の仲間でもいいからいやしないかと探すうちに、壁みたいな沼地の木立に突き当たり、そこを抜けることも迂回することもできない。その手のことは俺が認めたいと思う以上によく起きる。やる気がありすぎるせいだ、アドレナリンが出まくって感覚が鈍ってるんだ、そこで振り返ってみると戦闘は俺の後方で進行していて、走って戻ってようやくみんなに追いつくころには、沼地モンスターはほとんど溶けて原初のヘドロに戻っている、だが近くにロボットが一体いて、急いで行けばとどめのグレネードを食らわせてやれそうだ、ところがそいつに近づいていこうとした瞬間、俺は何かに足を滑らせて顔から沼に突っ込んじまう。俺は立ち上がる。スライムみたいな緑色の水がヘルメットのバイザーを滝のように垂れていく。ロボットは吹っ飛ばされてもういないから、自分が何に足を取られたのかと見てみれば、リッキーだ、というかやつの上半身だ。ちくしょうめ。あいつは俺にタバコ一箱の借りがあるし――あったし、と言うべきだな――小学校からの知り合いの販売部を切り盛りしてる美女を紹介してくれる約束だった。一瞬、俺は下に手を伸ばしてあいつの認識票をつかみ取ろうかと考えるが、それをどうすればいいか見当もつかない――「ほら、小学校からの古いダチの形見だよ」とか？――そんなときに俺のヘルメット通信機に司令官ががなりたててきて、さっさと戻ってこい、今夜は沼地で野宿したいのかって言うから、俺はリッキーもやつの認識票もそのままにして集合地点にとぼとぼ向かう。

五分後、俺たちは離陸して兵舎に戻っていく。

俺は窓からその惨状を見下ろす。誰かが沼の泥に火を放っていた。リッキーの姿が見えないかと一、二分目を凝らしてみるが、ロボットの体の部品にきらめく光と、生き残った数匹の沼地モンスターが炎の中で体をよじらせているのが見えるだけだ。そのあと俺は頭を戻し、目を閉じて少し眠ろうとする。

＊

俺は倉庫にいる。上も、下も、四方八方から戦闘の音がする。ロボットどももだ。またかよ。俺たちがこの倉庫に到着したとき、ここはロボットどもが巣食ってせっせと自分たちを作ってる場所に違いないと俺は思った、というのもこの一帯にはやつらがうじゃうじゃいるらしくて、どこから出てきたのか、裏で誰が操ってるのか、まったく誰も分からないからだ。だが、ここはロボットの倉庫じゃない。俺たちの倉庫だ。俺たちに倉庫があったなんて知らなかったし、倉庫があって、しかもオレンジやら弾薬やら小さな木馬が入った木箱がぎっしり積み上げられてるなんてのは、俺にはどこか犯罪的にすら思える。

「一体いつ俺たちは倉庫なんか建てたんだ？」とリッキーに訊いてみたいが、俺たちにはそんな任務休止時間なんかないからやめておく。そこは埃と汚れが何センチも積もっていて、俺たちが建てた倉庫なんかじゃなくて人間の入植地の一部だったが、そこを防衛するために俺たちがやってきたときには時すでに遅し、沼地モンスターやロボットや口にするのも汚らわしいやつらどもに蹂躙されたあとだった可能性もありうる。

そんなわけで、この薄気味悪い倉庫のどこかにある装置が隠されていて、スイッチを入れてレバーを引っ張れば電磁パルスが作動するだなんて妙に思えるが、ともかく俺はそう言われてきたし、それを見つけて作動させるのが俺の仕事だとも言われてる。

俺に分からないのは、というか俺にはもう分からないことだらけなんだが、そのひとつは、そもそもなぜ俺たちはこんな倉庫に来たのかってことだ。俺たちが何を食ってるか教えるわけにはいかないが、少なくともオレンジは食わないというか要らないし、木馬が足りなくて困ってるわけでもない。それに弾薬だって要らないが、木箱の側面にステンシルで書かれた文字を信じるなら、この倉庫には他に弾薬しかないらしい。覚えているかぎり、俺は弾切れになったことはないし、たとえばセミオートの銃が弾切れになるとかデブレーザー・ライフル３０００の弾がなくなったら、そいつは捨てて、フル装弾された別の銃を手に取ればいいわけで、とはいってもそうした銃がどこから出てくるかはよく分からない。それにもし最悪の事態になって、軍用ピストルまで弾切れになっちまったとしても、ナイフはいつでもある、ギザギザの刃のナイフだが、それが沼地モンスターやロボットども相手にどこまで使えるものかは謎だ。それでも。ナイフはある。

それに武器庫。まあ、俺たちの武器庫がどれだけでかいか、なんて話はやめておこう。てことで、俺たちはオレンジは要らないし、木馬も弾薬も要らないなら、ここにいなくちゃならない理由は、ロボットがここに巣食ってるってことと――ロボットは巣を作ったりするのか？――この中のどこかにスイッチがあって、それでやつらを全部シャットダウンできるってことだ。でも、そもそも俺たちがここに来なければ、やつらが目覚めたのかどうかさえ怪しいし、それにすでに目覚めていたのだとしても、それはあくまでここでの話で、俺たちは別の安全な場所にいたわけで、ここに巣食うロボットどもが目覚めようがどうだってよかったわけだ。

この話を続けてもいいんだが、そんなことをしてもしょうがない。命令は命令だ、それにさっさと電磁パルスのスイッチを見つけてしまえば、その分早く基地に戻って販売部に直行して、ベッキーがデスクの後ろに座っているかどうか、暇なときに一緒に過ごさないかと訊ねても睨まれないのかどうか確かめられる。

それ以外にベッキーに何を言えばいいかと考え込んでいると、三つのことが同時に起きる――俺が木馬の入った木箱の角を曲がると、反対側の壁に電磁パルスのスイッチが目に入り、そのときロボットが一体、床を突き破ってくる。だが武器を手探りしてるときも、そのロボットが俺めがけて飛びかかってくるときも、俺はまだ、ベッキーに何と言ったものかと考えている。

*

掩蔽壕（えんぺいごう）が攻撃されている。驚きの展開だが、見たところそれを予想してなかったのは俺だけらしい。実を言えば、掩蔽壕にいた記憶はない。装備を身に着けた記憶もなければライフルをつかんだ記憶もないが、外は暗いし、睡眠時の兵器を装着してるやつはひとりもいないうえに、俺の手にはライフルがある――またしてもスナイパー用のやつがある――ってことは、攻撃が起きたに違いない。そのとき俺もここにいたはずだ。

俺たちをロボットが襲っている。そのバケモノどものことは、俺は本で読んだことしかなかった。連中は三本脚で、胴体から上に伸びる長い軸の上にはグロテスクで気味の悪い3Dスコープの目がついている。よだれやら何やらあらゆる微粒子が、ぽっかり開いた口から太い筋になって垂れている。指の関節からは針金みたいな毛の房が生えている。かなりおぞましい連中で、俺は闘志が湧いてくる。

とはいっても、俺が持ってるのはちっぽけなナイフとスナイパー用ライフルだけだから、できることといえばあの目を狙って、それでダメージ十分だと願うしかないだろう。

それに、慎重に動いたほうがよさそうだ。俺はしっかり周囲を確かめつつ通路を進み、また別の通路に入り、左右に素早く視線を走らせては死んだ兵士とか壊れたロボットの部品とか、バラバラに吹っ飛ばされたエイリアンのモンスターのかけらなんかが広がる光景を見渡している、とそのとき、すぐ右を駆け抜けていくものがあり、リッキーが敵味方入り乱れる戦闘に飛び込んでいく、そしてその走る姿を見て俺は面食らってしまう。

どういうわけか、リッキーを、走っていくあいつの姿を、あいつの頭が吹っ飛ばされずに肩の上にあるのを見ていると、何かがおかしい気がする。頭がクラクラする。俺は壁にもたれる。はるか前方で何かが爆発し、毛むくじゃらの房状の両手が俺のそばをかすめ、少しばかりの血が俺のヘルメットのバイザーにビシャッとかかり、そしてリッキーの頭が通路を転がる、まるで頭がさっさと退却したくて体の残りを待てずに数秒先に動いてるみたいな、あるいは体の残りの部分がロボットどもを食い止めて頭が逃げる時間を稼いでるみたいな感じで、俺はそれにビビってるはずなんだが、足元に転がってきて止まる頭を目にしてなぜかほっとして、それまではどこかおかしかった世界がようやくまともに戻った気がする。

前方で爆発したのが何にせよ、それで連鎖反応が始まり、小さな爆発が俺のほうにどんどん向かってくると、前にある壁が吹っ飛ぶ。まるで掩蔽壕全体に小さな衝撃が層のようになって走り、建物が丸ごと崩れかけているみたいで、自分たちの基地は見掛け倒しだなと思う。

とにかく、俺は尻尾を巻いて逃げ出す。

左に曲がり、それから右、そしてまた右、そしてまた左に曲がる。部屋や制御盤や戸口が霞んで見えるくらいの勢いで、俺は出口を目指して走る。ただし心のどこかでは迷路にいるような感じで、ここは初めて見る場所で、どこに向かってるかもどこに出口があるかも分かってないような気がする。その間ずっと、俺はベッキーの姿を探している。どうしてかは分からない。いいケツはいいケツなんだが、吹っ飛ばされるほどのものでもなく、リッキーは首がちょん切れてしまったうえに、ベッキーはどうせ俺から何を持ちかけてもさらりと無視するわけだから、俺にとっては何の得もない。

彼女を探すなんて馬鹿のすることだとは分かってるし、彼女のために足を止めるなんて馬鹿もいいとこだが、そうせずにはいられない。すると彼女の姿が目に入る。

　俺が戸口のひとつを走って通り過ぎたところで、彼女の姿が視界の片隅にちらりと見える。まだデスクの後ろに澄ましたきれいな顔で座っていて、周りで荒れ狂う嵐なんぞにもお構いなしって風情だ。俺は立ち止まろうとする。自分の足にブレーキをかける。ドアの側柱をつかもうとする。でも何も起きない。俺は止まらない。止まれない。前に押されていく――重力なのか勢いなのか、はたまた思いがけない惑星の移動か――何かの力が俺を前に押していく。そして初めて、いやこういう思いが頭をよぎるのは初めてでも何でもなく真剣に考えるのが初めてだってことかもしれないが、とにかく俺は自問する――誰が俺を、俺の脚や目や決断を操ってるのか、と。

　そして、かつてないほど苦労して、俺は方向転換する。

それをやってのけるときの感覚は、痛みとは違う。実際、「痛い」って言葉自体が俺からすれば意味不明で、痛いとは何かと訊かれたら答えようがない。だが――足をしっかりと止めて、体を静止させ――そして方向転換するって感覚は、確かに奇妙キテレツだ。それが痛いかどうかは分からないが、ただ言えるのは、一歩踏み出すときには何とも説明しようのない、自分が自分でなくなるような感じがするってことだ。言えるのは、俺は後ろを振り返って、さっきまで自分が立っていたところを見つめ、もうそこには立っていないということを確かめずにはいられないってことだ。でも、俺はそこにはいない。俺はここにいる。俺はベッキーがいた場所に戻っていくが、どうにものろくてもどかしい動きで、一歩ごとに自分の一部を捨てていくような気がする。

　ついに、俺は隣の戸口にたどり着く――そこが何の部屋なのかは知らない――そしてどさっとそこに寄りかかり、出口に向けてまた走っていこうとする打ち消しようのない強い力とまだ闘っている。だが、何とか寄りかかるのをやめてもう一度ちゃんと立とうとしながら、何とか扉を抜けて進んでいくと——扉は開かないのに、どうやってなのかは分からない——片足が何かに引っかかり、俺はつまずいて転ぶ。体ひとつで空中を落ちていくみたいな感じだが、落ちていく速度がどんどん増していっても、俺は空気みたいに軽い。

＊

俺にはよく分からないことがある。沼地やら兵舎やら、はたまた倉庫にいて、沼地モンスターやら指の関節から毛の生えたバケモノやらクソロボットと戦っているとき、目が覚めているときは片時も頭から離れない問いがある。つまりこういうことだ——俺はいつベッキーのケツなんか拝んだんだ？

俺は彼女の下着姿だとか、ましてや裸の話をしてるんじゃない。そんなのは下品で紳士らしからぬ話だ。俺が言ってるのは、短パンを穿いてたり販売部の制服を着た彼女のケツのことだ。俺が言ってるのは、彼女が立ってたり、歩き回ってたり、とにかく何かしている姿を、あの販売部のデスクの後ろ以外の場所で見たためしがあるのかってことだ。そして、それには一度もないと答えるしかない。それでも、彼女のケツが最高だと言いたい気持ち、俺の頭にあるそのケツのイメージに基づいて彼女に愛してもらいたいって思いが強いせいで、それはときにキャプラⅡ号星で俺が見たりやったりしてきたどんなことよりもリアルに感じる。ちらりとも彼女のケツを拝んだためしはないのに、それでも俺は、激しい戦闘の真っ只中でも、そのケツに思い焦がれ、そのケツの持ち主である彼女に思い焦がれるんだろう。

＊

転んだせいで俺の頭は少しこんがらがってしまったらしい。というのも、立ち上がってみれば、俺はまた沼地にいるからだ。すると沼地がゆらめき出し、目を閉じて頭をそっと振り、また目を開けると、俺は倉庫にいて、それがゆらめくと今度は掩蔽壕に戻っていて、騒音と銃火と爆発に囲まれ、モンスターの血みどろの気味の悪い塊やらロボットの破片やら、俺の仲間のバラバラの肉片やらが、まるでたった今大爆発があってすべてが吹っ飛んだかのようにそこらじゅうに降ってきた。

自分がどこにいるのか、何がどうなっているのかも分からない、だから前に進むべき理由も残っていない、それでもベッキーを探さなければと自分に言い聞かせ、その思いだけを胸に抱いて、何とか足を進めていく。破片がまだ降ってくるし、風景は周りで、そして足元で移り変わっていく。ある瞬間は掩蔽壕の通路を走っていたかと思えば、次の瞬間には沼地の枯れた木々に行く手を阻まれている。途中で俺は交差点にさしかかる――見た感じからすると倉庫の一角だ――激しく銃弾が飛び交ってるから、それが収まるまで待ち、それから駆け出すが、半分くらい渡ったところで、まず沼地に、そしてすぐまた掩蔽壕に場面が変わり、俺は転んで両腕と肘をしたたか地面に打ちつける。息ができなくなり、何とか喘ぎながら立ち上がると、目の前に男がひとり立っていて、こっちを向いている。助けを求めようとしかけたところで、それが俺自身だってことに気がつく。俺は自分を、何かに映った自分の姿を見ていて、それがどうにも落ち着かない。自分の姿を見るのはずいぶん久しぶりで、榴散弾や戦闘でほとんど粉々になった窓ガラスに映ったその姿が誰なのか認識できないってわけではない。そんなんじゃない。それまで自分の姿を何かに映して見たことが一度もないような、自分がどういう外見なのかまったく知らないせいで見知らぬ男を見つめているような、そんな感じだ。

片手を上げて、それが自分だと確かめようと振ってみると、そのとき残りのガラスを突き破ってリッキーが頭から投げ込まれてくる。やったのはロボット野郎の一体で、今度は赤い機械の目を俺に向けてくる、それで俺はまた走り出す。

＊

最後にシャワーを浴びたのがいつだったか思い出せない。朝起きたことも、横になって寝たことも思い出せない。最後に水を飲んだのも、ビールを飲み干したのも、うまい朝飯を食ったのも、とにかく何かを食ったのも、最後にセックスしたのがいつなのかも思い出せない。男はそうしたことなしに、というかそのほとんどなしには生きられないんだが、俺は今ここでとぼとぼ歩いている。最初は掩蔽壕で、それから沼地で、そしてまた掩蔽壕で。

俺にとっては、人生の基本的かつ不可欠な部分を自分が生きていないように思える——というか俺は生きていないし、俺が覚えているようには生きていない——まるで俺が住んでるのはどこかのブラックホールで、そこから引っ張り出されれば、この迷路みたいな通路とか、倉庫なんかの木箱の間とか、沼地の泥をひたすら突き進んでいるだけだって気がする。その泥は死臭を放ってるはずだが、俺は何かの臭いを嗅いだ覚えもない。

俺はリッキーの頭が吹っ飛ばされたり片脚がもげたり、はたまた内臓が飛び出たりするところをもう数え切れないくらい目にしてきて、ここで何が起きてるのかイメージできつつあるんだが、それはぎりぎり俺の手の届かないところにあるイメージというか、イメージのイメージというか、はたまたイメージのイメージとでもいうもので、それが何なのか考えてみようとすればするほど、俺はそこから遠くに押しやられちまう、いや、押しやられるってのとは違うな、ちょっと違う、むしろそのイメージそのもの、その同じイメージがひたすら増殖して、理解しようとする俺の前に立ちはだかってるって感じだ。あるいはこう言ってもいい――俺は地図を持っていて、それが導く先には別の地図があり、それが前とまったく同じ地図だってことが分かり、その指示に従っていくと、また別のろくでもない地図にたどり着き、それを延々と繰り返すみたいな感じだ。いや、そういうのとも全然違う、俺はそれを解明しようとして時間を無駄にしてるだけなんだ、だから結局はもうどうでもいいさと腹をくくる、そして目を閉じるとやみくもに撃ち始め、やみくもに走り出し、ガトリング銃が弾切れになるとそれを捨てて、セミオートとオートのライフルが弾切れになるとそれも捨て、ひたすらそれを繰り返し、ひたすらクズを捨てていき、目は閉じたまま、脚は前に進むに任せ、ついには投げ捨てていない手持ちの武器はナイフだけになる。

そしてその間ずっと、俺は一度も手出しされなかった。流れ弾にも、俺をつかもうとしてくるロボットの腕にも当たらず、走っても沼地の泥が脚にはねかかることもなく、掩蔽壕の壁が肩に当たって進む方向を変えられることもない。俺は地獄を走って戻り、沼地を走って倉庫を抜け、掩蔽壕の通路を次から次へと通り抜け、武装した仲間たちのバラバラになった体の上を歩いてきたはずだが、何も、何ひとつとして俺には手出ししてこなかったから、俺は立ち止まって目を開けて、あべこべになった世界を見回す。

＊

俺はずっと何かが蘇ってくるのを待ち続けている。思い出や、自分の中の深いところにある感覚とか過去とか、〈新世界軍団〉に参加してこのキャプラⅡ号星に戦いに来ることになってあとに残してきたかつての人間関係なんかだが、もう長いこと、保っていられる一番古い記憶といえば、ひとつ前の瞬間の記憶だ。今、自分の中の何かが変わろうとしていて、すべてをしっかりつかまえておけそうな気がするときでさえ、実際に記憶をたどれるのは掩蔽壕への攻撃が始まったときまでで、その前のことはひとつも覚えていない。

だから今、目の前にいるものを見つめながら、何かの記憶のメカニズムのおかげでスイッチが入って、目の前にいるこいつは何者なのかとか、こいつをうまくよけるにはどうすべきかとか、何かしらヒントでも浮かびはしないかと期待してるんだが、俺のボロボロの脳ミソが何も反応しなくたって驚きはしない。でも、少しがっかりはする。

それが何者だとしても、そいつは三階建てくらいの高さで、その甲高い怒りの声のせいで他の音は何も聞こえない。じっと眺めているほど、細かいところがだんだん見えてきて、何かのモンスターどもらしいと分かってくる——俺がこれまで一度も見たことのないやつで、この怒りの惑星キャプラⅡ号星が俺たちにぶつけるのがよかろうと判断したあらゆるモンスターの合体したやつみたいだ。そいつは沼地の泥の上昇気流に乗って立ち上がり（とはいえ俺たちは明らかに掩蔽壕にいるんだが）、うねる胴体からはロボットの足枷と、掩蔽壕のケダモノたちの毛むくじゃらの腕が生えている。頭があるべきところには3Dスコープの軸があって、その中心で点滅するのは、ロボットの冷たく赤い目だ。

今にもリッキーがそばを走り過ぎていき、あの赤い目のレーザーで間抜けな頭をちょん切られ、首から下は沼地っぽいぽっかりした胃袋に押し込まれていくものと思って俺は待つが、そんなことは起こらない。あたりには誰もいない。そのモンスターと、俺だけだ。

俺はそいつの前に立ち、何かが起きるのを待つ。なぜなら、間違っても俺はそいつ相手に先に何かを仕掛けるなんて間抜けなことはしないからだ、だが、そいつは目をチカチカさせて胴体をうねらせ揺れているだけで、しばらくすると、俺たちは同じゲームをしている二人のプレーヤーなんじゃないかって気がし始める。そいつも俺と同じだけ待つことができて、どちらかが動き出さないかぎり永遠に何も起きないんじゃないか。それにこんな気もする——気がするなんてもんじゃなく、はっきり確信が持てる——この向こう側にはベッキーと彼女のイカしたケツ、販売部の制服と彼女の愛らしい笑顔、そして非の打ちどころのない人生がある。そして、ここで石みたいに動かずに立ち尽くし、避けがたい死とバラバラに切断される危険を冒すことなく、この永遠の静止状態にいるかぎり、美しい女の優しい心に真実の愛を見つけることなど決してないことも知っている。そしてつまるところ、俺が求めているのはその愛だけなんだ。

＊

俺が思い描く二人の未来ってのはこうだ。この瞬間から先はこう展開する——状況は悪化していく。こいつが何であれ、俺とこいつとの間の距離は、つまりは俺とベッキーとの間の距離で、状況は確かに悪いが、絶望的とまではいかない。俺はいやしくも〈新世界軍団〉の筋金入りの兵士で、武器は豊富で力も強い、そして今の俺に分かることがひとつあるとすれば——いい女の愛は男を変える、その愛にわずかでも手が届きそうとなれば、男は信じられないような、死をも恐れぬ行動に出る。

その後——でかい邪悪なケダモノを始末して——俺は麗しの女性を見つけるだろう、ふらつく足で販売部にある彼女のデスクまでやみくもに向かい、無作法だが勇ましく戸口に体をぶつけ、倒れ込むが床にばったりとまではいかず、優しく彼女の名前を呼んで目を閉じ、彼女がおそるおそる、そっと触れてくるのを待つだろう。彼女に抱きかかえられて床に横たえられると、俺は目を開けて彼女をまじまじと見つめ、粋な笑みを浮かべるだろう。彼女は「来てくれたのね」とか「来てくれるなんて思わなかった」とかいったことを口にする。俺は口を開き、「君を置いていけるはずがない」とか「君のためならいつでも駆けつけるさ」とかいったことを言おうとするが、俺が何か言う前に、彼女が指をそっと唇に当ててくる、すると俺は彼女を引き寄せてその指を押しのけ、彼女の唇を荒々しく自分の唇に重ねる。その瞬間、他のことはすべてがどうでもよくなる。そして俺は立ち上がる——そのキスと彼女の真実の愛、そして優しい心に力をもらって。俺は立ち、彼女を抱き寄せると、目の前に広がる容赦ない光景を一緒に見つめ、そして「あいつらには思う存分させておけばいい」と言い、二人は笑ってもっと固く抱き合い、二人でその場の邪悪なものを根こそぎにし、投げ捨て、どんな新しい惑星にも存在するはずのささやかな善を掘り出そうとするだろう、そして俺たちの愛の力によって、この小さな岩の惑星は繁栄するだろう。

だが、そんな俺でも、二人を現実に待っているものが何かは分かっている。俺でさえ、そこまでたどり着くことはないと分かっている。五歩も行かないうちに、目の前のやつは俺の両足をつかんで真っ二つに引き裂き、俺を胃袋に放り込むと、俺たちの仲間をひとり残らず探し出して、ついには惑星そのものも真っ二つにしてしまうだろうが、だから何だ？ その向こうにベッキーがいるなら、目を閉じてナイフを捨てて、そこに向かって駆け出す以外、俺に何ができる？

ファン・レフヒオ・ロチャ　その奇特なる人生

ファン・レフヒオ・ロチャ（一九五七―）。飼育員、動物調教師。グアテマラ、アンティグア生。一九七九年に起きた動物園の火災についてはほとんど知られておらず、せいぜい、一九七九年十月十八日の早朝に敷地内で火災が発生し、夜明けまでに敷地も建物も全焼したこと、そして、火災によって死亡した動物は四頭――ホエザルが一頭、チンパンジーが一頭、それにゴリラがオスとメスの一頭ずつ――だけだったということのみである。檻から動物たちを解放し、その先頭に立って敷地から連れ出した男が、その動物園に半年間勤務し、その間、ゴリラに話すことを教え込もうとしていた当時二十二歳のグアテマラ人ファン・レフヒオ・ロチャであった。

幼少期のロチャは、舌打ちしたり口笛を吹いたり、軽く叩いたりつついたり指を鳴らしたり抱きしめたりすることを通じて動物たちと巧みに意思疎通を行なっていた。父親が飼っていたロバ数頭を彼が世話し、人を乗せたり荷物を運んだりする動物として貸し出すことで、一家は衣食をまかなう金を稼いでいた。ロチャは一頭一頭を調教し、彼がロバの飼育係だったときには誰ひとりとしてロバの背中から振り落とされる者もいなければ、荷物がなくなることもなかった。

一九七四年、ロチャは親元を離れてメキシコシティに移り住んだ。そこからチワワ州に引っ越し、合間合間に犬やゾウ、ジャングルキャットを調教してカーニバルの芸を仕込む仕事をしていた。七九年の晩春、公立動物園が飼育員を募集中で、獣医としての仕事も少しばかり求められているという話を彼は耳にする。五月にはロチャはその職に就いていて、数日後にはゴリラにかかりきりになっていた。

ロチャはそれまでゴリラを見たことがなく、ゴリラの生態についてはほとんど、生息地に至ってはまったく知識がなかった。それぞれのゴリラの個性をよく知るようになり、身体的特徴をつぶさに観察したロチャは、動物園にいるのはオスのニシローランドゴリラ一頭とメスのニシローランドゴリラ一頭であると結論づけた。日中は動物園で動物の世話をし、夜は自室か図書館でゴリラの生態について学んだ。相当な苦労を重ねた末、ゴリラの好むタケノコやアザミ、野生のセロリや塊茎を手に入れた。形状も湿度も植生も西アフリカの低地に似せた環境を作り上げ、ゴリラたちに草や枝を与えて巣を作らせた。

二頭が落ち着くと、彼は意思疎通を図るべく第一歩を踏み出した。目撃者たちによれば、ロチャがゴリラたちの注意を引こうと金切り声を上げたりホーホーと呼んだり舌打ちをしたりしながら、その住処に入っていくと、ゴリラたちは大声で吠え出し、甲高い叫び声を上げたという。二頭は「人間のように」後ろ足で驚くほど巧みにかつ素早く走り、彼めがけて突進した。二頭で連携し、ロチャを挟み撃ちにし、隅に追い詰めて逃げられなくすると、背中と頭に殴る蹴るの暴行を加え始めた。そばで調教師を見守っていた三人の敷地管理人がどうにか彼を住処から救い出したときには、ロチャは軽度の脳震盪を起こし、肋骨が二本折れていた。

ロチャは諦めなかった。続く半年間、彼は少なくとも十度にわたりゴリラたちの住処に入り、いつも同じ激昂と攻撃をもって迎えられた。ゴリラたちはロチャが与える餌を食べ、彼がゴリラたちのために作り上げた場所で平和に暮らしていた。しかしながら、彼が一歩でもゴリラたちの世界に入ると、まるでそうするよう調教されてきたかのようにゴリラたちは彼を囲み、追い詰め、話しかける彼を無視して暴行を加えた。五分か十分もすれば、腕や指の骨、肋骨が折れたり、痣や切り傷、打撲傷や擦過傷だらけになったり、あるいは軽い脳震盪を起こしたロチャを檻から助け出さねばならなくなった。

出火当時、ロチャはゴリラたちのところにいて、例のごとく住処の外に立ち、安全な距離から話しかけていた。彼は十五分間にわたってホーホーと叫び、小鳥のような鳴き声や吠え声を上げたあと、他の動物たちの世話をするためにそこを離れた。救援隊が到着し、他の動物たちが檻と敷地から逃れるころには炎は一気に燃え広がり、夜明けまで燃え続け、最後の火が消えたときには、残ったすべて――動物園とホエザル、チンパンジー、ゴリラたち――は灰と化していた。

セバリ族の失踪

I

一九七四年の夏、若き二人の文化人類学者、ジョゼフ・ハモンドとマーカス・アレクサンダー・グラントは、『弁証法的文化人類学研究』という学術雑誌に「ドラメソンの儀式――セバリ族の前思春期男性の静かなる葛藤に関する考察」という論文を発表し、高い評価を得た。この論文の成果、およびセバリ族についてのさらなる調査を行ないたいとの申請に基づき、ハモンドとグラントはアメリカ国立科学財団とスローン財団から研究資金を受け、二人の若者はそれぞれ、グラントはイェール大学で、ハモンドは母校であるハーヴァード大学で文化人類学と社会学を講じる職を得た。例の論文とその後の研究成果は『セバリ連続体』という一冊にまとめられ、そこにはカラーやモノクロの部族の写真とともに、部族の歴史、健康状態、病人や高齢者を介護する制度、信仰形態、婚姻儀礼、共同体の慣習や禁忌、農作業、出生率と死亡率、集合的記憶の継承（口承、物語、象形文字による）、そして族長が死去した際の埋葬儀式についての詳細な観察記録と分析が収録されていた。その本は直ちに評判を呼んだ。グラントは三十二歳、ハモンドは三十四歳で、二人は五年半にわたってセバリ族の共研究を行なっていた。

一年後、二人はともに姿を消した。

その当時、二人の若手研究者は、セバリ族が暮らす南太平洋に浮かぶ小さな島に最後の長期滞在を計画していた。彼らの出発予定日が過ぎると、ともにうっかり者だった二人は挨拶もせずに旅立ったものと思われた。数か月経っても何の連絡もないとなると、友人や同僚たちは二人の身に何かあったのではないかと心配し始めた。何の音沙汰もないまま一年が過ぎ、多くの人は、セバリ族の元に向かう途中か、部族とともにいるときに二人が殺されたのではないかと憶測した。

二人の失踪は大騒動となり、捜査委員会が結成され書類が公表され、関係者の間には溝が生じた――できるだけ遠回しではあれ、ハモンドとグラントの身に起きたことは自業自得で、文化人類学者の長い歴史の中には干渉したり「現地人化」して、不都合な、ときには致命的な結果を招く者が綿々といたのだと仄めかす者たちもいれば、ハモンドとグラントは研究に身を捧げ、世界とその歴史における我々の場所をよりよく理解しようとする試みにおいて名誉ある死を迎えたのだと主張する者たちもいた。

そうした議論や憶測がさらに三年続いたところで、二十四歳の元女優にして文化人類学研究者であるデニーズ・ギブソンが、ほぼ単独で、ハモンドとグラントの研究は捏造であり、セバリ族など存在せず、二人の頭の中にしかいなかったことを証明した。その発見は今日に至るまで文化人類学界に疑念を残し、ハモンドとグラントと近しい人々、友人や同僚たちに、二人の正体は何者だったのか、彼らは何を得ようとしていたのかという問いを突きつけた。

II

デニーズ・ギブソンは、ここ五年ほどはボストンで暮らしている。現在はボストン大学文化人類学研究科の大学院生だが、ハモンドとグラント、二人のセバリ族の研究や著書、さらには彼らの失踪について初めて耳にしたときは学部生だった。小柄で魅力的な女性で、穏やかな声と、ニューイングランドの秋から冬にかけての曇りがちな数か月にはしばしば灰色に見える青い目の持ち主である。髪は茶色で短く、私は一度しか目にしたことがないがときおり眼鏡をかける。彼女のことを考えるときには、その眼鏡姿が思い浮かぶ。テキサスに生まれたデニーズは女優を志し、テキサス大学オースティン校での最初の二年間は演劇を学んだ（彼女と同じくグラントもテキサス出身であることは奇妙だと思わないかと私が訊ねると、彼女はいかにもテキサス人めいた作り笑いを浮かべ、「まあ、大きな州だから」と言った）。しかし二年が経ったところで彼女はボストン大学への転学願いを出して受理され、文化人類学専攻の学生としての道を歩み始めた。テキサスにも優れた文化人類学を学ぶプログラムを持つ総合大学や単科大学があることは彼女も十分承知しているが、生まれてこのかたずっとテキサスで暮らしてきて、突然窮屈に感じ、気分を一新しようと故郷を出たのだという。

優れた俳優に求められると私が確信する鋭い人間観察力の持ち主でありながら、勤勉で内気で物静かな性格であり、その集中力は研究者向きに思える。初めて会ったとき、彼女はテーブル席で『文化人類学研究年報』を読んでおり、その論文にすっかり心奪われていたため、私がコーヒーとケーキを持って席に腰を下ろし、咳払いをしても気づかないほどだった。そこまで何かに打ち込んでいる人の邪魔をする気にはなれず、もうしばらく待つうちに、その取材のために二人で打ち合わせてあった時間があっさりと過ぎていったので、私は椅子を床に擦り、コーヒーマグをテーブルの上に音を立てて置き、いくぶん大きすぎる声で「で、あなたがデニーズさんですね」と言った。そのときようやく彼女は雑誌から顔を上げ、私に微笑みかけると、「もう来ないんじゃないかと心配しかけていたところよ」と言った。デニーズがかつては女優志望だったと知ると、多くの人は物真似をしてほしいと頼んでくるが、取材の最初のほうで彼女が教えてくれたところでは、それは俳優ではなくお笑い芸人の領域なのだそうだ。「あなたはキャサリン・ヘップバーンの物真似をしてほしいなんて言ってはこない人だと思ってあげるわ」と彼女は私に言った。

私が訊ねたように、セバリ族がでっちあげであると暴露するのに貢献したことについてどう思うかと誰かが彼女に訊いたなら、彼女は首を横に振り、どこか悲しげな笑みを浮かべて、「実際、私は大したことはしていないわ」と言うかもしれない。そして相手に対し、どこの出身か、旅は快適だったか、コーヒーのお代わりは、ボストンに来るのは初めてか、ボストンコモン公園にはもう行ったかと訊ね――「春と初夏にはもっと素敵なところだけど」――、「きれいに雪が積もっているから、人がたくさんやってきて踏み荒らされないうちに行ってくるべきよ」と言うかもしれない。それからフレデリック・ロー・オルムステッドの名前を出し、彼はマンハッタンのセントラルパークを設計したことで特に有名だが、ボストンコモンと周辺の地区をつなぐ「エメラルドネックレス」と呼ばれる一連の公園群の設計者でもあるのだと説明し、ジャマイカ・プレイン地区にあるエメラルドネックレスのひとつ、ジャマイカ・ポンドに行ってみるように勧めてくるかもしれない――「もう誰も行かないようなところだけど」と彼女は続ける。「地区が少し荒れてしまったせいだけど、本当に素敵な公園だし、いい時刻に行けば人もいなくて静かで、ベンチに座って目の前の池を見渡すと、雁や白鳥や鵜がいることだってある。でももしそこに行くなら、ランチには〈エル・オリエンタル〉に行くべきだし、誰かが〈エル・オリエンタル〉に行くとなったら私だって行きたくなってしまうから、あなたに合流するかも」。そんなわけで、私はついこのあいだの午後、小さなキューバ料理レストラン、〈エル・オリエンタル・デ・クーバ〉で彼女と一緒に座っていた。場所はジャマイカ・プレイン、ボストンの南側にあるプエルトリコ系、ドミニカ系、キューバ系住民の多い地区だった。彼女が大いに楽しんで昼食を終える一方、私は小さな発泡スチロールのカップでカフェオレを啜りながら、テキサス州アビリーン出身のこの小柄で飾らない若い女性が、いかにして文化人類学における過去五十年で最大の研究不正の裏にある真実を暴いてみせたのかを解明しようと奮闘していた。

Ⅲ

ジョゼフ・ハモンドは一九四二年、八人きょうだいの三番目として生を受けた。生まれたときの名前はジョゼフ・ファローだった。「ハモンド」は母親の旧姓である。一家はカンザス州サライナに暮らし、ジョゼフの父親はセールスマンとして、ブラシや髭剃り道具、アフターシェーブローション、化粧品、毛染めといった商品を扱っていた。母親はときおり家政婦として働いたものの、もっぱら家で育児をしていた。一家の多く――私が所在を突き止めることのできたわずか数名――は、電話をかけ直してこなかった。そして取材に応じてくれた場合でも、彼らから引き出せた発言といえばせいぜい、すでに公に知られ、今ではほぼすべてが偽りだと考えられているいくつかの略歴を再確認するものでしかなかった。

私が確かめることのできた唯一の情報とは、ジョゼフは十五歳のときに家を出ていき、それから三年近く音沙汰がなかったということだ。その時期に何があったのかはほとんど分からない。ハモンド自身の発言によれば、彼はその間、鉄道でダラスから南西部のいくつもの州を抜け、ついにはカリフォルニアまでたどり着き、カリフォルニア大学バークレー校のキャンパスにある文化人類学図書館で一年間を過ごしたという。そこでライデンの『生きている大地』やケリーの『ジャワ島の偶像崇拝研究』といった著作に出会った。一年後、彼はふたたび鉄道でカリフォルニアを離れ、アラスカに旅し、そこで二年間、漁船に乗りキングサーモンの水揚げに従事した。アラスカに到着してから数日のうちに、ハモンドはあるイヌイットの夫婦と出会い、すぐに親しくなった。ほとんどの時間を漁船の上で過ごし、船に乗っていないときはその夫婦の家に行ってイヌイットたちに囲まれ、彼らの日常生活を観察し、風習を学んだ。未発表の短いエッセイ、回顧録の冒頭だと考える者もいる原稿の中で、ハモンドはその時期のことをこう語っている。「氷の浮かぶ荒れた海に、手作りのカヌーだけで入っていき……プレパイットとともにアザラシやセイウチを狩る。固く鋭い簎(やす)を用い、時には幸運を祈って我々自身の血を先端に塗っていた」。

ハモンド自身が当時を振り返る言葉にふたたび従えば、この時期に、文化人類学と社会学の領域で本格的な研究に従事しようと彼は決意を固めた。それに加え、「ライフ」誌のインタビューによれば、ハモンドがハーヴァード大学に入学を志願することに決めたのもこの時期のことである。

――それで受理された？

そうです。私は受け入れてもらいましたが、そのことは三か月近く知りませんでした。私は次の、私にとっては最後の漁に出ていて、入学許可の手紙は私が出発した翌日に届いたものですから。家に戻ってきてその手紙を見たときはたいそう驚きました。

――どうしてですか？

いや、その漁ではあやうく戻ってこられないところでしたから。

――溺死しかけたからですか？

まさにそうです。私が着ていたつなぎのバックルか留め金が、海に網を投げ入れるときに引っかかってしまって、でも私自身を含めて誰も、手遅れになるまで気がつかなかった。六月だったのですが、その季節でも水温はせいぜい四度くらいで、私はその中に落ちたわけです。息もできず、泳ぐことも、周りを見ることもできなくて、何に引きずられているのかも分かりませんでした。漁の旅はどこでも危険に満ちていますが、アラスカが一番危ないでしょうね。海は荒れているし、いつも冷たくて、誰かが指を一本失くした、片手を失った、船から放り出された、なんてことは日常茶飯事でした。でも私は運が良かった。新入りのひとりで、一、二度言葉を交わしたことがあるだけの男が、とっさにナイフをつかんで海に飛び込み、下まで潜ってきて網を切って私を自由にしてくれました。彼は今では大の親友です。とどのつまり、私がハーヴァードに行くことができたのはすべてマーカスのおかげなんです。

「ハーヴァード・マガジン」一九七五年十一月‐十二月号には、海上の船に並んで立つ二人の男の写真が載っている。ひとりが両手で抱えているのは鮭と思われる。写真は端が切れているため、二人が船に乗っていて、その船は海か、少なくとも水上にあるという程度のことしか分からない。写っている二人はハモンドとグラントであり、場所はアラスカの漁船で、アラスカからハーヴァード大学のあるケンブリッジに向かう前にハモンドが行なった最後の船旅での写真だとされている。ハモンドとグラントがそれぞれ教職を得た直後、ハモンド自身が雑誌に提供したその写真には短い説明文が添えられ、見出しは「ハーヴァードとイェール、ついに休戦か?」と銘打たれ、二人の親友同士がライバル校で教鞭を取ることになったくだりが書かれている。そこにハモンドによる発言も紹介されている。「彼が命の恩人であろうとなかろうと、フットボールのシーズンが始まれば、マーカスと私の友情はいったんお預けにしなければならないでしょうね」。

デニーズと二度目に会ったとき、私はその雑誌と写真を彼女に見せた。彼女は首を横に振るとこう言った。「こんな手の込んだことをする暇のある人がいるのかしら? わざわざ時間と手間をかけて船を借りて、そして見たところ魚も一匹借りている——この点について正直に言えば、これは二人が獲った魚じゃないと私は思うし、それに船が埠頭から出ているかどうかも分からないでしょう? 写真の枠が狭すぎるから、二人がどれくらい沖にいるのか、どこにいるのかも分からない。それもすべて、偽の写真を撮ってハーヴァードの同窓会会報に載せるため、二人の出会いにまつわる嘘を共謀して作り上げるためよ。でも何のために? どうしてそこまでするの?」

一八六九年、「切り株」と呼ばれた農夫ウィリアム・ニューウェルは、ニューヨーク州北部にある自分の土地で井戸を掘っていた際に、石化した巨人らしきものを発掘した。少なくとも三メートルの高さはあり、かつては地上を巨人たちが闊歩していたという聖書の記述(創世記第六章第四節)を裏付けるものだった。一九一二年、アマチュア考古学者チャールズ・ドーソンはひとりの男性の遺体を発掘したが、その頭蓋骨は明らかに人類のものでありながら、顎の骨は明らかに類人猿のもので、ダーウィンの進化論における空白部分を埋める発見だとされた。一九五三年、ジョージア州の田舎を走る高速道路で、三人の若者があやうく宇宙船と衝突しそうになり、取り残されたエイリアンのうち一体を車ではねたと主張し、体長約六十センチで体毛はなくエイリアンの外見をしたその死体を当局に提出した。顎の骨は現代のオランウータンの骨を古く見せかけただけのものと判明し、石化した巨人はすぐに、にわかごしらえの彫像で（真新しい鑿（のみ）の跡が決定的証拠になった）、ジョージ・ハルという煙草商にして無神論者が、聖書を文字どおり解釈することを主張するメソジスト派の牧師をからかうために埋めたものだと分かった。ではエイリアンは？　店で買ったノドジロオマキザルに致死量の薬を投与し、毛を剃り、尾を切ったものであり、事の発端は若者のひとりエドワード・ワッターズという理髪師が、一週間以内に地元のニュースに登場してみせると酔った勢いで賭けをしたことだった。どうやら有史以来、人間は男も女も（といってもたいてい男だが）科学的、歴史的、文学的、政治的、数学的なでっちあげに携わり、それによって名声なり悪名なり、金銭なりを得たり、深い信念の支えとしたり、あるいは単に手の込んだ冗談にしようとしてきたようである。ハモンドとグラントが今回の特殊で精巧で徹底的な捏造に走った動機が何だったのかということが判明する日が来るのかどうかは定かでないが、それが、デニーズが今なお答えを求める、最後に残された問いのひとつに思えることがある。

Ⅳ

　六歳のとき、マーカス・アレクサンダー・グラントは実家の壁に絵を描き始めた。私が目にした写真から判断するに、幼稚な絵ではあるが、力強い色使いと驚くほど成熟した技法で描かれていた。九歳になると、彼は絵の具を作り調合するようになった。成長するにつれ、優れた色彩眼と、フレスコ画やモザイク画を描き陶器を成形して焼いて絵付けをするなど、より古い技術の才能を発揮するようになった。青みがかった黒髪とえくぼ、そして簡素な金属縁の眼鏡に収まった穏やかな黒い瞳の持ち主であるグラントは、しばしば二人の文化人類学者のうちでも好もしいほうと記憶されていた。ざっくばらんで無頓着な性格で、ジーンズや作業用ズボン、古いセーター、作業用ブーツといういでたちだった。彼の持っている服はみな屋外でのフィールドワーク向けだった。イェール大学で教えていながらネクタイの着用を拒み、キャンパスと自宅の間はおんぼろなオレンジ色のシボレーC10のフリートサイド型ピックアップトラックで行き来していた。トラックの天井からはひしゃげた麦わらのカウボーイハットがぶら下がり、本人によればそれは、カリフォルニア州北部でアボカドの収穫をしていたときに出会った出稼ぎ労働者からもらったものだという。

　グラントは十歳までをメキシコのチワワ州で過ごした。祖父はかつてテキサスに土地を持っていて、牧場でテキサスロングホーン牛を飼育していたが、牛たちを処分して牧場を売らざるをえなくなると、グラントの父親であるアレクサンダーは故郷を離れてメキシコ北部に移り住み、牧場労働者として働くうちに、メキシコという国やその田舎、そこに暮らす人々に魅せられていった。彼は一九四二年にマリア・マルティネスと出会って結婚し、二年後にマーカスが生まれた。一九五四年、マーカスの祖父が他界すると一家はテキサスに戻り、ラボックに居を構えて、グラントの父親は電気工としてラジオやテレビを修理し、母親は家の掃除婦と、ときにはウェイトレスをして家計を支えた。

電気器具を扱う仕事も、ワイヤーや電子部品やブラウン管が所狭しと並ぶ小さな作業場も嫌っていたグラントの父親は、十二年間にわたって、土地を買うために自分とマリアの稼ぎを貯め、うまくいけば自分の父親がかつて持っていた土地を買い戻そうと考えていた。マリアがその気を変えさせたのか、グラントの父親がみずから決断を下したのかはともかく、土地は購入されず、その資金はマーカスがテキサス工科大学で視覚芸術を学ぶ費用として使われた。大学の記録によれば、グラントの最初の二年間の成績は惨憺たるもので、三年目に彼は視覚芸術学部を去り、文化人類学専攻に転部した。

V

「ドラメソンの儀式——セバリ族の前思春期男性の静かなる葛藤に関する考察」からの抜粋。

セバリ族の少年が十歳の日々を終えると、その生活は静かなものになる。というのも、十一歳から十三歳までの間は、部族の伝統に則り、言葉の使用を禁じられるからである。あるいは、言葉を奪われるとも言える。それは身体的に、ドラメソンという儀式において行なわれる。

象徴的な性質のその儀式は、少年の舌の「除去」を伴う。少年の舌を象徴するもの――多くの場合は野生のイノシシの舌に少年の髪の房を一回巻きつけたもの――が絶え間なく燃え盛るかがり火の中央に置かれる。その舌は、言語と部族の少年たちの男性器を象徴する他の舌と並べられ、それぞれの舌は火の輪の内側に残り、いつの日か、それぞれの持ち主が、瞑想と研鑽、そして祈りを通じてそれを取り戻し、つまりは部族の言語を取り戻すこととなる。ドラメソンの間、少年たちは部族の誰とも話してはならない。また、長老、母親、父親も、部族の者はすべて、ドラメソンの間は少年たちに話しかけてはならない。

しかしながら、儀式は象徴的な次元を超えるものでもある。部族の長老たちと話をし、そして儀式を完了して「舌」を取り戻した部族の少年たちとの長い議論を経て、我々は、部族の言語は禁止されるのみならず、文字どおり、二年から三年の期間にわたり、忘れられるのだと理解するに至った。

論文はそれに続けて、人参に似た形だが乾いた羊皮紙の色をした柔らかい根菜であるマーレーの存在について説明する。儀式に則れば、マーレーの根は儀式が始まる二日前から煮込まれ、じっくりと煮込むことで固く繊維状であったものが分解し、その調合物は最後にはシロップ状の汁となり、舌を「除去」される直前の少年に供される。どの少年も同じ量のマーレーの煮汁を飲まねばならない――杯ひとつに少し満たない量を、七日おきに、「一か月に等しい期間」にわたって飲み、ハモンドとグラントの発見によれば、その煮汁を飲むことで、言語記憶の一時的な喪失が起こり、「汁の効力は摂取されるたびに累増していく」のだという。

さらに、根自体の効力にはばらつきがあるものの、ハモンドとグラントの推測によれば、根が緑がかっているほど効果が高い。このばらつきはやや恣意的な調理法においては考慮されていないため、少年が四杯目のシロップを飲むころには、仲間が飲むものよりも二十倍も濃い煮汁を摂取している可能性もあり、その効果は彼が「言語だけでなく、自分自身の記憶、自分が誰であるのかといった記憶をも」失うほどである。

Ⅵ

デニーズがボストン大学で学び始めた一九七八年は、何らかの暗い運命がハモンドとグラントの人生を狂わせてしまったのかもしれないと人々が初めて疑い始めた年でもあり、当時の文化人類学者や民族学者の例に漏れず、デニーズも『セバリ連続体』とセバリ族を取り巻く熱気や騒動が、ハモンドとグラントの失踪および死亡の可能性をめぐる初期の憶測によってさらに加熱していくのに夢中になっていた。そして、二人の失踪から二年近くが経ったところで、行方不明になった文化人類学者の二人、もしくは本人たちではなくてもせめて彼らに何があったのかの手がかりを見つけ出そうと友人や同僚から成る総勢五名のささやかな一団が、セバリ族の暮らす太平洋の小さな島に向けて旅立った。その一団はイェール大学教授二名、言語の専門家一名（彼はセバリ族の言語をハモンド本人から学んでいた）、そして親しい友人二名によって構成されていた。数か月後、五人は手ぶらで戻ったが、ひとつだけ衝撃的な報告があった――セバリ族は全員姿を消し、どうやら不可解にも消し去られてしまったようだというのだ。

私が理解するかぎり、つまりデニーズとその分野の他の何人かが説明してくれたところでは、セバリ族をめぐる現象は、ハモンドとグラントによる徹底的かつ広範囲な部族の記録（それは驚くべきものである）から生じたものではなく、むしろ、小さな島々の連なる外にある何ものにも損われることなく、どの人間集団よりも長く存続してきた部族の純粋さから生じたものだった。「セバリ族というのはね」とデニーズは、秘密めかした、切なげですらある口ぶりで私に言った。「真の意味での原住民だったのよ。まったく手つかずの。千年か、もっと長くにわたって。考えてもみて」と彼女はさらに説明した。「人間の集団がひとつ、ある島に隔離されて、その島は箱の中に入れられて、その箱は外界から千年間も閉ざされていた。いざその島を箱から出してみたら、そこにハモンドとグラントによるセバリ族がいましたってわけ。そんな部族が実際に存在していた——飢餓や病気や過度の近親交配によって滅び去っていなかった——なんてことが、それを発見したのは大学を出たばかりの無名のアマチュア二人組で、部族の日々の習慣や儀式を微に入り細に入り忠実に記録しておきながら部族の社会構造を乱すこともなかったという事実を、すっかり霞ませてしまったの」。彼女はいったん言葉を切り、信じられないという面持ちをして、そして続けた。「つまり、二人が一度たりとも彼らの社会を変容させずにまったく別世界の人間たちと寝食も狩りも共にしたなんて、どうして私たちは信じることができたのかしら？」

部族に関する真実が明らかになる前、数名の研究者たちは、ハモンドとグラントは図らずも、みずからの失踪のみならずセバリ族の失踪をも引き起こしてしまったのではないかという独自の説を立て、それによってフィールドワークの倫理をめぐる、文化人類学および社会学におけるかねてからの議論がささやかながら再燃する格好となった。少なからぬ数の文化が、科学や文化人類学者たちの侵入によって取り返しのつかないほど変質し、中には小さな部族共同体に文化人類学者たちが干渉し――観察記録を偽造するか、より悪質な場合には部族の思想を異国風の儀式や生活様式に導き――セバリ族のようなほぼ手つかずの原住民に対して多くの一般人が期待する衝撃的な証拠を得ようとしたこともあった。しかしながら、少なくとも当時、大半の人々は、ハモンドとグラントの失踪と死亡の可能性も踏まえ、そうした非難は根拠がないばかりか不謹慎ですらあると考えた。

「まるで大地が口を開けて彼らを丸ごと飲み込んでしまったみたいに、ひとつの民族が忽然と消え去ってしまったのだと思えることもあったわ」とデニーズは私に説明した。「でも、調査が終われば、十中八九、ひとつの説明が過去の経緯をきちんと明らかにしてくれる」。その当時、文化人類学を研究していた者なら誰もがそうであったように、デニーズもハモンドとグラントの身に何が起きたのかを解明することが、セバリ族に何があったのかを理解する助けになるかもしれないと考えていた。

セバリ族の遺構を探し、ハモンドとグラントの痕跡を追っていた偵察隊は多くの写真を撮影したが、具体的な物品のサンプルは持ち帰らず、そのまま残すことで、将来のより大規模な調査隊にその仕事を譲った。デニーズはそうした写真のコピーや拡大版をじっくりと見ることができた。その多くに写っていたのは、陶器の破片や干からびた肉や果物のかけらが土の床に散らばっている無人の小屋だったが、それ以外にも、まったく手つかずで部屋もきれいで、一家がすぐに戻るつもりで家を空けたばかりのように見える小屋もあった。だがやがて、彼女は写真による証拠はあてにならないと分かった。発見を共有し、理論を検証し、論文を出版するには写真は欠かせないが、直接の観察やフィールドワーク、あるいは地道な聞き込みや調査に取って代わることはできないのだとデニーズは言う。

ボストン大学は、タフツ大学とウィスコンシン大学マディソン校と提携して夏期プログラムを開講する助成金を受けており、そのおかげで文化人類学専攻の学生たちは教授陣や野外調査の専門家たちと共同で作業を行ない、セバリ族の遺物を分類し、部族の失踪を引き起こしたものが何であったかの手がかりを探ることができた。しかし、当時まだ大学院の一年生だったデニーズは、プログラムの参加者には選ばれなかった。その代わり、最初の偵察隊が持ち帰った写真を吟味したあと、書くつもりでいた論文のための調査に時間を使うことでよしとした――ハモンドとグラントの人生と、彼らの文化人類学への貢献についての伝記的な論文であり、それによって事の真相への手がかりを得たいと彼女は考えていた。

デニーズは手近なところから調査を始めた。すなわちハーヴァード大学、ジョゼフ・ハモンドが未開文明についての授業を担当し、彼自身も一九六〇年から六四年にかけて通っていた大学である。しかしながら、彼女が調査に乗り出してみると壁に突き当たった。

一九七五年以降のハモンドについての情報は難なく入手できた。「インタビューや、彼が書いた記事や彼について書かれた記事、彼の授業内容、講義ノート、スライド資料、試験問題があった。でも、彼の学生時代に遡ろうとすると、何も見つけられなかったの」。デニーズは大学の公式記録を得ようと、教務課、そして同窓会の事務局にも当たってみたが、在籍記録、成績、登録科目、学位論文、予防接種記録、財政状況報告など、ハモンドとハーヴァードのつながりを示すものは何ひとつ見つけられなかった。

「最初は、彼のファイルが所在不明になってしまったか、どこかの狂信者がどうにかしてその記録を盗み出したのかと私たちは思ったの」とデニーズは語った。「でも、そこまで徹底的に実行できる人がいるとは信じられなかった。そうした記録のほとんどは個別のファイルに保管されていて、たとえば予防接種の記録は保健管理課にあるだろうし、高校の成績証明書は教務課にあるはずだったから」

出鼻を挫かれたデニーズは、大学に長く在籍していてハモンドを教えた可能性があり、彼のことを覚えているかもしれない文化人類学や社会学の教授を探した。

「そうしてスティーヴンス博士に出会ったのよ」と彼女は言った。一九六二年には助教授だったスティーヴンス博士は、文化人類学部で四年間教鞭を執ったのちにシカゴに移ったが、ちょうどハーヴァードに戻ってきたところだった。「博士にハモンドのことを訊ねてみたけれど、思い当たる節がないそうで、当時のハモンドのことはまったく覚えていなかったし、会った記憶すらなかった」。スティーヴンス博士がデニーズに説明したところによれば、実際彼がハーヴァードに戻ってきたのはハモンドが通常担当していた授業を一コマか二コマ引き継ぐためだったが、ハモンドは彼が到着する前に出発していたため、スティーヴンスの知るかぎり、二人は一度も会ったことはなかった。博士の研究室を出たデニーズは、以前にも増して混乱し、いっそう不満を覚えていた。調査をどう続けたものか分からず、彼女は長い散歩をし、ハーヴァード広場からチャールズ川を渡るとボストン市街に入り、そこからさらに歩き続けてついに自分のアパートに着いた。八キロにも及ぶ散歩が終わるころには空は暗くなり、足は少し痛かった。「くたくたで、寒くて、気分が悪かった」と彼女は私に言った。「私は歩きながら、その調査はもうやめにして、セバリ族もハモンドもグラントも別の人に任せて、もっと面白くて将来性のある分野に移ろうかと思っていたのよ、だから、家に帰ったら冷蔵庫に伝言が貼ってあって、スティーヴンス博士から電話があったからすぐにかけ直したほうがいいと書いてあるのを見なかったら、もう諦めてしまったかもしれない、でも伝言があったから彼に電話をしたわけ」

　デニーズが研究室から帰ったあと、自分でもジョゼフ・ハモンドの謎に興味が湧いてきたスティーヴンス博士は、古いアルバムを見つけた。そこには一九六三年に学部のパーティーで撮られた写真が数枚あり、その中に、学部長から教授、助教授、そして大学院生も学部生も含めた学部の全員がワイングラスを掲げている写真があった。宴もたけなわで、誰もが互いに体を寄せ合ってどうにか立っているという感じだった。ジョゼフ・ハモンドはその写真には写っていないし、その他の写真にも見当たらない、とスティーヴンスは彼女に言った。それ自体は決定的でも興味深い証拠でもないが、ハモンドは一九六二年のパーティーの集合写真にも、六一年のにも六四年のにも登場しておらず、スティーヴンスからすればいささか奇妙なことだった。進む道路にあるその最後の隆起が、デニーズ・ギブソンの進路を変えた。

　ハモンドの調査についての困難や不満はさておき、デニーズは二人の文化人類学者の経歴を調べることで、彼らの失踪という謎を解き明かせるのではないかとなおも感じていた。「私はそれなりに疑念を抱えた状態でグラントのほうに目を向けたけれど、グラントの人生はドミノみたいにパタパタとつじつまが合って、そこからハモンドへのつながりがまっすぐ見えたの」

　現在、グラントについて定説となっているのは、彼はただ、フレスコ画を描き、陶器を制作し、古い技術を再生して芸術作品を生み出すチャンスを望んでいたにすぎなかったということである。しかしそれに比べてハモンドのほうは――グラントは自分の出身地についてすら嘘をつく気になれず、在学記録を改竄したり改名するという先見の明もなく、アラスカ沖の冷たい海の底からハモンドを救出した話を共謀してどうにか作り上げたにすぎない――相当な凄腕のいかさま師であり、セバリ族をでっちあげた主たる動機は金銭的なものだったと現在では考えられている。今では誰もが、マーカス・アレクサンダー・グラントはアラスカ沖でジョゼフ・ハモンドの命を救ったことなどないと知っているが、そもそもハモンドがアラスカにいたことがあるなどとは誰も信じてはいない。彼が家を出てから大学に入学するまでの間に何をしていたのか、誰も正確なところは知らないが、我々が知っているのは、ジョゼフ・ファローは十八歳のときオクラホマ州スティルウォーターにあるオクラホマ州立大学に入学したということである。彼はオクラホマで二年間を過ごしたのちに州立大を去り（あるいは退学処分になったのかもしれないが、確かなことは分からない）、テキサス州ラボックに移ると、転学生としてテキサス工科大学に入学した。もともとはビジネス経営学の学生だったが、文化人類学に専攻を変えた。だが、彼もマーカス・グラントも、テキサス工科大学をはじめとするアメリカのどの大学でも課程を修了することはなかった。ファローは四年生の秋学期に成績不良で退学となり、それと時を同じくして母親の旧姓を名乗るようになった。そして、ハモンドが去ったのに合わせてマーカス・グラントも退学した。ハモンドがファローだったと知ってからほどなくして、写真や遺物や儀式、そして学位は捏造だという結論にデニーズは達した。

「というか」と彼女は私の表現を訂正した。「偽造ではないわ。芸術作品は本物の芸術作品だけど、それはマーカス・グラントの作品であって、セバリ族のものではないってこと」

ハモンドとグラント、そしてセバリ族の失踪という謎を説明するのに十分な証拠が集まったとみるや、彼女はスティーヴンス博士に電話をかけた。「セバリ族はそもそも存在しない、でっちあげられたものなのだと私が言うと、博士はしばらく電話口で黙り込んで、それから『どうしてそう言えるのかな？』と訊ねたのよ。だから私はハモンドについて突き止めたことを話したわ。話し終わると、彼は島にいる同僚たちに連絡して私が突き止めたことを伝えると言って、そしてもし私の言うとおりだったなら、その調査の功績はすべて私のものになるようにすると請け合ってくれたの」。数日後、スティーヴンスはデニーズに電話をよこした。「出来のいい偽物だよ」と彼は言った。「大した出来だ」。このあとはどうなるのかと彼女が訊ねると博士は、全員が帰国の途につき、戻り次第、すべての情報を合わせて真相を究明することになるだろうと言った。

Ⅶ

しかし、今日に至るまで真相は謎に包まれている。セバリ族の謎は解明されたが、ハモンドとグラントがなぜあのような行為に及んだのか、そしてさらに重要なことに、一九七七年に合衆国を出た二人に何があったのかは誰にも確かなことは分からない。実際のところ、二人がそもそも出国したのかどうかさえ不明である。二人のアパートは一度ならず捜索されたが、彼らの居場所につながる手がかりは得られず、長年にわたって残されていた二人の持ち物はそれ以降ＦＢＩによって押収され、アパートは清掃されて貸し出されている（二人が連邦機関から得た助成金を流用していたことが明るみに出たためＦＢＩが捜査に加わり、財務省も調査に乗り出した）。ハモンドとグラントの失踪ぶりは、二人が考案した部族の消滅にもひけをとらない鮮やかさだった。ハモンドを見かけたという噂はちらほらとあり、デニーズは今でも、ニュージャージー高速道路沿いにある休憩エリアや、フェンウェイ・パークの裏手にシボレーの古いフリートサイド型ピックアップトラックが停まっていれば、車体がオレンジ色だろうと緑色だろうと青色だろうと目を奪われてしまう。私と会う数か月前、デニーズはオハイオ州アクロンに飛んだ——芸術作品のセールの広告に、セバリ族の原始的な陶器と石器が売りに出されると書かれた切り抜きを誰かが送ってきたからだが、皮肉にもそれらの作品は偽物だと判明した。それ以外の点では、私とのインタビューを除けば、デニーズはその謎とはもう縁を切ろうと努めてきたと主張しているが、それについてすら、彼女はかすかに不安げである。

私は最後のインタビューを彼女のアパートで行なった。私たちは地元のバーで会う予定だったが、バーテンダーが彼女からの伝言を預かっており、ほんの三ブロック先にあるアパートへの道順を教えてくれた。戸口で私を迎えた彼女は詫びた。「ちょっとインフルエンザ気味かもしれない」と聞かされたため、また日を改めましょうと私は言ったが、彼女は私を中に招き入れた。飲み物を出してもらい、二人で席に着くと、彼女はハモンドとグラントのことやテキサスのこと、そして文化人類学の課程について話してくれた。二人の最終的な行方について引き続き調べたのか、気になってはいるのかと私が訊ねると、彼女は即座に否定した。その返答の素早さに私は驚き、その驚きと多少の疑いが顔に表われていたのか、彼女が言い足すには、教授や同僚や家族など多くの人からは、ハモンドとグラントの事件をさらに調査して文章を書くことを期待されたし、しばらくはそうするよう後押しされていたという。「その件をみんなに諦めてもらうのはひと苦労だった」と彼女は言った。そのあと、ふと質問が頭の中で形になったというだけの理由で、私はハモンドとグラントのどちらかが彼女に接触を試みたことはあるのかと訊ねた。「電話一本なかったわ」と言って、彼女は心から快活な笑い声を上げた。「信じられる？　あの二人の図太さときたら」。するとそのとき、ソファの隣のテーブルにある電話が鳴り、大きな音がアパートに響き渡った。彼女はどきっとした表情を一瞬浮かべ、それから私に微笑むと急いで受話器を取った——その瞬間、デニーズはハモンドとグラントから完全には自由になっていないのではないか、この先も自由にはなれないのではないかと私は思った。電話をかけてきたのは彼女の母親で、私が静かに座って待っていると、彼女は弟の元に生まれたばかりの女の赤ん坊のことで楽しそうにお喋りをし、数分後にまたねと言って受話器を置くと私のほうを向いた。「本当に大がかりな料理を作ったことはある？　丸一日かけて、材料の買い出しから始めて、切ったり炒めたり焼いたり、食事のコース料理よ？　四品か五品くらいの、大人数向けのとてもすっかり気分が盛り上がって、料理しながらちょこちょこつまみ食いもして、いい匂いが漂って、作り終えて鼻高々で全部テーブルに並べたら、みんな夢中でがっついて、最高だって言ってくれる。でも、一日中料理したり走り回ったり、午後はずっと狭苦しい台所に立ちっぱなしだったから腰が痛いし、すると突然、自分が作ったものを食べる気がしないってことに気づく。見た目もいいし匂いもいいし、味も間違いなくいいはずなのに、お腹はもう減っていない。ハモンドとグラントについての私の気持ちもそんな感じね。もう食欲がないの」

「でも、いずれはまたお腹が空くわけですよね」と私は言った。

彼女はまた笑って言った。「いずれはね」

デニーズは五月に卒業する。だが、最後にインタビューしたときの彼女は、卒業後の進路を決めかねていた。プリンストン大学からは博士課程修了研究員という立場を提示してもらっているが、彼女はワシントンDCにあるスミソニアン国立自然史博物館でも二回面接を受けていた。「でも迷ってる」と、私のボストン滞在最後の日に彼女は言った。私たちはチャールズ川のケンブリッジ側を歩いていた。よく晴れた、寒い日だった。彼女は立ち止まり、ゆったりと流れていく水を静かに見つめていた。

「何をしたいのか、自分でもよく分からないの。一つ話があって、両方ともいいチャンスだと思うし、両親はその話を聞いて喜んでいる。だって親からすれば、文化人類学というのは職を得るとか一生の仕事にするには演劇と同じくらい見込みの薄い分野だから。でも研究の世界は、何て言うか……とても狭くて、就職の面接とか説明会なんかで会う人たちは、セバリ族の話ばかりしたがるの。その話をされればされるほど、私はあの二人、ハモンドとグラントがしたことを考えてしまう、二人は今何をしているのか、どんな新手の詐欺に取りかかっているのか、そして気がつくと、二人がやってのけたこと、意志の力だけで自分たちの新しい人生を作り上げてみせたことにほとんど賞賛の念を抱いている。そして私はこう考え始める――私にも同じことをする方法があるのなら、それを見つける努力を始めたほうがいいのかもしれない、ってね」

「二人が今何をしているとしても、彼らは幸せだと思いますか?」と私は訊ねた。

彼女は少しの間黙り込み、そして私を見つめて言った。「もし二人を見つけることがあれば、あなたに知らせるわ」

角は一本、目は荒々しく

「中国人から買ったんだ」と言いながら、ラルフは僕を案内してガレージを抜け、横庭に向かった。僕としては、これから見せてもらうものを彼に売ったのが誰だとしても、おそらくそれは中国人ではない——ここがヒューストンだということを考えればベトナム人かたぶんフィリピン人だろう——と言おうかとも思ったが、本当のところ別にどちらでもいいし、相手をむっとさせてしまうだけで、彼の言うことや、これから見せようとしているものについてまともに取り合っていないと思われるだけだと考え直した。もっとも、正直に言うとまともに取り合ってはいなかったが。「こいつにゃきっと仰天するだろうな」と彼は言った。「マジで信じられないと思うぜ」

彼との付き合いで、マジで信じられないと言われたものすべてを考え合わせると——悪企み、馬鹿でも思いつくようなビジネスの発想、あるいは彼が買ったか見つけたか作ったかしたガラクタ——僕の期待値はかなり低かったが、それでも長年の友情もあったので調子を合わせて笑みを浮かべておいた。

僕たちは彼の家の暑いガレージから、さらに暑い、蒸し蒸しして息も詰まるような朝の空気の中に足を踏み出し、そして横庭に入った。メリッサと一緒にこの家に越してきたばかりのとき、彼はかなり熱心にこの横庭に手を入れ、生えていたやぶと雑草を取り除くと、小さな囲いを作って、買ってきた五、六羽のヒヨコをそこに入れ、鶏を育てるつもりだと僕に言った。「新鮮な卵だぜ」と、それ以上の説明は不要だと言わんばかりに彼は言ったが、数日のうちに野犬の群れが彼の作ったフェンスを跳び越えて囲いに押し入り、ヒヨコを皆殺しにしてしまった。一か月ほど経ってから、彼はすべてを取り壊し、錆びたまま倒れかけていたでこぼこの金網を放り投げた。実際、大した広さではなく、せいぜい犬を放し飼いにするくらいの場所だったし、そのあと彼がしたことといえば二年前の春に芝生をちょっと植えたくらいで、それもじきに茶色くなって枯れてしまった。そこ以外の地面には雑草か、緩く固まった赤っぽい砂がある程度で、もはや自然に任せたのだろうと僕は思ったが、今、その真ん中には立派な小屋があった。最近建てたに違いない。

「ほんとだな」と僕は言った。「あの小屋はその、何て言うか、かなりいい造りだよ」

ラルフはかぶりを振った。「何言ってる、小屋じゃない。小屋の中にあるやつさ」と彼は言った。そして笑顔で小屋を見て、僕に視線を戻すと言った。「当ててみたくないか？ 百回チャンスをやっても、きっと当てられないいぜ」

「だろうな」と僕は言った。「別にいいさ。さっさと小屋を開けろよ。そろそろ家に帰らないと」

「好きにしろよ」と彼は言った。それから錠と扉を開けるのに手こずっているふりをして、ぐずぐずと緊張感だか何だかを演出したあと、ついに小屋を開け、さあご覧あれ、というように片腕でさっと払うような動きをして、僕によく見えるように脇にどいたが、少しの間目に入ったものといえば、この世のものとは思えない、亡霊のような、ぎょっとするほどまばゆい白い光だけだった。

それからラルフが片手を伸ばしてその光の中に差し入れたので、そこに体の一部でも入れてしまったらすぐに溶けてしまうと思い、彼をつかんで引き戻したくなったが、そのあと彼が何かチリンチリンと鳴る仕掛けをつかむ音がして、僕が見たこともないようなもの、目にするとは思いもしなかったものが引っ張り出されてきた。それは真珠のような光沢の小型の馬か大型のヤギか、はたまたその二つをかけ合わせたもの、たぶん何か別のもの――ヘラジカか？　アシカか？――でも混ぜたような動物だった。ラルフから頭一つ分ほど背が高く（とはいえラルフは大して背は高くなかった）、ほっそりしていて艶があり、力強く、丸い顔は馬とはどこか違っていた。とはいえ、現にそうしたことを僕が考えたのはずっとあとになってからだ。最初はなぜか直視できず、懐中電灯を見つめているか、日の出に向かって車を走らせているみたいだったが、見えているものから判断するに、それは見る者の気持ちをざわつかせ、醜いとは言わないが可愛いとも言えないものだった。

「一体それは何なんだ？」と僕は訊ねた。

「何を寝ぼけたことを」と彼は言うと、その頭の上のほうを手荒につかんでみせた――そこにはほとんど透明の禍々（まがまが）しい角が生えていたというか植えつけられていた。「こいつはユニコーンだぜ。信じられるかよ？　俺はユニコーンなんてものを中国の野郎から買ったんだ。しかも格安でな」

*

僕は帰りが遅くなった。家はちょっとした惨事になっていた。というのも、息子のビクトルがおむつ一枚で家の中をうろうろしていて、マカロニ・アンド・チーズだかホイップクリームだかが胸にべったりついていたからだ。バスルームには、着替えも化粧も半分済ませたシーラがいた。

「まったく」。僕を見て彼女は言った。「一時間遅刻よ」

「ごめん」と言うと、ズボンにしがみついてきて両腕を上げ、抱っこしてとねだるビクトルを抱き上げた。「ラルフがあの調子でさ。始まっちゃうとなかなか帰れなくて」と僕は言った。いないいないばあをしたりしてビクトルと遊び、シーラが服を着替え終わるのを見守って、そして訊ねた。「準備はいいかい?」

彼女は鏡の中で慌たしく化粧するのはやめて振り向くと、笑顔でポーズを取った。両手を上げて大きく広げ、腰を横に突き出している姿は、不動産仲介業者というよりはチアリーダーか、お色気が売りのレストランで働くウェイトレスみたいだった。「どう思う?」と彼女は訊ねた。

彼女はきれいだった。記憶にあるかぎり初めて、彼女を見て悲しくなった。

「最高だよ」と僕は言った。

「初めてのオープンハウスなのよ」と彼女は言った。

「そうだね」

「『最高だよ』じゃ足りないのよ」

「ハニー、君は本当に素敵だよ、今すぐ君をそこのベッドに連れていって押し倒して――」

「いいわ」。彼女は僕が言い終える前に遮った。「ベッドにね、オーケー。でも私から家を買いたいと思う?」

僕は笑った。「もう家は一軒あるけど、それでも君から家を買いたくなるよ」

「そんなお金ないじゃないの。今いる家だって買う余裕はないのよ」と彼女は言ったが、笑顔になると僕の頬にキスをした。「次はラファエルのところで長居しないようにして」

「あいつはその名前で呼ばれるのを嫌がるんだ」と僕は言った。

「それが彼の名前じゃない。もう慣れてもいいころよ」

「ラルフで通ってる」

彼女は肩をすくめた。「ラルフは男の子の名前よ。ラルフィーとかにすれば？　ラルフィーって呼ぼうかしら？」そう言うと、彼女は僕たちの部屋に戻ってしまったので、ラルフィーなんて名前は中学校のときから使ってないよと彼を弁護してやるには声を張り上げねばならなかっただろうが、そこまでするほどのことではないと思ってやめた。そして出てきた彼女は、ハイヒールを履いていたので三センチか五センチくらい背が高くなっていた。僕の手からビクトルを取り上げるとキスをして、そのあと僕にも長く熱いキスをすると、僕の唇から口紅を拭った。

「ラルフが新しく手に入れたものがあるんだ」。僕はビクトルをまた抱いて言った。

「でしょうね」。彼女は財布とそれから鍵を見つけた。

「今回のは違うんだよ」と僕は言った。

彼女はまたビクトルを抱いて、さらにキスした。「あまり遅くはならないはずよ」と彼女は言った。

「でもこの子のお腹が空いたら、冷蔵庫に食べるものがあるから」

するど彼女は僕の手にビクトルを戻して言った。「私が帰ったら教えて。もう行かなきゃ」

「つまりさ、本当に特別なんだ」と僕は言った。

「信じられないようなものさ」と僕は言った。

「そうでしょうね」と彼女は言うと、ドアを開けて手を振り、「二人とも愛してるわ」と言った。そして彼女はいなくなり、母親に行かないでいてほしかったビクトルは泣き出した。

僕はビクトルを膝に乗せ、あやして慰めようとしたが、どうにも気持ちが入らなかったし、泣くのが悪いわけでもないだろうから、しばらくはそのまま放っておいた。しばらくすれば泣き止むだろうと思っていたが、ビクトルは泣き続け、やがて僕はうんざりしてしまったが、どうやって泣き止ませればいいのか分からずにいた。僕と目が合うようにビクトルを膝から抱き上げてみたが、息子の目はしわくちゃで涙に潤み、何も見ていなかった。「何か違うものを見に行こうか？」と言うと、布をつかんで息子の胸を拭き、シャツを着せて靴を履かせ、車に放り込むつもりでおむつを二つばかりつかんで外に出てようやく、シーラが車で出かけたことを思い出した。そこで僕は家に戻って乳母車を持って出ると、二十分と、何度かの涙の大騒ぎを経て、またラルフの家に戻ってきていた。

*

僕が乳母車を押して横庭のほうへ回ると、ラルフはそこにいた。僕の見るかぎり朝からそこに釘付けになって、家の中にも入らなければ用も足さず、何もしていなかった。その日の午前中、僕たちはそこに立ってほとんど無言のまま彼のユニコーンを三十分ほど眺めていて、それから彼はガレージに行き、出てきたときには芝生用の椅子を二脚と、氷とビールを詰めた小さなクーラーボックスを持ってきていた。彼はその椅子にまだ座っていて、クーラーボックスもそのままで、蓋は開いていて氷は溶け、空になったビールの缶が濁ったぬるい水に浮いていた。

僕を見るとラルフは口を開いた。「ここにさ、フェンスを、本格的なのを作ったほうがいいかな？」

太陽が彼の広い額に照りつけ、肌は汗ばんで赤くなっていた。「どうだろうな、ラルフ」と僕は言った。

「フェンスが要ると思う」と彼は言った。

僕はビクトルを乳母車から抱き上げると、おぼつかない足で立たせ、そしてフェンスに続く門を開けるとビクトルの背中を押して庭に入らせた。ビクトルも一緒だということにラルフはようやく気づき、それをきっかけに、自分が入り込んでいた何らかの状態から我に返ってビクトルを引き寄せたが、僕から見てもビクトルからしてもいささか手荒なやり方だったので、いきなりラルフにつかまれて腕をきつく持たれたビクトルはまた泣き出してしまった。

「おい、何やってるんだ？」と僕は言った。

「悪い悪い」と彼は言った。「ただな、本当に小さな子供がそばにいると、彼女（ユニコーン）がどんな様子になるか分からないだろ？　あの子をビビらせたくなくてさ」

僕の息子はビビらせてもいいのか？　と言いたいところだったが、何も言わずにビクトルを彼の手から取り上げて膝に座らせ、また落ち着かせようとすると、ラルフのユニコーンが目に入ったのか、ビクトルは突然泣き止んでおとなしくなり、三人は座ってユニコーンを眺めていた。

＊

それがユニコーンだと聞かされ、最初の衝撃を乗り越えたあと、まだ調子を合わせていた僕は、彼に見せられているものの非現実性、あるいは彼がそれを信じていることの非現実性はしばらく脇に置いて「名前はあるのか？」と訊ねた。

「おう」と彼は言った。「中国人からは、彼女の名前はフェイブル（伝説・教訓物語の意）だって聞いてるが、俺に言わせりゃクソみたいな名前だ。だからサーベル・ビッチなんてどうかと思ってる」。それから笑って、そのあと少しだけ真顔になるとこう言った。「それか、ただのサーベルにするか。子供たちの手前もあるしな」

それから彼はカンバス地の袋を持ち上げて（マンガに出てくる、カラス麦がぎっしり詰まっていそうなやつだ）それを開けると、小さなスコップで何やらつつき始めた。何をしているのかと訊ねてみると、ユニコーンにそろそろ餌をやる時間だと言うので、こんな動物に何をやるつもりかと訊くと、妖精の粉だという答えが返ってきて、僕が笑うと、「冗談なんかじゃない」と彼は言った。そして袋を大きく開けると、燐光を発する細かい粉を見せてくれた。「中国人が取引の一部として付けてよこしたのさ」

「妖精の粉か」と言う僕の口ぶりには、疑いの念がそのまま表われていた。「ウォルマートで売ってる玩具の砂に見えるな」。それから地面に唾を吐き、「妖精の粉か」とまた言った。

ラルフは不安げな、耳慣れない笑い声を上げた。「俺もそう思ってさ、遠慮しとくってそいつに言ったよ。ところが向こうは俺の腕を、いや手首のあたりをぐいとつかむと大真面目に首を横に振るから、俺は『何だよこれ?』と訊いたんだ。そいつが嘘をついてたのかもしれないが、さてどうだか。そいつは何て言ったと思う?」僕は首を横に振って目で降参を示した。「分かるわけないよな、こいつは妖精をすり潰したもので、ユニコーンにはそれを半カップずつ、一日四回やらなきゃならないってさ」。彼はまた不安げな笑い声を上げた。僕は鼻で笑った。「そう言われたのさ。俺はやつを信じるよ」

僕はまた袋の中を覗いて、その細かい粉がピンクとブルーの玩具の砂以外の何かだと想像しようとした。「そもそもこんなものをどうやってやるんだ?」と訊ねた。

「混ぜるのさ」と彼は言った。「水かウィスキーかビールと混ぜるんだが、酒だと高くつくから、水でいいだろう」

それが午前中の出来事で、椅子に座ってユニコーンをじっと見る彼の様子には、午前中とは微妙に異なる何かがあった。そこでサーベル・ビッチの調子はどうかと訊ねてみると、ラルフはカッとなった。「言葉に気をつけろ」と言うので、「悪かった、そんなつもりは――」と言いかけたがやめて、「分かったよ、ラルフ、もう言わない」と言い、深く悔やむ気持ちになってもう少し謝ったほうがいいかと思ったが、それがなぜなのかは自分でも分からなかった。

僕はクーラーボックスに片手を入れて、空き缶をひとつ取り出して潰すと言った。「おいおい、まだ一時にもなってないじゃないか」

彼は僕を見、そして僕が持った缶を見ると口を開いた。「俺が飲んだんじゃない。彼女だよ。この子が腹を空かせたから、俺は食べ物を混ぜて作ってやった」

「水はどうしたんだ?」

「水を混ぜたらお気に召さなかったから、ビールも少し混ぜたんだ」

それから僕たちはあまり言葉を交わさず、二人で座ったままユニコーンを眺めていると、メリッサが帰ってきてラルフに向かって怒鳴り出した。どうやら、彼女の母親の家に子供たちを迎えに行くのを彼が忘れていたらしい。するとラルフは取り乱した口調で「なあ、俺はもう出かけなきゃならない、いいか? またあとでな」と言うと立ち上がり、僕と、まだ膝の上でおとなしくしているビクトルを見下ろした。今から思えば、そんなに長いこと静かにじっとしているなんて何事かと僕は心配すべきだったが、とにかくラルフを待たせていたから、僕も渋々立ち上がってビクトルを乳母車に乗せて出ていくと、視界から僕たちが消えて家までの道のりを半分たどるくらいになるまで、ラルフは立ったまま見守っていた。

＊

「本物じゃないわよ」と、台所のカウンターに体を押しつけて立っているシーラは言った。彼女はキュウリを切っていて、一枚薄切りにするごとに塩を振りかけては食べていた。それを眺めていた僕は苛ついてしまい、ちゃんと話を聞いてもらうために、いっそのこと自分がナイフを握ってキュウリを丸ごと一本分切って皿に盛り、彼女をどこかに座らせようかという気になった。

「本物だと思うよ」と僕は言った。

「ヤギよ」と彼女は言った。「角が捩じれて一本になってしまった可哀想なヤギがいたじゃない」

「本物だって」

「そんなはずないわ」

「シーラ」と僕は言った。

「メメ」と彼女は言った。僕にどう言えばいいか分からないとき、僕の話に論理がないせいで反論しようがないとき、これでもう何度目になるか分からないが自分は一体どんな人間と結婚してしまったのかと自問してしまうとき、彼女は僕をメメと呼ぶ。

「君も見てみたらいい」と僕は言った。

「いいわ」と彼女は言った。「月曜日に晩ご飯を食べに行きましょう。そのときに見られるわ」

僕はもう自分の靴と靴下、彼女の靴とビクトルの靴をつかんでいて、ビクトルを探していた。「今行きたくないかい？」と僕は訊ねた。

彼女はため息をつき、台所のカウンターから離れるとソファにどっかり腰を下ろした。「ねえ、私は疲れてるのよ」

このときすでに彼女の声は震えがちになっていたが、僕は無視することにした。「そうか、ならいいよ」と僕は言い、そして言葉を継いだ。「じゃ、君は帰ってきたんだし、僕が出かけてる間ビクトルを見ててくれるかな？」

彼女はソファにあったクッションのひとつを取ると僕に投げつけたが、まったくふざけた様子はなく、こう言った。「信じられないわ、メメ、私は帰ってきたばかりなのに、あなたはオープンハウスがどうだったのか一度も訊きもしないじゃない、私が帰ってきてからあなたがずっとしてるのはラルフのふざけたヤギの話ばっかり」

「ヤギじゃない」と、思い直す前に僕は口にしてしまった。

「もうやだ」と彼女は叫び、もうひとつクッションを手に取ったが、胸のところでぎゅっと抱え込んだ。「いいわ」と彼女は言った。「行きなさいよ、もういいから。ラファエルのとこに行って、そのいまいましいヤギを思う存分見てきなさいよ」

ここでユニコーンを見に行ったなら、帰ったときに待ち受けている針のむしろは結婚してからの四年間で経験したどんなものよりも刺々しくなるし、僕には想像もできないような、今までとはまた違う怒りに直面することになり、その怒りはすでに彼女の内部で醸成されつつある、それは僕にも分かっていたのだが、それでも一瞬、ほんの一瞬だが、やっぱり行こうかと考えてしまった。

「ごめん」と僕は言った。「何だか妙に気になってしまっただけなんだ。ごめんよ」。そして言った。

「オープンハウスはどうだった？」

　だが、彼女はそう簡単には機嫌を直してくれなかったので、僕はビールの缶を開けて彼女好みにグラスに注ぎ、それからソファの隣に座って彼女の片足を持ち上げると不器用にマッサージをしつつ、どうだったのかともう一度訊ねてみた。すると、ひどい出来だったと彼女は言い、泣き出したところでビクトルがよちよちと部屋に入ってきて、僕はソファの彼女の隣に座ったまま、母親の邪魔をしないようにビクトルを抱き上げたが、妻は息子を自分の腕に抱きしめ、僕は冗談を言い、何の冗談だったかはもう思い出せないけれど彼女は笑った。するとビクトルは得意のキーキーというおかしな小さい音を立てて、彼女はまた笑い、僕たちはいつもどおりいい感じに、それに近い感じになった。かなりいい感じだったから、彼女はオープンハウスの話をしてくれて、実際に思ってるほどひどくないよと僕は言い——ひょっとすると本当はひどい出来で、話に聞いた以上に散々な出来だったのかもしれないが——僕たちは他の話もして、夕食の時間になると僕は二人をハンバーガーショップに連れていき、家に戻るとシーラが休めるように、ビクトルをお風呂に入れてお話を読んで聞かせて寝かしつけた。そして子供部屋から出てくると、居間にいる彼女は色褪せた古い栗色の運動用ショートパンツを穿いていて、馬鹿みたいに聞こえるだろうけど、僕がいつもムラッとするそのショートパンツ姿で手を伸ばしてきたので、ソファから立ち上がりたいのかと思って手をつかむと、逆に引きずり倒されて、僕たちはちょっといい感じにふざけ合って、少しテレビを見てからベッドに行ってもう一回じゃれ合って、ようやく彼女は眠りに落ち、その間に僕はこっそり家から抜け出してラルフの家にてくてく歩いていった。

　着いてみると、ラルフはバスローブ姿で椅子に座っていて、その胸元と、太ももの上のほうがはだけている具合から、下には何も着ていないのが分かった。他人に見られては気まずい場面に居合わせてしまったかと思い、僕は足を止めて引き返しかけたが、そのとき彼の胸が重々しく上下するのが見えて、眠り込んでいるのだと分かった。僕は静かに門を開け、彼の隣に座ると、ローブの裾をそっと戻して彼の下半身を隠した。ユニコーンは僕にも、僕の静かな動きにもほとんど気づいていなかった。僕が見たかぎりでは、ユニコーンは誰にも注意を向ける様子はなかった。たいてい身動きもせずにじっとしていた。いやじっとしてはいなかった、厳密に言えばじっとしてはいなかった。その立ち方は、じっとしていても絶え間なく動いているような、あるいは、まるで僕たちとここにいながら同時に別の場所にも存在しているような、ゆらゆらしてせわしない、震えるような佇まいだった。

どれくらいそこに座っていたのか分からないが、そのうちラルフが椅子の上で身動きして、咳かくしゃみをしたか唸り声を上げたので僕の集中は途切れてしまい、ユニコーンから視線を上げると、地平線の上に早朝の光が昇っていることに気づき、腕時計を見るともうすぐ朝の七時で、もうシーラはとっくに起きていて僕がいないことに気づいているに違いないと悟った。

*

僕はコーヒーと朝食を買って家に帰り、いつもよりも早起きしてみたらやる気マンマンだったから外に出て一日を迎えようとしたんだ、と言ってごまかし、シーラの顔つきからして何ひとつ信じてはいないようだったが何も言われず、朝は過ぎていった。昼食の前、ラルフが電話してきてメリッサのお腹の調子が悪いとかいう口実で、夕食はやめにすると言った。その口ぶりから何か別の理由があると分かったが、僕は無理に問い詰めようとはしなかった。僕はシーラのオフィスに電話をかけて伝言を残し、それからビクトルを抱き上げ、彼のためにあれこれ用意し、歩いて自分の母親の家まで連れていって預けると、その五分後には予告なしにラルフの家にやってきた。

僕は少なくとも彼が小屋の前で座ってユニコーンを眺めているだろうと思っていたし、せいぜい、家に誰もいないか、あるいはメリッサが喧嘩でも何でも、予定を変える原因になったことをとことんして彼を家の中に閉じ込めていてくれたら僕はひとりで座っていられると踏んでいた。だが着いてみると、メリッサが芝生用の椅子に座って、膝の上に「ピープル」誌を広げ、口にタバコをだらりとくわえていた。彼女は僕が庭に入る音を聞きつけ、僕は踵を返してこっそり家に帰る前に見つかってしまった。

「こんちは」と彼女は言った。

「やあ」と僕は言った。「ラルフはいる?」

彼女はサングラスを下げて、フレーム越しに僕を見た。「いーえ」と、「い」をやたら長く伸ばして答えを返してきた。「あなたと約束してたの?」

「違うけど」。僕は言った。「近くに来たからさ」と説明しようとしたが、彼女が隣の椅子から雑誌の山をどかすと僕の言葉は尻すぼみになった。「彼はどこかな?」と僕は言った。

彼女はまた僕を見て、秘密めかした意地悪そうな笑みを浮かべると、「知らないの?」と訊ねてきた。そしてこう言った。「ミスター勤勉には仕事があるのよ」

「商売のこと?」

「仕事よ」と彼女は言った。少しの間、その言葉は二人の間で中吊りになっていた。僕が知るかぎりでは、ラルフがしたことのある仕事といえばひとつだけで、それも一年も経たずに辞めてしまった。

給料をもらう仕事の代わりに彼は商売を見つけて、どうにか生活していけるだけの金を稼ぐのがいつものことだったし、もっと金が要るときには商売を増やして稼ぎを増やした。彼が何をしていたのかは知らなかった。あるときは屋根の修理をしていたし、あるときは品物を売り、自宅から何か電話をかけていることもあった。それ以外のこともしていたはずで、一週間か二週間、ときには一か月、家を空けることもあり、家に帰ってきたときには気前よく現金を使い、一週間かせいぜい十日くらいはそんな調子だった。町にある車やバイクを買い付けてはそれに乗ってマサチューセッツやニューヨークやシカゴまで売りに行き、現地に着くと今度はテキサスまで乗って帰るための車やトラックを必要としている人が見つかるまで待つ、なんてこともあった。彼がやりくりしていた暮らしは風変わりで、さして羨ましくはなかったが、彼はそうやって、高校を出てすぐ〈フィエスタ〉の在庫係をしていた数か月からこっちフルタイムの仕事に就かずに済ませていた。

その午前中、僕たちが無言のままこの新しい状況に慣れようとしていたそのとき、ユニコーンが音を立てた。いななきとは少し違うし、何か話しているようだというわけでも、僕たちに話しかけようとしているようだというわけでもなかったが、話しかけていないようだというわけでもなかった。何かを言っていたのか、あるいは何かを言おうとしていたのか、耳に心地よく面白くもあり、しっかり耳を傾けるべき音だった。メリッサはまた雑誌を開き、そして閉じて、ユニコーンのほうを見ると、脚にとまっていた蚊をぴしゃりと叩いた。

「子供のころ」と彼女は言った。「私はイルカだった」

「イルカ?」僕は訊き返した。

「妹はユニコーンよ。すごかった。何でもかんでもユニコーンだったんだから。ユニコーンのステッカー、ユニコーンのポスター、ユニコーンのファイルにブックカバー、あとユニコーンのリュックなんてのもあったわ。ユニコーンのTシャツ、それからユニコーンのフィギュアは高校を出てもまだ持ってた。部屋にあるものは何でもユニコーンでね」。彼女はタバコを一服した。「ここに妹を連れてきてこれを見せるべきね。きっとがっくりするわよ」

ラルフの話では、メリッサと妹は折り合いが悪かった。メリッサのほうが可愛かったが、ラルフに言わせれば妹には独特の愛嬌があったので周りからちやほやされ、そのせいでメリッサのプライドは傷つき、もう長いこと苦しめられていた。そして一年前に妹はウィスコンシンに引っ越し、地元のテレビ局で報道関係の仕事を見つけた。それが不仲の原因というわけではないが、妹の引っ越しと成功は、二人の仲をさらに険悪にしたらしかった。

「ユニコーンが好きなのにどうしてがっくりするのかな?」と僕は訊ねた。

彼女は笑った。「これが? こんなのユニコーンじゃないからよ。というか、まああの角はユニコーンっぽいし、馬みたいにも見えるし。ともかく魅力はあるわね」と彼女は言った。「少なくともラルフにとっては何らかの魅力があったわけだし」と言って振り向くと、サングラスの上からまた僕を見て、「あなたにとってもね」と言うとため息をついた。「でも妹は、これが本物のユニコーンよって私が言ったら、きっと嫌いになる」。彼女は最後にタバコを一服して揉み消すと、また一本取り出して火をつけてから言った。「間違いなく、嫌いになる。もちろん信じるわけない。私が何を言っても何をやっても信じてはもらえないだろうから、まあ結局は同じことね」

「シーラは信じてくれない」と僕は言った。「いや信じてるのかも。分からないな」。そして言った。「君はどう? 信じてるかい?」

「あれのせいよ」。彼女は僕の質問を無視して、タバコを振ってユニコーンを指した。「仕事はね」と言うと、またもや脚を叩いた。「彼は仕事を見つけたことさえ言ってくれなかった。目が覚めたら外はまだ暗くて、彼が部屋の中を動き回ってる音がしたから明かりを探してつけてみると、あら不思議、彼がそこに、髪を後ろに撫でつけて髭はきれいに剃って、ズボンとシャツに、ネクタイまで着けていたってわけ」。そして彼女は言った。「彼が今どこで働いているのかも知らないわ」

その話に何と言っていいのか分からず、というか何か言うべきなのかも分からなかったので、僕は口をつぐんだまま、彼女が外は暑すぎるとか、ここでユニコーンと座っているのはもう飽きたと言い出さないかぎりは彼女に好きなだけ話をさせた――というのも、もし彼女がそこから離れるときは、僕にも帰るように言うだろうと思ったからだ。

「それにね」と彼女は言った。「これが二日前なら、私は何としてでも彼をこの椅子から追い立てて家に入らせて、子供たちの世話とか、とにかくユニコーンとは関係のないことなら何でもいいからさせようとしたはずよ。それが今じゃこれよ。彼が何をしたいかは分かってる」と彼女は言った。「フェンスを建てて、ひょっとしたら隣の土地も買って、そこを牧草地だか何だかにするつもりなのよ」。そしてまた脚をぴしゃりと叩いたので、僕は、そうするときの彼女は心の中ではユニコーンか、もしかするとラルフを叩いているんじゃないかという気がしてきた。「六年よ。六年あの男と一緒にいて、私は一度たりとも定職に就けなんて言ったことはないし、プレッシャーをかけたりもしなかったけど、定職に就いたって私は全然構わなかった。六年間、頼れるものなしにどうにか切り抜けてきたのは、彼に自由にさせて、やりたいようにさせていれば、そのうちすべてがうまくいくと思っているからよ。彼には特別な才能があって、その才能の真価が理解されない、発揮できないような仕事に閉じ込めちゃいけないと思ったのよ」。そして「ハハハ、とんだお笑い種よね」と言った。僕を見やると笑顔になり、そして言った。「こいつが来てから一週間もしないのに、もう彼はこいつの世話をするために定職を見つけたのよ」

それから家の横庭に立っているその動物に目を戻し、念力で動かそうとしているのかと思うくらいまじまじと見つめ、それがあまりにも長く続くので居心地が悪くなった僕は、彼女は本当に念力でユニコーンを動かそうとしているのか、それとも存在を消し去ろうとしているのか、はたまたそいつの心まで見通して、この動物の何が怠け者の夫を奮い立たせ、突然身ぎれいにして仕事をして養う気にさせたのか理解しようとしているのだろうかと自問した。すると彼女はユニコーンに向かってかぶりを振り、何をしようとしていたにせよ諦めた。ユニコーンは蹄で地面を叩き、たてがみを振ると角を下げた。それから彼女はタバコを深々と吸い、咳き込みながら煙を吐いて僕に言った。「でも心配しないで。そのうち、ラルフが仕事に行ってる間に、私はこいつの革でズボンを作ってやるつもりよ」。彼女はウィンクすると、今度は短めにタバコを吸った。「革ジャンも作ろうかしら」。そして黙り込むとタバコを吸った、ちょうどそのときだと思う、僕が二人からユニコーンを盗むべきだと思いついたのは。

そのとき僕の母から電話がかかってきて、医者に予約を入れてあるから、ビクトルを迎えに来るかシーラをよこしてほしいと言われた。あまり穏やかな口調ではなかったが、実際それまでに何度か着信があって、それを僕がうっかり無視していたのだから母が憤るのも無理はなかった。電話を切ってすぐ、一瞬、シーラに電話をかけて何か作り話をして、ちょっとビクトルを迎えに行ってほしいと頼もうかとも考えたが、それをやめておいたのはひとえに、メリッサがすぐそばに座っていて僕の言葉に聞き耳を立てていたからだし、妻相手にぬけぬけと嘘をつくのを聞かれでもしたら僕はやましい気持ちになり、同時にスリルも感じてそれはそれで居心地が悪くなってしまうからだ。

仕方なく、僕はその場を去った。

母の家に戻ると、母はビクトルを連れて車に向かって歩いているところで、僕を見るなり怒鳴りつけてきそうな勢いだったが、何も言わず、派手な仕草もなく孫を僕に渡し、そして僕の頬におざなりなキスをすると車に乗り込み、僕たちを送っていこうかとも言わずに走り去った。

*

家に帰ると、車が私道にあったので、僕は修羅場を覚悟した。そもそも母に嘘をついてビクトルを預けたこと、そのあと息子を放ったらかしにしたことで彼女は僕をなじるだろうし、大声を上げ、家の中を憤然と歩き回り、手当たり次第にものを放り投げ、そのほとんどは僕の頭や胴体めがけて飛んでくるだろうと思いつつ家の前の歩道に立っていると、どうして僕たちは一九七〇年代の連続コメディー番組の夫婦みたいに喧嘩するのか、そもそも家に入るだけの価値はあるのかと僕は自問した――ビクトルを連れてこのまま歩いて通り過ぎ、息子をバーにでも連れていってプレッツェルでもあげて〈トリビアル・パスート〉のテレビゲームでも見せておき、自分はビールを二杯飲むなんてどうだろうとは思ったものの、二杯目のビールを飲むところまでしか思い描けず、そのあとどうするのかは想像できなかった。肩をすくめ、かがみ込むと僕はビクトルを乳母車から抱き上げ、ビクトルを盾のように前に掲げて家に入っていくというイメージをふと抱いたが、体の横にしがみつかせて家に入った。

家にいた彼女は憤慨した様子で、荒々しく髪はぼさぼさ、正直に言うとかなりセクシーだったが、その最後の点は意図したものではないはずで、彼女と揉め事になることを僕が動揺しつつも奇妙に楽しんでいるせいでそう思えたのだろう。僕は第一波に備えて身構えたが、彼女はただ僕からビクトルを取り上げると夫婦の寝室に連れていき、そのままドアを閉めた。最初、僕は自分が何かの呪(まじな)いでもかけたのか、もしやビクトルがかけたのかと思ったが、それから暗い寝室で息子をしっかり抱きしめているシーラのことを考え、いつもなら彼女が示す反応をすべて思い浮かべ、その代わりにそれが彼女の心の中でいかに大きくなっているかを思うにつれ、次はどうなるのかと想像し始めた。それで僕はすっかり動転してしまい、仕方なく台所に忍び込み、ビールの六缶入りパックと未開封のポテトチップスの袋をつかむと裏庭に行って平らげることにし、ひとつかみごとにぼりぼりと頬張った。

　ビールを五本、ポテトチップスの袋は空にしたところで、僕は気分が悪くなり、汗が出て罪悪感に苛まれ、ポテトチップスのせいだということにした。

　家の中に戻ると、ひっそりと静まり返っていて、寝室のドアは閉じられたままだった。思い切ってドアを開けてみようかとも思ったが、やめにした。僕にとってそれは未知の領域で、今回の経緯の何か、僕たちの状況や僕自身の不注意の何かのせいで、この新しい展開は悲惨で取り返しのつかない、精根尽き果てるような感じになっていた。何か大きなことになりつつある、大きなものが僕たちに向かって突進してくると感じ、逃げたほうがいいという感覚に突き動かされて僕は家から出て車に乗り込み、ヒューストンに夜が訪れてもずっと車を走らせていき、さらに遠くまで行き、ついにはハイウエイから出ようとするときにエンジンは完全に止まってしまい、どうにか路肩に停まるだけの余力しか残っていなかった。

＊

高校生のときのラルフと僕は、二人ともはみ出し者で（実際には違ったにせよ）、そして向こう見ずに生きているのだ（実際には郊外の家で家族と平穏に暮らしていた）という事実によって結びついていた。僕たちはこっそり家から抜け出して、酒を飲んだりタバコを吸ったりセックスしたりとかではなく、田舎道で車を乗り回して音楽を聴き、隣の車線にいる車とレースをするふりをしていたが、そうした車を運転する人たちは僕たちが何を挑んでも無関心だったから、スタートラインから僕たちは毎回あっさり勝利を収めた。僕たちは墓地に行ったり、渓流や森とされるところをのしのし歩き回ったりした。僕たちの人生観や行動は、十六歳や十七歳ではなく小学校六年生程度だと分かってはいたが、それでも自分たちがやりたいことをやり、どうにか取り残されずにいることで悦に入っていた。

あるとき、僕たちは意外なところで開けた場所をのんびりと横切っていた。土や倒れた草や雑草のある、それまで来たことのない区画で、私有の滑走路だった。滑走路だと分かったのは、小さな飛行機が現われて――たぶんセスナ機か、あるいはスーパーカブ、二人とも知らなかったが、そのあと何時間も思いめぐらせた――僕たちに向かって降下してきたからだ。というかそのときは降下してくると思えたから、飛行機がおそらく一キロ近くは離れていて実際の危険はないときでも、飛行機のプロペラの餌食にならずにすむかのようにずっと手をつなぎ僕たちは声を張り上げて叫びながらその平らな土地を全速力で走って横切った。滑走路から出ると、僕たちは倒れ込んで笑い、自分たちは最高だったなと語り合い、そのあと一週間か二週間はその話を繰り返し、だんだん尾ひれがついてついにはあまりに馬鹿げていて現実にはありえない話になった。

あのころは二人でいろいろなことをした、と僕としては言いたいわけだ。すごいことでもなければ、大したことでもなく、人生を変えるような大事なことでもなかったが、そのことに変わりはない。僕たちには自分たちのイメージ、自分たちはこういう人間なんだというイメージや善悪の基準があって、それに従って行動していたわけで、僕は車の中に座りながら、いつの間に僕たちは自分たちに見切りをつけ、自分たちならではの物語を見直してしまったのだろうと自問した。わくわくする、大胆で、ガキっぽいことを自分たちの本分だと思うのをいつの間にやめてしまったのか、それは因果関係という基本法則のせいなのか、いやむしろ僕はいつそんなことをしなくなったのか、自分たちについて語っていた物語を僕はいつ信じるのをやめてしまったのか――なぜなら、惨めだろうと何だろうと、メリッサと結婚していようといまいと、ラルフはまだいろんなことをしていたのだから。たいていは僕がしないようなことを。僕なら別にしようとも思わないようなことだが、彼がどうにかやりくりしている人生は、かつての僕たちが思い描いていた人生の影でしかないとはいえ、少なくとも僕が作り上げた人生よりはそれに近かったわけで、それが今や彼を、ユニコーンを安売りする中国人の元に引き寄せたわけだ。

何も考えず、周りも見ずに、車のドアを一気に開けて運転席から外に出ると、クラクションが鳴り、ハイウェイを出る別の車が僕の間近でハンドルを大きく切った。僕は車のドアをバタンと閉め、それからまた開けて閉めた。そしてハイウェイの出口の傾斜路を歩いて降りていき、進入路を渡って、自分がどこにいるのかとあたりを見回してみると、そこはラルフの家から徒歩で一時間もかからない場所だった。

ラルフは前の晩と同じようにそこで眠っていて、バスローブはほぼ完全にはだけていた。ユニコーンは僕のほうを振り返ったが、ほんの少しこっちを見ただけで物思いに戻ってしまったというか、少なくとも僕にはそう思えた——自分の境遇、ヒューストン郊外のろくでもない小屋に囚われているという事実を無視するための考え事に戻ってしまった。

*

僕はそっと門を開けるとラルフの様子を窺い、彼がぐっすり眠っていることを確かめた。彼の口元には紫色になりかけた痣があり、唇は腫れかけていたうえに、片目は朝になればかなり黒ずんでしまうように見えたので、どんな夫婦喧嘩が起きてこんなことになったのかと不思議に思ったが、それがユニコーン絡みであることは間違いなかった。それから僕は家のほうを見て、どの窓にも明かりがついていないのを確認すると、誰も起きて僕を見張っていたりしないことに満足し、静かに、ゆっくり、穏やかに彼女（ユニコーン）に近づき、何をすればいいのかは分からないが痛い目には遭わされないだろうと踏んで片手を差し出した。彼女は僕が手のひらを差し出したのを無視していて、躊躇いつつも彼女に触れたくて仕方がなかった僕は、触れればひんやりと柔らかそうな喉と首筋に指を一本走らせようとその真珠のような光沢の肌に指を伸ばした。

彼女に触れたら何が起きると期待していたのかは自分でも分からない。電気ショックか、信じられない温もりか驚くほどの冷たさか、それとも思い出が一気に蘇り、昔好きだった女の子たちや、その完璧な顔や柔らかい唇、息子の誕生、妻の長く骨ばった指、僕の初体験や、自分や世界の未来の姿が溢れ出てくるか。でも何も起きなかった。つまり、そうしたことに匹敵するような劇的で強烈なことは何もなかった。何かを期待しながら、僕は彼女の頭に向けて片手を上げて、そっと触ってから手を引っ込めた。だが、そのあと指で彼女の首筋に優しく柔らかな線を描いて撫でると、その感触に寒気が走った。するとユニコーンはたてがみを振って音を立て、いや音を立てたのは僕だったのか――どちらにせよ、ラルフを目覚めさせるには十分な大きさの音だったが、あるいは彼はずっと前に目を覚まし、起きて僕の後ろに立ち、割り込む完璧なタイミングを見計らって「おい、こりゃどういうことだ？」と言おうと待ち構えていたのかもしれない。

それに続いて、奇妙で荒々しい乱闘が起こった。奇妙だというのは、あとから振り返れば、そこに僕が立っているのを見たときラルフには喧嘩をするつもりなどなかったかもしれないからで、僕たちが二人とも喧嘩にはあまり向いていなかったからでもある。ラルフは背が低く太りすぎで、力は強いが不器用で、眼鏡をかけたほうがいいのにそれを認める気はなさそうだと僕は思っていたが、その思いは、彼が乱暴に腕を振り回す様子、僕が左へ右へと動くのを目の隅でとらえるのに手間取っている様子でさらに強まった。「おい、こりゃどういうことだ？」と彼が言うなり、僕は一秒たりとも無駄にせず、彼が「……とだ？」と言い終える前に荒っぽく拳を振るった。首に強く当たったが、僕としては顔を狙ったつもりだった。それでたじろいだ彼は咳き込み、両手で首を押さえたので、一瞬、自分のせいで痛がっている姿を見た僕は少なからず動揺して動きを止めた。彼はその隙に体当たりしてきて、小屋の角（かど）に僕を叩きつけ、その衝撃で、角が背中にめり込んだ痛みが足先まで走った。それから僕たちは殴り合い、蹴り合い、つかんで押し合い、唸り罵り合い、僕は少なくとも一度まぐれ当たりで彼の腫れかけた唇を殴り、上唇が切れたせいで、それからは流血の揉み合いになった。

ラルフと喧嘩しているところを想像することはそれまでにも何度もあり（喧嘩に至る状況までは考

えてみたことはないが）、想像の中では僕が、きまって僕が優勢で、あっという間にうつぶせにされて打ちのめされたラルフの上にまたがっていた。僕のほうが運動神経がよく、頭も回るのだといつも思っていたし、そのとおりだったかもしれないが、今はそんなことは関係なく、たちまち自分が仰向けになってラルフにのしかかられ、彼の赤く腫れ上がった汗まみれの顔が真上にあった。そして彼は僕に唾を吐きかけると、「何なんだよ、おい？」と言った。そして唾を、今度は地面に吐いた。「一体何だってんだ？」と彼は言った。そして一瞬、僕は愚かで間抜けでろくでなしの気分になった。すると蹄が地面をかく音がして、ユニコーンを見ようとのけぞると、僕たちの後ろに上下逆さまになった姿が見え、そして僕がまた頭を前に向けると、まだ唇から血を流しているラルフがいて、口を動かしていたが、何と言っているかは聞こえなかったし分からなかった、そしてさらに頭を持ち上げてみると、彼のバスローブが捩じれてはだけているのが見え、まだ下腹に巻かれているコーデュロイのベルトを除けば胸から下は丸裸で無防備だと分かったので、隙を見て力を振り絞り、彼の一番無防備な部分を膝蹴りすると、彼は前につんのめって僕の顔にどさりと突っ込んできたので、僕はその体を転がして離れた。そして立ち上がるともう一度力を込めて蹴りを入れ、少なくともしばらくの間、ラルフは悪態をついたり喚いたりしなくなった。

僕が一息ついていると、二階の窓のひとつに明かりがともり、明るくなった窓から離れていくメリッサの姿が見えたような気がした。それから他の部屋にも明かりがつき始めたので、僕はできるだけ素早く、ラルフがユニコーンの頭にかけていた引き具をつかんで、ユニコーンが僕についていかないと心を決めたときにはどうするのかも分からないまま、しっかりと、だが優しく引っ張った。でも、なだめすかしたりしなくてもを小屋から出すことができたので、僕は門を蹴って開け、袋小路にユニコーンを出し、それからラルフの家の横を通って前庭に出た。そして、ラルフの家の敷地を出て通りに入るやいなや、ユニコーンは立ち止まり、なめらかな動きで唐突に頭をぐいともたげ、それからちょっと払うような動きで僕の胸に腕の長さほどの傷をざっくりと負わせ、そして僕の両足を払った。最後に僕の目に映った彼女（ユニコーン）は目に入る郵便箱すべてを角で突き刺しながら通りを早足で駆けていった――ユニコーンは頭を低くして最初の郵便箱を突き刺し、それから次々に角を刺していき、やがて姿は見えなくなったが、歩道に当たる蹄の音、角がアルミの箱を突き破る音、郵便箱が通りに落ちる音がまだ聞こえていた。そして僕は横たわったまま地面に頭をつけて目を閉じ、音が聞き取れるかぎり耳を澄まして待った。何か別のこと、何でもいいから別のことが起きるのを待った。

オオカミだ！

ぼくの父さんは乱暴な人ではなかったが、それもある晩、テキサス東部のパイニーウッズにあるナコドチェスの外れでキャンプをしているとき、群れからはぐれた病気のオオカミに嚙まれるまでのことだった。

もしかすると、それは犬だったのかもしれない。

＊

話を続ける前に、ぼくとしては、狼男に関するいくつかの伝説にけりをつけて、もしぼくが先に知っていれば家族をもっと多く救えたかもしれない真実を明らかにしておきたい。

満月

満月の光だけが父さんの変化を引き起こしたわけではなかった。実は、父さんが旅行から戻ってきてバードウォッチングの仲間たちの手で家に担ぎ込まれる前から、変化は始まっていた。

父さんの顎髭はすっかり伸びて、顔を這い上がって頬骨を覆い、両目の下まぶたまで達しようとしていた。

爪は長く、鋭くなって、しまいには金属よりも硬い何かでできているように見えた。

鼻面も伸びて、嗅覚が鋭くなっていた。

実のところ、父さんの全身が大きくなっていて、ときおりぼくはその長い腕がどこまで届くのだろう、両手がどれだけ大きくなったのだろうと思った。

銀の弾丸

ぼくが何発撃ち込んでも——
父さんの胸に（心臓のあたりだ）
脇腹に（解剖してみて分かったのだが、腎臓を貫通していた）、
首の一番太いところに、
柔らかい下腹部に、
そして頭蓋骨に撃ち込んでも——
銀の弾丸を何発撃ち込んでも、父さんはおとなしく倒れはしなかったし、安らかな永遠の眠りについてくれず、死んでぐったりともしなかったうえに、ぼくが最後の弾を撃ち込む前、無残にも殺したぼくの一番下の妹から離れようともしなかった。

ぼくと母さんがついに父さんを捕まえたのは、二週間にわたって身を隠し、道具を探し回り、計画を練って、「うちのヒナたち」（父さんはぼくらをそう呼んでいた）の残りを埋葬した、というより、ヒナたちの残骸を埋めたあとだった、というのもそのほとんどが……いや、その話はやめておこう。とにかく、母さんの太いしなやかな指で編んだ網でようやく捕らえたとき、父さんは居間とカーペットと父さんお気に入りの椅子にこぼれる日光の幅広の帯の中で仰向けになって眠っていた。

＊

父さんがパイニーウッズに行ったのは（もっと具体的に言えばアンジェリーナ国立森林公園に入ったのは）、ぼくが生まれてから毎年、たぶんその前から続けていた習慣で、ヘンスローヒメドリを探してのことだった。

その鳥を見つけるのは特に難しいわけではないが、珍しくて目立たない鳥だとされている。とはいえ、父さんがそれまでヘンスローヒメドリを幾度となく観察したことがなかったとか、その観察記録をつけてこなかったわけではない。

むしろ、父さんはこの特別なヒメドリに取り憑かれていて、それはノア以外のぼくらには誰ひとりとしてよく分からなかったし、ノアが分かっているのかどうかもぼくらは疑問に思っていた。

ただ、毎年旅行に出かけ頻繁に観察していたにもかかわらず、ぼくが見つけることができたのは、父さんのオフィスにあるこのぼやけたヒメドリの写真だけで、それは鳥類学のそれらしい道具と一緒に箱に入れられていた（箱の中身は、発見場所や生息地、行動、日時などが記録された十冊ほどのノート、『オーデュボンのテキサス東部の野鳥・水鳥観察ガイド』を含む二十冊ほどの本、双眼鏡が二つ、そして写真が入った小さな箱で、どの写真もこのヒメドリの写真と同じくピントが合っていなかったのは、父さんはよき観察者で仲間たちよりも早く鳥を見つけることはできたが、写真撮影に不可欠なぶれない手の持ち主ではなかったということだ）。

要するにぼくが言おうとしているのは、父さんは我慢強い、観察向きの性格だったということだ。つまりぼくがはっきりさせておきたいのは、父さんは鳥好きだったということ、そして鳥好きというのはたいてい温和な性格だということだ。

*

一番下の弟のノアは、ぼくたちの中で誰よりも、座って待って記録するという父さんの資質を受け継いでいて、キャンプ旅行から連れ戻された父さんの枕元に二日間座っていた。医者が呼ばれ、到着し、薬を処方し、彼は（つまり父さんは）大事には至らないと告げた。

「でも、顔の毛は？」とノアは訊ねた。「爪はどうなんですか？」

医者は笑い、そして子供たちにというよりは母さんに向かって言った。「お父さんはしっかり髭を剃らなくちゃならないし、それから特別頑丈な爪切りも要るな。まあ心配は要らんよ」

「じゃあ鼻は？」ノアは続けた。「鼻はどう思いますか？」

でも、医者はそれにもすらすらと答えた。「顔の毛のせいで大きく見えるだけだよ。きちんと髭を剃ってあげたら日曜日と変わらんから、確かめてみるといい」

それとも、医者は「まったく元気だよ」と言ったのかもしれない。

ともかく、母さんは娘たちに髭を剃らせた。

ぼくの妹たちは最初はバリカンを、そしてシェービングクリームと新品の髭剃りを、そしてさらにクリームと新しい髭剃りを使った。父さんの顎の剛毛で刃が次々になまくらになってしまったからだ。

二時間後、その間ずっと静かに座っていたノアがぼくと母さんのところに来て、父さんの髭がまた伸びてしまったと言った。

「元どおりに？」とぼくは訊ねた。

「もっとだよ」と弟は言った。「それから、ぼくとしてはこの機会に、髭をきれいに剃った顔だと鼻がもっと長く見えてしまうってことも指摘しておきたいな」。ノアはいつもそんな口調だ。父さんそっくりだった。

「あんなふうに父さんを見てなくちゃだめなの？」と母さんは訊ねた。「片付けなくちゃいけない宿題とか用事はないの？」

「もう全部やったよ」と弟は言った。

「じゃあいいよ」とぼくは言った。「頼んだぞ。何かあったらぼくらに教えろよ」

そのために、ノアはメモを取っていた。でも、そのノートは未完成のままだ。

弟のノートに書いてあるのは、父さんの野鳥観察ノートとかなりよく似ている。字まで父さんにそっくりで驚いてしまう。どうやら父さんはノアにしっかり教え込んでいたらしい。ぼくも含めて他の子供たちは、鳥のことも、黙ってじっと座っていることもあまり好きではなかった。日付、天候の手短なメモ、父さんの毛の長さや伸び具合から爪の硬さ、鋭く尖ってきた様子、低い唸り声、父さんの喉から湧き上がりノアに寒気を覚えさせる弱々しい猫の鳴き声のような咳に至るまでの細々した描写——それらをノアが観察し記録していたとき、ついに父さんは目覚めた。新たにすっかり変身し、そしてこれはぼくの想像にすぎないが、猛烈に腹を空かせて。

母さんは生糸といくつもの細い銅線の束で網を編んだ。

＊

＊

どうして母さんとぼくがあれだけ長い間見逃してもらえたのか、どうやってぼくらが生き延びたのかは分からない——他のみんなはひとりまたひとりと狩られ、無残にも殺されていたというのに。

まずはノアだったが、そのあとすぐにジョゼフィンが続いた。ジョゼフィンは以前からよく眠れなくて、いつも朝早くに目を覚ましてしまい（実のところ、父さんが旅行に出かけた日の朝も起きて様子を窺っていて、日が昇るかなり前に最後の持ち物を荷造りするところを、他の家族が起き出す前から見ていた）、あの晩も真夜中に水を飲もうと台所に行き、そして意識のない父さんを寝かせていた客間に、たぶんドアの下から漏れる光に引き寄せられて近づいたのだと思う。ひょっとしてノアがまだ起きて見守っているかもしれない、あるいは父さんがついに目を覚ましたかもしれないと期待して。

そしてウィリアム、三番目ではなかったかもしれないが、それでも——

ちょっと待った。この調子で話を続けないほうがいい。みんなの名前をべらべら並べ立てて、父さんにどれだけ残酷な目に遭わされたのかなんて話す心の準備はまだできていない。

分かってほしいことがある。

ぼくが最後まで話そうと最善を尽くしていることに気がついてほしい。

ぼくは率直で、正直で、真剣でいようとしている。

事実をありのままに示そうと。

その場面を描こうと。

でも。

もしぼくが、もう話すことなんか残っていないと言ったら？

もしぼくが、母さんのことは心から愛していたが、他のみんなが殺されて食われて始末されたのにはせいせいしていると告白したら？　ノアもジョゼフィンも、ウィリアムもリチャードも、サラもレベッカも、ルースも？　父さんまでも？

するとどうなる？　母さんとぼくだけになって嬉しかったと言ったら、ぼくは悪い息子で悪い兄で、悪い人間になるだろうか？　ぼくも怪物になってしまうだろうか？

*

ぼくらは眠っている父さんを見つけた。

元々の計画では、母さんを囮（おとり）にする予定だった（そのころ、他に誰がいた？）。

父さんが母さんを追いかける間に、ぼくは編んだばかりの網を投げ、うまくいけば、母さんが捕まる前に父さんを捕まえるつもりだった。

でも。父さんはいびきをかいていた。脚がぴくぴく動いていた。頭の周りをハエが飛び回り、ときおり父さんの歯や、口の横からだらりと垂れる舌の上にとまっていた。父さんのはらわたに食い込んでいる銀の弾丸の柔らかい先端が見えた。

ぼくら、母さんとぼくは、服を二枚、ときには三枚重ねて着ていた。ぼくは自分の、母さんはノアの登山靴を履いていて、二人とも手袋をはめていた。ぼくらは身支度を整え、すでに死んだ者たちの匂いに紛れていた。

日の光が当たる床の真ん中で寝ている父さんを見るなり、ぼくらはぴたりと足を止めた。父さんは起きて待ち構えているものと思っていた。二人で走りながら悲鳴を上げ、ひとりが倒れてもうひとりのために犠牲になるのだと覚悟していた。

目の前で寝ている父さんを見て、ぼくらは立ち止まり、どうしたものかためらい、それから、とても素早く動いた。ぼくらは父さんの不意を突いて網を投げて、ひっくり返すと、すかさず母さんが両端を結び、そして作ってあった紐できつく縛り上げた。

父さんは暴れ、唸り、吠え立てた。ぼくは銀の弾丸を狙って父さんの腹を一回、二回、三回と蹴った。それから今度は母さんが頭や鼻先を狙って蹴ったが、もう一度蹴ろうと足を後ろに引いたとき、靴の中にたくし込むのを忘れていたズボンの折り返し部分がずり上がり、ほんの一瞬、白いふくらはぎが覗いた。すると彼は鋭い犬歯を立て、母さんの脚の裏側に長い切り傷をつけた。

＊

縛り上げたし、火あぶりにする準備もしていたのに、どうしてぼくはすぐに彼を殺さなかったのだろう？　弟や妹たちを貪り食った彼を？　母さんをだめにした彼を？

そのまま突き進むこともできた。過去にいた、松明を持った無数の群衆、城に乱入して怪物を殺した群衆と同じ心理になることもできた。ぼくを責める人がいただろうか？　誰かがぼくを止めただろうか、それともむしろ干し草用のフォークと斧を高々と掲げて、「あの化け物を殺せ！」と叫んで、ぼくを前に押し出しただろうか？

良心の呵責なく彼を殺すこともできた。でも思い出してほしい、彼は昔、ぼくの父さんだったのだ。誤解しないでほしい。ぼくに迷いはなかった。昔の父さんの優しくて穏やかで我慢強い魂を引き出そうとはしなかった。「パパ、ぼくだよ、息子のヘンリーだよ」なんて、ぼくは言いはしなかった。「そこにいるんだよね、どこかで聞いているよね」とも言わなかった。昔の楽しかった日々を思い出してほしいとも頼まなかった。カンザスで釣りをしたこと。ぼくがスヌーピーの釣竿で釣り上げたスズキ。朝早く、みんなが起きてくる前に家を出て、小さな町をドライブしてドーナツを買いに行き、車のラジオは消し、二人とも黙ったまま、タイヤが道路のひび割れを踏んでいく音を聞いていたこと。「みんなパパのことが大好きだったのを覚えてる？」なんて言わなかった。

ぼくはその手のことは一度も言わなかった。そういう大げさな感傷に浸ろうと思えば、父さんはジョゼフィンかたぶんウィリアム相手でもそのチャンスがあったはずだし、そんなことをしても父さんにも二人にも大して意味はなかっただろう。

彼はあのとおりの彼だった、それはぼくも分かっていたし、最後には彼を殺すだろうということも分かっていた。結局、ぼくは彼を殺さなかったし、それで「一件落着」にはしなかった。ぼくも昔は父さんのように我慢強くて、観察好きで好奇心旺盛だったのだ。

母さんはとっても冷静に対処した。ぼくらは前もって、どちらかが嚙まれはしても食われなかったときのために緊急時の対応策を考えていた。でもぼくはどうしても、自分が母さんの立場だったらどうしただろうと考えてしまう。ぼくは自分の口を縛って閉じておけただろうか？　地下室に閉じこもれただろうか、ぼくの弟や妹たち、母さんからすれば自分の子供たちの死骸を二人で埋めた部屋に？　ぼくなら、自分の息子の肉の匂いと頭上で響く息子の足音に耐え、ついに飢えに命を奪われるまで耐えられただろうか？　息子は無防備で、すぐそこにいて、肉は新鮮で、疑うことを知らないと分かっていても、それに耐えられただろうか？　ぼくなら——ひもじいあまり自分の肉に食らいついてしまっただろう——我慢強く、孤独に、死がやってくるのをじっと待つほど強かっただろうか？　いや。無理だったと思う。ぼくはとてもそこまで強くはいられなかっただろう。

*

一番父さん似だったウィリアムは、ぼくらが見つけたときには顔がなく、まるで、父さんの中のオオカミが、父さんを内部から貪っていくだけでは飽き足らなくて、弟の顔に映し出されている父さんの面影を食いちぎることからある種異様な快楽を得ていたかのようだった。実際、ほとんど全員が醜い姿に変えられていたが、ぼくらが発見したころには、そのこと自体は大した問題ではなくなっていた。

レベッカの鼻（父さんの鼻とそっくりだった）は、根元からぽっかりとなくなっていた。リチャードの目は、(思うに) 眼窩から吸い取られていた。ノアのもじゃもじゃのくせ毛は、父さんの髪と色も手触りも一緒なだけでなく、父さんとまったく同じくらい鋭い頭脳を覆っていたが、その両方が取り去られ、食べられていた——ノアはまるで頭皮を剝がされてしまったように見えた。

ジョゼフィンからは、父さんは両頰をかじり取っていた。ルースには顎と左耳がなかった。そして、父さんには全然似ていなくて、母さんと瓜二つだったサラの顔は手つかずで、完全にきれいなまま残っていた。ぼくらが見つけたときのサラは眠っているようで、安らかに眠っているように見えたが、どこか不自然だったのでよく見てみると、首は紫に変色し骨が折れていた。

それ以外の部分は、もちろん、父さんの腹の減り具合がどのくらいだったかという問題だった。どうやら父さんは殺したてではない肉にはすぐに飽きてしまったらしい。サラに関してはまったく食欲が湧かなかったようだ。

＊

弟や妹たちの匂いを隠れ蓑に使うというのは、母さんの思いつきだった。母さんの考えでは、彼がすでに始末して、つついてかじり取ったものの結局そっぽを向いた肉のかけらの匂いをぼくらが発していれば、興味を示さずに素通りしてくれるだろうというのだった。

＊

ぼくは父さんのために檻を作らなかった。

殴って気絶させてから、縄とテープで台所のテーブルに縛りつけ、腹を切り裂いて中を探ろうとはしなかった。

彼を鎖で引きずって町から町へ練り歩き、「ほらほら、世界第八の不思議ですよ！　さあご覧あれ、世にも恐ろしい怪物、ぼくの父、狼男です！」なんて声を張り上げたりはしなかった。

ぼくは見物料を取らなかったし、彼を捕らえたことから利益を得ようとはしなかった。

つまり、ぼくは残酷ではなかった。最初のうちは。

＊

母さんが地下室で立てる音、暴れ回って唸る音が聞こえた。夜になると、最初の二晩か三晩は遠吠えも聞こえたが、しわがれた叫び声は夜ごとに弱々しくなっていった。

ついに母さんは、凄まじい空腹に苛まれ、ぼくの弟や妹たちの死体を掘り返し、父さんが手をつけず残したものを平らげてしまった。

ぼくのことをひどい人間だと思わないでほしい。少なくとも毎晩一回は、ドアをほんの少し開けて、隙間から生肉や血みどろのかけらとか、小鳥とかネズミとか、とにかく仕留めたばかりの肉を差し入れて母さんの飢えを和らげて落ち着いてもらおうと思ったし、しまいには、厚切りの牛肉に殺鼠剤を塗ってやれば、母さんの痛みとぼくの苦しみをさっさと終わらせられるんじゃないかとも夢見た。でも実際は、母さんをゆっくりと虚しく死なせることになった。ぼくは自分勝手な理由でそうした。自分の手で母さんを始末するのが嫌だったからだ。

＊

ぼくが逆上して本気で切れたことが一度だけある。そのときに一度だけ、残酷さを何重にも見せてしまった。彼が食べようとしなかったときだ。ぼくが彼のために見つけて捕まえたムクドリを食べさせようとしたら、拒否されたのだ。ぼくが鳥の足をトングでつかんで、彼の気を引こうと胃袋のあたりでぶらぶらさせると、鼻面にぶつかって、歯に羽毛が引っかかってしまった。彼はそれを無視したというか無視しようとしたが、鳥の匂いに鼻孔が広がるのは止められず、小さなその鳥はすっかり怯えてしまい、どれほど体を激しく揺すっても逃げることはできなかった。

彼が食べようとしないので、ぼくは鳥を投げつけた。彼の胸に当たったときに鳥の首は折れたはずで、ぼくは拾い上げると彼の前から持ち去ってオーブンで焼き、もう一度彼に見せて、食べないならこっちが食べるぞと仕草で示したが、ぼくはその臭いに耐えられず、顔の近くに持っていきながらも吐きそうになってしまい、結局は捨てた。

*

彼が死ぬとみるみるうちに、かぎ爪は抜け落ち、鼻はそれなりの大きさにまで縮み、体は元のほぼ毛のない状態に戻り、目からは狂気が漏れ出して、絵の具で描いた涙のような小さなオレンジ色の跡を残しながら頬を伝い、無邪気な茶色の瞳の周りにはふたたび真っ白い強膜が現われた。もちろん、狼男の悪霊は、その人の体がもはや命を保つことができなくなるとすぐに出ていった。歯、犬歯はなくならず、ぼくの手元にある。彼が死ぬ直前に犬歯を抜いてみると、七センチくらいあり、歯の根元から抜けずに歯茎のところでたまたま折れたことを考えれば、もっと長かったかもしれない。

母さんの破滅の象徴をぼくが手にしてはいけないなんてことはない。

父さんの変身の裏にある物理法則というか、生物学的な現象を理解できるとは言わない。まずはオオカミになって、死ぬやいなや元の姿に戻り、そして説明のしようもないが、歯もまた元の、父さんが変わってしまう前の形と大きさに戻った。この変わりようは、彼が死んでからのあれこれの変化を考えるなら、いかにもしっくりくるんじゃないだろうか？

＊

ついに地下室のドアの鍵を開けたとき、母さんが下りていってから二週間近くが経つころで、ぼくは分厚い濡れタオルで顔を覆っていた。重曹の大きな箱を二つと、シャベルを抱えていた。

何の武器もなく？　と訊かれるかもしれない。何も身を守るものなしで？

シャベルを別にすれば、そう、武器はなかった。母さんは死んでいるに違いないと思っていたし、死んでいなかったとしても瀕死の状態のはずだから、危険はないはずだった。身を守るものについて言えば、一番身を守ってくれるのは耳栓だっただろう。ぼくには弟や妹たちが墓から掘り返されて内臓を食われているのを目にする覚悟ができていたし、衰弱してぼろぼろになった母さんが床にうつ伏せになって伸びていて、浅い息遣いで背中を上下させている姿を見る覚悟もできていた。その覚悟はできていたが、息を吐くたびに漏れる、怒った猫が鳴くような単調な音を聞くのには耐えられなかった。

母さんの髪はいくつかの袋に小分けにし、体の毛は掃いて塊にしてまとめて袋に入れ、自分のクローゼットにしまった。間違いなく、母さんも以前は父さんと同じくらい毛むくじゃらだったはずだが、食べ物が少なくなり、体が最低限の機能も維持できなくなるにつれて毛はごわごわになり、まとまって抜け落ちていった。袋はまだクローゼットにあるはずで、慈善バザーに持っていく袋と同じくらい無害だが、それにどんな使い道があるのか、ぼくにもぼく以外の誰にも分からないと思う。

＊

ぼくは頑丈なボルトと太い鎖で彼を天井から吊るし、長い腕を限界まで伸ばさないと足が床に届かないような、苦しい体勢にしておいた。

そしてぼくは森に入った。家の周りにあった森は住宅地や店や道路になっていたから、森へは車で行かなくてはならなかった。森に入り、小さいが水の音としては十分な滝のそばにちょうどいい場所を見つけ、そこに腰を下ろした。手元にはガイドブック代わりの父さんのノートがあり、自分のライフルも持ってきていた。父さんお気に入りの鳥たちが目に見えるところに飛んできて近くの木にとまるか、頭上をのんびり舞うのを待ち、そして撃ち落とした。たくさん撃ったわりに、座っていた時間や、撃った銃弾の数を考えると成果は乏しかったが、箱いっぱいに詰めて家に持ち帰るには十分だった。彼は四日か五日飲まず食わずだったから、鳥たちの体が冷たくなっていても、鳥たちの虚ろで何も分かっていないような目がどれほど好きでも、すぐにかぶりつくだろう。ぼくはぎりぎり届かないところに大きな輪を描くようにして鳥たちを並べ、それから釣り糸を少し使って、彼の鼻面の真ん前に垂れ下がるように天井からヘンスローヒメドリを一羽ぶら下げた。鳥たちを並べると、ぼくは反対側の壁にもたれ、座って眺めた――彼は体をよじり、顎を舐め、ヒメドリに向かって首を伸ばし、あと少し、あとほんの少しで届きそうなぎりぎりのところまで体を伸ばし、そして力尽き、頭はがくんとうなだれた。そしてくんくんと鳴き、甲高い声を上げた。

すべてが終わり、飢えが、ぼくではなく飢えが彼の命を奪ったあとようやく、ぼくは天井から死体を下ろし、命を失ったその体を台所のテーブルに横たえ、そしてパン切りナイフを使って切り開くと、父さんを探し始めた。

さらば、アフリカよ

I

どうやら誰ひとりとして、パーティーの前にプールが正常に作動するかどうかテストしてみようとは思わなかったようだ。ブルックリンかクイーンズ地区の広々としたアパートほどもあるそのプールは、ハロルド・コーニッシュの設計によるもので、「失われた大陸記念博物館」のための追悼展示作品として委嘱されたものだった。それは博物館の開館を祝うパーティーと同じくらい重要な呼び物だった。長くて幅のあるプールの中央には、大きくて精緻なアフリカ大陸の模型があった。コーニッシュによれば、そのプール、果てしない海をイメージしたそのプールは、アフリカが海に沈んだ出来事を再現できるはずだった。「まったくそのとおりというわけにはいかないよ」と、彼はパーティーが始まったころに僕に言った。そのときはまだ、作品がうまく動かないとは誰も知らなかった。「でも、当時がどんな様子だったのかはよく分かると思うな」

ハロルド・コーニッシュは、〈キューブ〉と〈遊覧船〉を制作したアーティストで、その二つとも、より大がかりな展示作品である——巨大な立方体が何かの謎めいた仕掛けによって、せいぜいサイドテーブルほどの大きさの立方体の上に斜めに置かれている作品と、艶消し加工を施した鋼鉄製の遊覧船の形をした都市がエリー湖の中央に浮かべられ、一年間にわたってコーニッシュの住宅兼アトリエになり、本人の見積もりによれば十万人を楽々収容できるという作品。その彼が〈アフリカの絶望プールのプール〉と名づけたプールは、初の委嘱作品であり、初の追悼作品である。同時に、彼が美術学校を去ってから作った最小の作品にして、水圧を利用する初の試みでもある。

水面の真下で止まるようになっているプールの壁は格納式で水圧式リフトに乗っているため、壁をゆっくりと上昇させることで、プールから溢れ出す水を徐々に減らしていけるはずだった。そして壁が上昇を続けると水はもはや溢れなくなり、プールが水で満たされて水位が上がり、やがてアフリカの彫刻を完全に覆ってしまうという仕掛けだった。これがパーティーの夕べにかけてゆっくりと進行し、オーウェン・ミッチェルがスピーチをする時間を迎えるはずだった。

パーティーの人混みを縫って進みながら、僕はプールのそばをときおり歩いて確かめてみたが、とりたてて何かが進行しているようには思えず、最初はその追悼展示作品の仕組みあるいは芸術そのものに対して自分が無知なせいだろうと考えていた。だがそのことを、僕と同じくらいの注意をプールに、それから自分の腕時計に向けていたらしいミッチェルに言うと、彼は首を横に振り、ため息をつくと、「あれはちゃんと動いていない」と小声で言った。それからシャンパンをひと口啜った。「本物のアフリカもそうだったらよかったんだが」

Ⅱ

オーウェン・ミッチェルに、彼が書いた演説、「さらば、アフリカよ」としてよく言及される最も有名な演説について訊ねてみれば、あれは十五分長すぎたという答えが返ってくるだろう。「あの原稿を見るといい」。ホテルの部屋で会ってすぐ、彼はパーティーに出る準備をしながら僕に言った。「全部読んでみてくれ。たぶん君も同意してくれるだろう。二十分はいい、二十分くらいはアフリカ大陸の沈没についてしっかり内容のあることを言っているが、あとは飾り立てて格好をつけているだけ、あるいは同じことを繰り返していたり一般論を弄んでいるだけなのが見えてくるだろうが、まあそれは構わないさ、いつものことだし、褒められたことじゃないが聞いていられないほどじゃない。十分オーバーするくらいは許容範囲内だし、十分オーバーしても全体で三十分の演説だ」。ミッチェルは首を横に振るとため息をついて言った。「ところが、大統領がそこに来た。時間のコマを決めていたんだ。四十五分だと言われたよ。『私のためにその演説原稿を書くのは君に任せる』ときた。はっきり言うが、四十五分だぞ？ 少なくとも十五分長すぎる」

ミッチェルはその演説に編集の手を入れることで知られている。書店でその演説を偶然見つけたとき、あるいは誰かの家にいて、もう長らく教科書に収録されて単行本にもなっているその演説を目にしたとき、彼はそれを本棚から取り出して演説の冒頭までめくり、単語や文章、ときには段落全体に線を引いて削除し始めるのだった。

「一度なんか、すっかり夢中になって、気がつけば友人が持っていたその演説の本を五分にまで縮めていたこともあったな。かなりゆっくり読んだとしても十分だ」。彼は笑って言った。「自分がしでかしたことに気がついて、その本をこっそり棚に戻しておいた。宵も更けたころ、本棚にその本があるのをいかにも今見つけたかのように取り出して、誰かの仕業に衝撃を受けたふりをしたわけさ。友人はすっかりうろたえて憤慨していたから、その瞬間、本当のことを打ち明けそうになったが、結局は胸にしまっておいた」

僕は質問してみた。そうした本に手を入れるとき、彼はどこを削除したのか、いつも削除する特定の文章はあるのか、それともある種の気まぐれに任せて手を入れるのか。

「たいていは気まぐれだな」と、タキシードに合わせた蝶ネクタイと格闘しながら彼は言った。「だが、いつも削るところもある」

「たとえば?」と僕は訊ねた。

「一番最初、出だしの数行だ」と彼は言った。「あそこは毎回消す。最悪の文章だよ。何があっても、最初の部分は絶対に削る」

そう聞かされて僕は驚き、少なからず落胆した。というのも、僕自身は「さらば、アフリカよ」演説が大好きとまではいかないが——僕からすれば、彼の最初の就任演説と、ジェイムソンが世界総裁という職の創設を最初に提案したときに彼がジェイムソンのために書いた演説のほうが、「さらば、アフリカよ」よりも雄弁で、未来への希望と健全な判断に溢れていた——あの演説で一番好きだったのは出だしの部分で、そこでは奇妙にシンコペーションした反復により、僕から見ると落ち着きのない安らぎというか安らぎのない落ち着きとでもいうべき言語空間が作り出されていて、いずれにしてもその空間は、アフリカ大陸が容赦なく、避けがたく海に沈みつつあるという宣言に対して聴衆に心の準備をさせるものだった。

「こう言わねばならないでしょうか」――演説はこう始まる――「我々はついにこう言わねばならない時を迎えたのでしょうか、ついにこの瞬間が訪れ、我々は心に悲しみを、しかし心に決意を抱いて言わねばならないでしょうか」

「あの部分ですか？」と僕は彼に訊ねた。「何があっても削除するのはあの部分なのですか？」

「毎回そうだ」と彼は言った。そして自分の身なりとネクタイを鏡で確かめると、横顔を確認し、それからかぶりを振って僕を見ると笑顔になった。「今夜、私が今夜読み上げるスピーチはどうかって？　二十五分にまでやっつけてあるよ。早口で読まなくてもね」

博物館の理事会が開館にあたって最初にミッチェルにスピーチを打診してきたとき、彼は丁重に辞退した。彼は「さらば、アフリカよ」演説からほどなくして政権を離れ、演説のおかげで政治の表舞台に立てるかと期待して立候補したが、醜く悪意に満ちた選挙戦にあっけなく敗れ、以来、不首尾に終わった政界への進出とあの演説からは極力距離を置いていた。あの演説が嫌いだからではなく、長らく自分のイメージがあの演説によって、あの演説のみによって定着してしまったからだ、と彼は僕に説明した。

そのようなわけで、当初、彼としては、アフリカの沈没を追悼する博物館の開館を祝うパーティーに再登場しようという気にはなれなかった。しかし、理事会から再度打診があり、もう一度検討してほしいと言われ、彼は気が変わった。

この十年間、オーウェン・ミッチェルは小説を一作発表したが評価は散々であり、さまざまな移動式住宅模型を設計してコンペや世界災害救援組織に提出したが、その苦労の甲斐もなく、世界災害救援への関心に対する感謝状を受け取ったのみだった。彼はロビイスト、そして弁護士として短期間活動した。大学院や高校で教え、一度はアカデミー賞のホストも務めたが――「映像に登場するやつだよ、ほら、録画と録音をしておいて、本物の式典の合間にクリップを流すやつさ」と彼は僕に言った――スピーチライターとして働いていたときに手にした成功や満足は見出せずにいる。

「そこで、しばらく考えてから」と彼は、博物館の中庭で、なぜ気が変わったのか僕が質問したときに言った。「悲しいかな、あの演説が私の最後のまともな仕事だったことを悟ったのさ」。彼は肩をすくめ、オードブルを口に放り込むと、別のことを言いかけたようだったが思い直し、僕の肩越しに後ろを見た。「おやおや。どうやらプールから水を抜くようだな」

Ⅲ

博物館の開館パーティーの二日前に僕が初めて会ったカレン・ロングは、気さくでくつろいだ雰囲気の女性だった。カレンは博物館のイベント企画者で、展示物とパーティー会場をひととおり僕に案内してくれながら、夜の開館祝賀会の計画のあらましを話してくれていた。ゆっくりと歩きながらかなり早口で話していたので、展示物を見る前にその説明が終わってしまうのではないかという気がして、ひょっとすると彼女は見た目より緊張しているのではないかと思った。

「今回が博物館で私が企画する最初の大規模なイベントなんです」と、正面ホールで私を出迎えた彼女は言った。それから笑って、「とはいっても、これまでも大きなイベントは山ほど手掛けてきました」と言った。それから数分後、体験型の世界模型を私に実演してみせながら（「子供たちってこうやって触れるものが大好きでしょう？　ほら、ここが見えます？　日本を足で踏んだら沈んでいくでしょう？　でもスペインを上から押すと、逆に飛び出してくるでしょう？　もちろん、ゴム製のシューズを貸し出す予定です」）、彼女はふと手を止めた。「この博物館のために今までにもイベントを企画してきたわけじゃないですよ、だって今日がオープニングの夜ですからね」。そしておどけて僕の肩を軽く叩いた。

「それでは、救援用トレーラーの展示にご案内しますね。きっと気に入っていただけますよ。かなりの迫力ですから」

この博物館で働き始める前、カレンはウォルト・ディズニー社で広報およびイベント企画部門に所属していた。その前は政府の通信部で実習生として働き、そこで、辞職する前のオーウェン・ミッチエルの下で短期間働いた。

彼女は博物館を巧みに案内し展示物を見せながら、僕の質問のほぼすべてによどみなくすらすらと答えたが、オープニングに出席したりスピーチをしたりする旧アフリカ大陸出身の人間を博物館が見つけられなかったという噂については肯定も否定もしなかった。その代わり、歯を見せて大きく笑って彼女は言った。「そうそう、私たちは旧日本からの代表団が参加してくれることに興奮しています。それにもちろん、コスタリカからの使節も。それともホンジュラスからだったかしら。メモを見て確認しておかなくちゃ」

オープニングの夜に初めて見かけたとき、カレンはプールのそばでコーニッシュの横に立ち、水が抜かれていくのを見つめていた。僕は彼女のところに行ったが、どんな調子か訊きたくてもそれをどう言葉にしたものか、いまひとつ分からなかった。いや、それを言うなら、彼女に訊ねてみたいどんな質問についても何と言うべきか分からなかった。というのもそうした質問――プールはちゃんと作動しているのか？　給仕スタッフがシャンパンを切らしかけているというのは本当か？　そして、相当な数のシャンパンのボトルが消えてしまったというのは本当なのか？――に対する答えは明白だろうし、状況を鑑みれば、それを訊くのは意地悪く思えたからだ。そして言うまでもなく、彼女がそのいずれにもノーコメントで通すことは目に見えていた。

ところが近づいてくる僕を目にすると、こちらが挨拶をする前に彼女のほうから、「水圧器を直す方法をご存知かしら？」と逆に訊ねてきた。知らないと僕は言った。「じゃあ今は役に立たないわね、でも手を貸そうとしてくださったご親切には感謝するわ」

僕はこの言葉に微笑み、しばらく彼女についていてもいいかと訊ねてみた。

「本当に？」と彼女は訊き返した。「このプールから水が抜かれていくのを見守る私を見るのがニュースになるのかしら？」とだけ言うと、彼女はほとんど水が抜かれたプールのほうに向き直ったので、僕は答えがないのは承諾だと思い、五分ほど、三人――カレンとコーニッシュと僕――で佇み、プールから水が完全になくなるのを待った。それからコーニッシュは壁をまたいでプールに入ると四つん這いになり、底のあちこちに残る水のせいで灰色のウールのズボンを黒くしながら、道具箱かそれらしきものを開けて、数分後には口を開いた。「よし、オーケー、分かったと思う」

「本当に？」

「ああ。かかっても十分か十五分くらいだな」

「よかった。じゃあ任せるわ」とカレンは言った。そして僕を見ると首を横に振ったが、それが不快感なのか怒りなのか不満なのかは分からず、それが僕に向けられているのか、それともこの状況か、コーニッシュか、はたまた世界全体に向けられているのかも何とも言えなかった。それから僕を置いてさっさと歩いていったので、僕はそのあとを急いで追いかけたが、ついていけないほどの速さではなかった。

彼女は肩越しに言った。「もうシャンパンのことは耳に入っているんでしょうね」

僕が知らないふりをすると彼女は立ち止まったので、ぶつかりそうになった。彼女は僕の目をまっすぐ見て、気取った笑いか嘲りが浮かんで口の片端を歪めた。カレン・ロングは射抜くような青い目とかなり色の薄い金髪の持ち主で、その髪でしょっちゅう隠れてしまう顔はなめらかな卵形で、それなりに魅力のある長い角ばった鼻が際立っている。彼女に睨まれていると、ほんの一瞬、顔にパンチを食らうのではないかという気がした。拳が飛んでくるか、それとも顔を寄せて唇にキスされるか。心乱される顔つきだったが、やがてそれは消え、彼女は言った。「それに、シャンパンのボトルが十本ごっそり消えてしまったこともももちろんご存知よね？」

僕は頷いた。また嘘をつこうとすればどんな目に遭わされるか怖かったからだ。

「さて。私が今しているのはまさにそれよ」と彼女は言った。「そのシャンパンか、シャンパンを持っていった人間を探しているの。もし私について回る気なら、何をしているのか知っておいてもらいたいの、ふらふら彷徨（さまよ）っているだけだなんて思われたくないから」

僕はまた頷いて「もちろん」と答え、それから「お先にどうぞ」と言った。そのとき、何やら騒がしい動きが起こり、ホースを持った三人の男が現われた。

「忘れて」と彼女は言った。「どうやら探していた人たちを見つけたみたい」

Ⅳ

長い間、アフリカほど大きな大陸が沈むはずがないと誰もが信じていた。アフリカが沈むころには、僕たちはすでに、中央アメリカ、オーストラリアの一部、そして日本列島をすべて失っていた。僕は日本が沈んでからほんの数か月後に街に入り、そのころ記者としての最初の仕事を始めた。編集部では何人かの記者と編集者が賭けを始めていて、僕が早く馴染めるようにと思ってか誘ってくれたので、何についての賭けなのかも分からないまま僕はそれに乗った。すると彼らは、次はどこが沈むと思うか、それにいくら賭けるかと訊ねてきた。ひどい話だ。そのときはそう思ったし、今でもそう思うが、そのときはそう思いつつも賭けをした。多くの人はヨーロッパのどこかだろうと踏んでいた。スペインかポルトガルかブリテン諸島か。特にブリテン諸島は、もう沈んでもおかしくないと思えた。次はグリーンランドだと賭けている者も二人いたし、一人が北米大陸か、たぶん北米のどこか、ノヴァスコシアかアラスカだったかもしれないが、二ドルを賭けたのは、本人いわく見逃すわけにはいかない倍率だったからだが、その彼でさえアフリカには賭けなかった。実のところ、賭け金の表を作っていたときは誰もアフリカをそこに入れようとも思わなかったし、少なくとも大陸全体を入れなかったのは、とにかく暗黙の了解だったからだ。そこで僕は念のために、アフリカを入れてほしい、アフリカに賭けるつもりだと言った。じゃあ南アフリカかエジプトか、少なくとも島なんだからマダガスカルにすればいいと彼らは言った。僕はアフリカ大陸全体のオッズをつけてもらい、それに二十五セントを置き、それ以上は出さなかったので、誰もが呆れ顔になり、賭けに加わっている記者や編集者たちは、こんな間抜けは初めて見たという仕草をしたので、守勢に回った僕は軽い気持ちで彼らに言った。

「何だよこいつって思うなら、まあ待っているんだな、そのうちアフリカは沈んで僕の勝ちになるさ」

ときどき、そのことを思い出すと僕は笑わずにはいられない。その状況と僕の愚かな発言に、そして僕たちの賭けの馬鹿らしさと恐ろしさに、そして他でもない僕がひとり勝ちしたという事実に笑わずにいられないが、それは笑えるようなことではないだろう。

もちろん、自分が勝つなんて思わなかった。僕が勝つとは誰も思っていなかった。

そんなことをときどき考えるのは愚かではあるが、考えてしまうことはあるし、それもしょっちゅう、僕はあの賭けについて考え、賭けのこと、アフリカが沈んでしまったこと、僕が賭けてからすぐにアフリカが沈んだことを考える。夜遅く、あるいは朝早くに目を覚ましてしまうとき、ゴミ収集車の音がしたり、上階の住人が夜中までいつもの喧嘩をして金切り声を上げたりして、僕は何かに目を覚ましてしまい、暗い中でひとりベッドに横になっているときなんかに、自分がした賭けを思い出し、あんなことになったのは自分のせいだと思い、アフリカがすぐに海に沈むと賭けたあの二十五セント硬貨がすべて悪いのだと考えて、そんなふうに考えるなんて馬鹿げていると分かってはいるが、僕は身震いするほど深い後悔とともにその賭けを思い返す。

V

　最初に叫び声が上がったが、声を上げたのは現場から一番近いところにいた数人の男女だけ、つまり、今や空になったプールの周りに集まって、ハロルド・コーニッシュが何をしようとしているのか見ていた人々だけだった。パーティー会場にいた他の人々は、プールサイドで起きたことを気に留めていないようだった。もし彼の知り合いか、彼が話しているのを耳にしたことのある人なら、ハロルド・コーニッシュの鋭い鼻にかかった声がその最初の叫び声に混じっているのに気づいたかもしれないし、気づかなかったかもしれない。どうやら、その男たち、盗んだシャンパンで揃って酔っ払い、消防士気取りで普通のゴムホースを持った三人は、コーニッシュがプールの中にいて水圧器を修理しているとはつゆ知らず、何事かと顔を上げたコーニッシュは水の直撃を食らった。ホースを持った紳士たちは、それをひどく愉快がった。ひとりないし全員が腹を抱えて笑い、ほんの一瞬、ホースを上に向けて人混みに向かって水を振りまいたため、何かが起きているとは気づいてもいなかった人々も、じきにプールと男たちとホースに一斉に注目した。

　この一連の出来事に対するカレンの表情やいかにと思い、僕は彼女のほうを向いたが、もうそばには見当たらなかったのでざっと中庭を見回してみると、彼女は膝をつき、奥の塀のひとつに沿って植えた灌木に体を突っ込んでいた。彼女は黒いスパンコールのついたドレスを膝の上までたくし上げ、左手を茂みの中に入れて水道の栓を探し当てると、一瞬、ノズルを左に強く回してさらなる水を人混みの上にぶちまけたあと、ようやくホースの水を止めた。僕がホースを持った男たちに目を戻すころには、警備員がホースを没収していたし、三人の酔っ払いたちは――のちに判明したところでは、彼らは研修生で、アフリカ大陸の模型が沈んでいくスピードを上げようとひらめいてしまったのだという――博物館の奥に連行されていくところだった。

その後カレンはまた僕のそばに来て、首を振りながら、「これが終わったら一杯飲みに連れていって」と言った。僕が少なからず驚いて彼女を見ると、カレンは言った。「これが終わったら一杯くらいは飲んでいいはずよ、だから誰かに連れていってもらいたいし、だったらあなたでいいわ」

それに対して僕が何か言う前に、スピーカーから甲高いノイズが聞こえて僕たちの耳を直撃し、中庭にいた全員がステージのほうを向くと、オーウェン・ミッチェルが立っていて、指でマイクを叩いていた。そのとき僕は思った――誰かが間違えて彼にスピーチの時間だと言ってしまい、彼のほうは騒ぎがようやく収まり始めたところじゃないかと小声で抗議したが、カレン・ロングのやる気のありすぎる部下か理事会の誰かが、パーティーが手に負えないところまで暴走していくのを心配して、こちらにスピーチを聴く準備があろうとなかろうと、彼をステージに押し出したのだと。あとで、真相は違ったことを僕は知る。ミッチェルによれば、彼はみずからマイクの前に進み出たのだ。「手に負えない状況になっていたからね」と笑顔で彼は言った。「なぜ集まっているのか、みんな忘れているようだった」

彼は咳払いをした。ノイズは収まった。彼はまたマイクを軽く叩き、また咳払いをした。聴衆、まだ中庭に残っていた僕たちは静かになった。僕がまたカレンのほうを向くと、彼女はステージを見上げていた。ミッチェルは僕たちを見渡し、目の上に手をかざすと、手元メモに視線を落とし、それを畳んで上着のポケットに突っ込んだ。僕たちは彼のスピーチが始まるのを待った。

　短いスピーチだった。彼が予定していたよりもさらに短かったかもしれない。僕たちが知っていた演説ではなかった。ミッチェルは何とか要点だけに絞ってみせたか、あるいはまったく新しい内容に変えていた。その細部については、出だししか思い出せないし、ミッチェルもその内容を書き留めていなくて、土壇場でメモを読み上げるのをやめたので、自分でも内容を思い出せない。悲劇について語っていたと僕は思う。それから、信じられないほどの規模で命が失われたこと、この世界が瀬戸際に追いつめられたという感覚についても語っていたと思うが、正直なところ、そのどれもスピーチでは触れられていなかったかもしれない。僕たちの知っている演説とは違ったが、それが終わるころには、僕はまるで、正面にいるミッチェルが話しているのでも彼の口から言葉が出てくるのでもなく、その言葉が自分の頭の中で生まれていて、常に自分自身の思考のどこかにあったのだという気がしていて、ミッチェルはただ僕がすでに知っているがなぜか忘れてしまったことを思い出させてくれているだけなのだと感じていた。僕の右に立つカレンの唇からそっと漏れるため息、ミッチェルに合わせてスピーチを暗唱するかのように動く彼女の唇を見ても、そう感じていたのは僕だけではないと分かった。

「中心はみずからを保てないだろう、と我々は言われました」と彼が切り出すと、その声以外の物音は存在しないように思えた。「これを失えば、中心はみずからを保てず、我々は生き延びられないだろうと。ですが、ご覧のとおり」。彼は微笑んだ。「我々はここにいる」

ファン・マヌエル・ゴンサレス　その奇特なる人生

ファン・マヌエル・ゴンサレス（一八〇四―一八四八）。宿屋の主人、贋造者。メキシコ、デリシアス生。現在のテキサス州リオ・グランデ・バレーにあたる土地を所有していたドン・ラファエルには、エルナンドという息子がいた。伝えられているところによれば、エルナンドは恋をしていたが、その思いを寄せた相手、乳母の娘ガブリエラとの交際は、父から禁じられていた。それでもエルナンドとガブリエラが密かに逢瀬を重ね、父の思いとは裏腹に二人の絆は深まるばかりと知ったドン・ラファエルは、ガブリエラをメキシコシティに送り、看護学校に入学させ、息子との愚かな恋に終止符を打つという条件で、学費に加え、女子専用の寄宿舎に手配した部屋の家賃を出すことに同意した。そのうえ、ドン・ラファエルはガブリエラに週に五十ドルに相当する給付金も与えていた。

エルナンドはガブリエラがあっさりと同意したことに啞然とし、彼女が去ってから二週間にわたり、父の家から外に出ることを拒否した。友人たちとの約束はすべて取りやめにし、その広大な地所にはガブリエラを除いて（彼女が来る見込みはなかったが）誰ひとりとして入れないよう、家の使用人たちに申し渡した。

ある暑い夏の午後、その日、ベッドと寝室窓際にある長椅子の間しか移動していなかったエルナンドは、思いがけず、窓の外に忠実な使用人にして友人の顔を認めた。最初は仰天し、たちまち怒りを覚え（立ち入ってはならないとはっきりと申し渡しておいたはずではなかったか？）、エルナンドはすぐに、その闖入者を窓から突き飛ばして地面に叩きつけてやろう、脚が折れても知るものかと心に決めた。その男のシャツをつかみ、突き飛ばそうとすると、使用人はきっちりと折り畳まれた手紙を懐から取り出してエルナンドの面前で振り、「お願いです、ドン・エルナンド、ガブリエラさんからお言伝（ことづ）てがあるのです」と言った。するとエルナンドはすぐさま若者を引き上げて部屋に入れると手紙を奪い、それを読み、読み返し、三度目に読んでからようやく顔を上げると、手紙を届けた使用人を見て、「もう下がっていい」と言った。

　手紙に指示されていたとおり、エルナンドは宿屋の主人フアン・ゴンサレス氏、借金を返済すべくドン・ラファエルに雇われて宿屋を営んでいる男に話を持ちかけ、じきに手紙が届くこと、日に何通も届く場合もあることを告げた。ゴンサレスはその手紙を預かっておき、毎週日曜日に朝八時のミサが終わると、ドン・エルナンドが朝食を食べに宿屋を訪れ、トルティーヤと一緒に包んで隠した手紙をゴンサレス氏からそっと受け取る、という手はずになった。いかなる場合も、ゴンサレス氏は他人に手紙を渡してはならないとされた。

　三か月にわたり、ガブリエラはエルナンドに宛てた手紙をすべて宿屋の主人に送った。ドン・ラファエルは、最初は息子がついに愚かな行ないをやめたのを見て喜んだが、すぐに、日曜日になるとエルナンドが宿屋のゴンサレスを訪れていることを訝（いぶか）しむようになった。ドン・ラファエルに問い詰められると、ゴンサレス氏はあっさりと恐れに屈し、確かにエルナンドが手紙を受け取っていると白状したが、それが誰の手紙なのかは分からないと言い張った。ドン・ラファエルはゴンサレス氏に、エルナンドが手紙を受け取るときに一通を取っておいて差し出すように命じた。ドン・ラファエルに逆らうわけにもいかず、さりとて若いエルナンドを裏切るのも気が進まず、ゴンサレス氏は月曜日に配達される最初の手紙を受け取ると、わずかに逡巡したあと開封し、それを何度も書き写す作業をおのれに課し、丸一週間にわたってそれを続け、どの文字も丹念になぞっていくうちについにガブリエラの筆跡を自分のものにした。そして土曜日の夜、ゴンサレスはガブリエラからの手紙を偽造し、自分はもうエルナンドを愛してはいない、別の男、ある医者と交際している、もう二度と会いたいとは思わないと書いた。その偽の手紙に封をすると、彼は封筒の右上の隅に小さく「×」と印を入れた。

しかしながら、その詐術を気にするあまり、ゴンサレス氏は偽の手紙をうっかりエルナンドに渡し、本物の手紙、つい前日に届いたばかりの一通をドン・ラファエルに誤って差し出してしまい、ドン・ラファエルが手紙を開けて印のない封筒を彼に返してよこしたときにようやくその間違いに気づいた。

「ほほう！」とドン・ラファエルは声を上げた。「思っていたとおりだな。ガブリエラからの手紙だ。しかも、思っていたとおりこの女はついに息子の心を引き裂いたぞ、別の男、医者に乗り換えやがった」

ショッピングモールからの脱出

ロジャーと知り合ったのはほんの二時間前だが、俺のほうに歩いてくるあいつの顔には、何か思うところがあると出ている。

あいつはずたずたに裂けた布切れを手のひらに巻きつけようとしている。手のひらに布を巻きつけるというのは集中力を要する作業だ。こっちにやってくる姿は、俺のことよりも、歩くことよりも、布を巻く作業に気を使ってるように見え、そのせいで、俺たち七人みんなでここに身を寄せ合ってるのに――「ここ」というのは管理人の物置で、それなりにまともな公衆トイレ程度の広さしかないのだが――俺のところにたどり着くまで優に一分や二分はかかってしまう。そのせいで延々と時間を食ってしまうから、一瞬、俺のほうから歩いていって、向こうが提案しようとしてることをさっさと話し合おうかとも考えてしまう。

そうする代わりに、俺はそれまでの二時間を振り返り、あいつは手のひらをどうしたんだろうかと思い出そうとするが、特に何も思い出せない。確かに思い出すことはいろいろある。確かに思い出したくないこともいろいろある。

たとえば、フードコートの真ん中で濡れたタイルに足を滑らせたジェニファーに、あの連中が一斉に群がっていった様子。彼女が俺たちの助けを求めて上げた叫び声。連中がズルズルと音を立てて彼女を吸い込んでいったこと。あれは忘れたい。

そして言うまでもなく、あの黒人の、子連れの男、その子供は今は隅のところでむっつり座り、できものだらけの顔に赤い目で洟(はな)を垂らしてるが、その男が最後の瞬間、もうギリギリの瀬戸際になって振り返り、ロジャーが物置の扉を今にもこじ開けようかっていうときに振り向いて、ロジャーが持ってたルイスヴィル・スラッガーの野球バットを振り回しながら、肩越しに「いつまでも愛してるぞ、タイロン」と叫んで連中の群れに突進していった光景、やつらがモーゼの前の紅海みたいに分かれて自分たちのど真ん中に突っ込んできた彼を総がかりで一気に飲み込んでしまった、あの光景。

あれ。

間違いなく、あれを忘れたいと思ってるのは俺だけじゃないはずだ。

だが、ロジャーとあいつの手のひら、それから手のひらに何があったせいでそこまで入念に手当てしなきゃならないのかとなると、どうにも思い出せない。

もうかなり近くまで来て、小声で何を囁いたとしても聞こえるくらいになってもあいつはまだ近づいてくるから、一瞬、俺は心の中で、**あいつはひょっとしてキスしてくるんじゃないか**、と考える。

そして、**こいつは意外な展開だな**、と考える。

だが、あいつは俺にキスしてこない。よかった、メアリーを傷つけてしまうところだった、というのも、彼女の頭蓋骨を引きちぎって脳味噌を食おうとしていたやつの頭をロジャーが吹っ飛ばして以来、メアリーは愛おしそうな目であいつを見つめてるからだ。

あいつはキスしてはこないが、かなり近くにかがみ込んでくるので、俺はその気になればやつの鼻に噛みつくことだってできる。あいつのほうも、その気になれば俺の鼻を噛めるだろう。俺たちはどちらも、相手の鼻を噛みはしない。

「調子はどうだ?」とあいつはかすれた声でこっそり言う。

「最高だよ」と俺は言う。「その手はどうしたんだ?」と訊く。

あいつは手を上げると、手のひらを俺に向けて言う。「これか? 何でもない。大したことじゃない。俺は平気さ。大丈夫だ」

俺があまりよく見ないうちに、彼はさっとその手を下ろして体の脇に引っ込めてしまうが、ほんの一秒前まで手があったところの空中に臭いが残っている。腐った、土みたいな臭いだ。だが俺がそのことを問い詰める前に、ある計画があるとあいつは言う。

「計画?」と俺は訊く。「何の計画だ?」

「俺たちはもうここに一時間近く座ってる」とあいつは言う。「落ち着きを失くし始めてる。俺たちはパニックを起こしかけてるんだ」

俺は目を動かして部屋の中を見回すが、誰も落ち着きを失くしてたりパニックを起こしてるようには見えない。みんな疲れて悲しげで暑そうにしている。落ち着きを失くしてたりパニックを起こしてるのはただひとり、ロジャーだけだ、とあいつに目を戻して俺は気づく。

「よし」と俺は言う。「お前の計画ってのは?」

*

この話は俺とは関係ない。それは分かってるが、俺はばっちり巻き込まれてる。この話に大いに関係があるのは、ロジャーとメアリー、タイロンと警備員だ。警備員の名前は知らないが、独特の目つきをしてるから、この話は彼の話でもある、とにかく俺よりもずっとこの話に絡んでると思える。彼の雰囲気は、〝更生した中毒患者が一念発起して警備員になって見ず知らずの人々のために尊い命を捧げて若き日の過ちの償いをするチャンスを待っている〟っていう感じだ。それとも、単に俺たちよりも図体がでかく見えるだけか。でかいうえに焦る様子もなく、まるで今回のすべてをもう目にしたことがあるか、この手の状況が——ゾンビの襲来かエイリアンの侵略か、ヒロシマの原爆による壊滅で突然変異した獰猛な大トカゲがヒューストンを蹂躙してるのか——ずっと、そいつが心の準備をしてきたこと、郊外にあるこのショッピングモールの警備員の仕事に就いたときに予期していたものだって調子だ。だが、俺がメアリーにそう言うと、毎度のことながら彼女は、その場に俺もいることに驚き、彼はラリッてるだけよ、と言う。

*

俺はメアリーの話も知っている。

離婚してまだ日の浅い、二人の子持ち。

高校のプロムクイーンではなく、遅咲きのタイプかもしれないが、いざ花を咲かせてみれば、プロムキングみたいな男と結婚できるくらいの器量の持ち主だった。

現にライバル高校のプロムキングだったのかもしれないし、プロムキングなんかではなくて、アメフトのクォーターバックかバスケのポイントガードだったかもしれない。

いずれにしても、惨めな結婚生活だった。結婚した相手は過去の栄光に浸るばかりの思いやりのない男で、寂しさに耐えつつも夫を支えていたある日、家に帰ると、もうお前を愛してない、ミッシーを愛してると言われてしまう。その浮気相手は夫が働くトヨタの販売代理店で営業をしている女だが、といって夫自身は営業でもなければ整備工でもなく、車を買う客を言いくるめて、壊れるはずのないものに保険をかける追加の保険パックを買わせる仕事だ。そして今、彼女は子供たちの世話に加え、パートの仕事を二つかけもちし、元夫から離婚手当と養育費を搾り取るための弁護士費用を稼ぎ、二つの職場でのかなり年上の上司からの不適切で馴れ馴れしい態度に耐え、そして今日をどうにかやりくりしている。よりによってこの仕事が休みの日、自分のために取っておいたこの日、丸一日ですらないが母親が子供たちを、離婚のせいでさらにきかん坊になった二人を見ていてくれることになったほんの数時間、その日に彼女はショッピングモールに行くことにしたのだが、それも何かを買うためではなく、何かを買うお金があるわけでもなく、ただあちこち見て回り、自分だけのわずかな時間を味わうため、自分のものになるのだと思っていた世界をまた訪れようと考えていた、そんな今日にかぎって、ショッピングモールは邪悪な生ける屍どもで溢れ返っている。

もちろん、それが彼女の今日だ。

彼女はこのことに少しも驚いていない。

それに、もしかすると彼女はスポーツ用品店でエクササイズ器具につまずいたのではないかもしれない。つまずいたなんていうわけではなく、おのれを投げ出し、身を委ねたのかもしれない。だって実のところ、今の彼女よりも最悪な気分なんてありえるか？

だが、こうしたすべて、こうした推測のすべてを俺は胸にしまっておく。そしてメアリーにはできるだけ話しかけないことにする、ひょっとして彼女が何気なく口にする言葉で、どうにか持ちこたえてる俺の心がぽっきり折れてしまうかもしれないし、すでに彼女は警備員相手にそれをやってみせたからだ。

*

ロジャーの計画ってのは生まれてこのかた聞いたこともないような馬鹿らしいものかもしれないが、俺は付き合ってやることにする。まあいいじゃないか？ 俺には失うものなんかない。

より正確に言えば、命以外に俺が失うものなんかない。

俺がその話に付き合うのは、他のみんなも付き合うってことが分かるからだ。やつらはずっとロジャーについてきた。叫び声が始まったのはモールのずっと奥、フードコートのあたりだったが、俺たちの耳にまで届くほどの叫び声だった。やつらはロジャーのあとについてあの狂乱の中に入っていった。反対側の百メートルと離れていないところには外に、脱出に通じる扉があったっていうのに。それでも、やつらはロジャーのあとについていった。

やつら、っていうのはもちろん俺たちのことだ。

俺たちはロジャーのあとについて狂乱の中に入っていった。

俺たちが見守るなか、あいつはまずタイロン、次にタイロンの父親を助け、そして最後、管理人の物置にどうにか逃げ込む直前に、スポーツ用品店でメアリーを救った。

それからこの掃除道具の物置の中へ。俺たちはあいつのあとについてここに来たってわけだ。

そのロジャーが、みんなで天井に上がろうと言う。

「天井だ」とあいつは小声のまま俺に言う。「それでここから出られる」

俺は上を見る。あいつは俺の顔をさっと軽く叩く。「上を見るな」と言う。「バレるじゃないか」

俺は部屋の中をざっと見回す、（1）ロジャーが俺を叩いたところを見たやつはいないか、（2）この貴重で生死にかかわる情報を俺がバラすかもしれない相手がいるかを確かめるためだ。

「誰に？」と俺は訊く。

ロジャーがかがみ込んでくるので、勘弁してくれよと俺は思う。やつは膿んだみたいな嫌な臭いがする。血液中にアドレナリンが出ているせいかもしれないし、邪悪な生ける屍どもと戦ったときに悪い汗をかいたのかもしれない。何にせよ、俺はどうにか口から息を吸おうとする。

「何も言うなよ」とあいつは言う。「俺がこれから言うことに反応するな」

「オーケー」

「誰も怯えさせたくはないだろ」

「そうだな。確かに。大丈夫だ」

するとあいつは本当に小声になるのでやつの声が聞こえなくて、ほんの一瞬、やつが何か言ってるのに俺には聞こえないのか、それとも話しているように口を動かしてるだけで実は何も言ってないというトリックをする時間だってことにしたのかと考える。

「聞こえない、何も聞こえないよ」と俺は言う。

また同じ話を繰り返したくないことは顔つきから分かる。だが、自分の非でもないのに俺が謝る前に、あいつはもう一度言う。「俺たちのひとりが感染している」

その知らせに俺は驚く。といってもほんの少しだけだし、その少しの驚きってのも、それを見抜いたのが自分じゃなくてロジャーだったってことだ。

もし誰かが感染してるのを発見する者がいるとすれば、それは俺か、脇役のひとりで、しかももう手遅れのタイミングになるだろうと思っていた。

*

たとえば、俺たちの誰かが隅で泣いていたとしよう。背を丸め啜(すす)り泣きながら体を震わせ、その苦しんでる姿を別の誰かが見かける。自分たちのことで頭がいっぱいで俺たちに気づきもしないロジャーやメアリーや警備員やタイロンに嫌悪を込めてため息をつき、その男に歩み寄って肩に優しく手を置き、そっとそばに座ると、「大丈夫だ、きっと大丈夫だ、俺たちはここから脱出するんだ、誓ってもいい、絶対に抜け出してみせるさ」なんてことを言い、もう片方の手を相手の膝に置いて友情を示し、「お前は独りじゃない」と伝えると、その男は俺たちの手の上に自分の手を重ね、俺たちは「そうさ、きっと大丈夫だ、何も心配いらない」とは言うものの、その言葉はどこかぎこちなく、あるいは取り乱しがちに出てきてしまう、というのも俺たちは上に重ねられた手の妙な感触、冷たく湿って少しべとべとした感触に取り乱してしまってるからだが、それでもまだ下を見たりはしない。俺たちが下を見ないのは、自分たちの戦友、新しくできた友人が、どうしようもなく悲しんでいて心の慰めを必要としているときに、そいつを可哀想に思わないなんてやましい気持ちになるからだ。

「家族はいるのか?」と俺たちは訊ねるかもしれない。「誰かお前を待ってる人は?」

するとそいつは頷くだろう。静かに、だがだんだんと力強く。

「そうか」と俺たちは言うかもしれない。「どこに？　どこにいる？　教えてくれ、家族のことを話してくれ」と俺たちは言うだろう、何か別の話、何でもいいから別の話をすれば、つかの間ではあっても、その恐怖や苦しみや悲しみから俺たちの気が紛れるかもしれないと知っているからだ。

それから、その手遅れの瞬間がやってきて、上にある手に俺たちが視線を落とすとそれは腐りかけた肉の塊になっていて、それに気づいて俺たちがひるむと、その怪物はぐいと頭を回して俺たちの顔を噛みちぎるか、それとも家族のことを訊ねたせいで、鞭打つみたいに首をしならせて、「俺の家族？　家族ならあの扉の向こうでお待ちかねさ」とかいうことを言ったあと、俺たちの顔を噛みちぎるってわけだ。

とはいえ、本当のことを言えば、ゾンビみたいな化け物には会話の能力はないと言われている。

それに、皮肉を込めたタイミングを心得てもいないらしい。

さらに言えば、お楽しみをあとに取っておくという考えもない。

そんなわけで、ロジャーが俺のところに来て、誰かが感染してるって情報を知らせたことで俺が心底驚いたのは、誰かが感染してるのに俺たちはまだ誰も死んでいないってことだ。

それでも、それに気づいたのがロジャーで、あいつは自力でそれを見抜き、どう対処すればいいのか考える時間もあったってことには、少しがっかりする。

「本当か？」と俺は言う。「誰だ？」

「それはまだだ」と彼は言う。「これをしくじったら、俺たちは一巻の終わりだ」

そしてあいつはいかにも深刻そうに頷く。それから片手を俺の肩にずしりと置いてまた頷くので、俺が笑みを返すと、あいつはそれだけを求めていたらしく、次にこの計画を話すやつのところに進んでいく。

金を賭けるなら、俺としてはタイロンが感染してると見る。別にあのガキに恨みがあるわけじゃない。なかなかいいやつみたいだし、少なくとも理性を失った残忍な殺人鬼に変えられてしまう前はいいやつだった。いいやつに見えるが、俺たちみんなから一番怪しまれない人間だから、俺からすれば一番怪しい。

タイロンの頭の横には小さな血の塊がひとつくっついていて、俺は最初それを、みんなでデパートのセクションに逃げ込んでからマタニティウェアの迷路を走り抜けていたときに誰かの脳味噌か内臓がビシャッとかかったのかと思っていた。今、俺に見えてるのは本人の脳味噌なんじゃないかと思い始めている。やつらにそこ、自分の脳をやられちまったんじゃないか、殺されるってほどではなく、実際動きが鈍くならない程度に。だが、自分たちの仲間に引き込むためには、ゾンビはどれくらい脳味噌を食えばいいものなのか？

大して食わなくても十分なはずだ、と俺は踏んでいる。

タイロンの頭蓋骨から飛び出ている脳味噌を眺めれば眺めるほど、どうしてロジャーしかそれに気づかなかったのか、そして、前はタイロンだったこいつを未然に無力化するために俺は何ができるのかと考え込む。部屋の中をざっと見渡し、密かにそして素早く特製の武器になってくれそうなものはないかと考えるが、一番強力そうなものといえばモップか箒か消毒スプレーくらいで、どれも大して見込みはなさそうだ。トイレットペーパーを一ロールか二ロール取って火をつけて何かにできないかと考えていると、メアリーがタイロンのところに寄っていって、彼を安心させるためか自分を安心させるためか、それともその両方かもしれないが、ともかく彼の頭を抱き寄せる。するとタイロンは一度しゃくり上げ、それから激しく彼女の胸で啜り泣き、するとあの脳味噌のかけらは彼の頭からぽろりと剝がれ、彼女の膝元に落ちる。

＊

最初に叫び声が聞こえたとき、俺はショッピングモールに入っていくところで、ちょうど俺と反対方向に俺の脇を通り過ぎたロジャーはモールから出ていくところだった。そのとき叫び声が上がり、俺たちは二人とも振り向き、するとあいつは俺をいいやつだと好意的に解釈したのか、誰もが自分に備わっていると思いたいもの――奉仕精神や勇気や積極性――を俺に見たのか、俺がくるりと踵を返し、買おうかと思っていた新しい靴にはモールのずっと奥から響いてくるヒステリックで痛ましく暴力に苦しむ叫び声を耐えるほどの価値はないと思って出ていこうとすると、あいつは俺の肩をぐいとつかみ、妙にきらきらした目で「君もやっぱり同じことを考えているのか？」と言った。

その声音、確信に満ちた響きのせいか、俺もあいつと同じはずだ、誰もがあいつと同じはずだという思い込みのせいか、あいつの言葉と俺を見る目つきは異論を挟む余地がなかったせいか。何であれ、俺は馬鹿みたいにあいつについていった。

それなのに、ロジャーという男に俺は確信が持てない。どうにも読めない男だ。

やつは謎だ。それが俺を不安にする。

たとえば、ルイスヴィル・スラッガーのバットであいつが取った行動。どこでそれを手に入れたのかは知らないが、断固とした決意をもって振り回し、メアリーの脳味噌にがぶりと食いつこうとしていたやつの頭を吹っ飛ばすところは見たし、そのスイングのあと、「スポーツ・イラストレイテッド」

誌に出てくるみたいな、ホームランを打ったあとのバッターばりのポーズを決めるのも見た。そしてメアリーを立ち上がらせて、「まあ余裕の二塁打ってとこだな」と言ってるのも聞いたわけで、その粋な手並みを目撃したからには俺も一発打ってみたい気持ちになったのは認めるが、タイロンの親父のせいでバットはもうなくなってしまった。

ロジャーが野球のバットでやってのけたことは確かに格好よかった。だがその一方で、あいつはこっちが恥ずかしくなるくらいくそ真面目だ。たとえばタイロンの親父がそのバットもろとも消えたあと、俺たちはみんな黙り込んでしまい、タイロンに何と言ったものか、「あんなことするなんてさ、お前のパパはなかなかの馬鹿だよ」とでも言えばいいのかと思いながら沈黙していると、ロジャーはしゃがみ込んでタイロンの肩を抱き、その目をまじまじと見つめて、「タイロン、これで一家の大黒柱は君になった」と言った。

「その心の準備はできているか？」と。

するとタイロンは首を横に振った。そのやりとりの間、俺たちはみんなこう思っていたはずだ――**ロジャー、ちょっと勘弁してやれよ、その子をそっとしておいてやれ**――そのときロジャーはタイロンを少し揺さぶって、「できているはずだ」と言った。

「君は自分が思っているよりも強いんだ」

「俺たちみんなよりも強いんじゃないかな」

「でも、だからといって泣いちゃだめだとか、悲しんじゃいけないっていうんじゃない」

「君や俺みたいな本当に強いやつだけが、悲しんでいいし泣いてもいいんだ、でも、それでも強くなくちゃだめだって知っている。そうだろう？」

するとタイロンは鼻を詰まらせて頷き始め、ロジャーは言った。「いいな？」するとタイロンの唇が動いたが、震えていたのかもしれないし、それとも「そうです」と言っていたのかもしれない。

そしてロジャーはそっと「いいな？」と言うと、タイロンを引き寄せて力強く抱きしめたので、タイロンはしゃくり上げながらめそめそと啜り泣き、洟を垂らし、そこで俺は、こんなことをしてる暇はあるのか？　って顔であたりを見回したが、みんなその場面をうっとりと見守り、メアリーときたら片手を胸に当ててるし、警備員が目頭を押さえる様子は、映画の終わりに図らずも泣いてしまったときに男たちがときどき見せるような仕草だった。

＊

要するに、俺としてはあいつを憎みたい。あいつには俺にないすべてがあるからかもしれないし、それともあいつが、俺にはないすべてが自分にはあるのだと信じ込ませたいタイプの人間だからかもしれないのだが、その一方で、俺の中にはあいつに憧れる気持ち、憧れざるをえない気持ちが強くあるうえ、それはどんどん強くなっていき、そのせいで余計に彼を憎みたくなる。

＊

俺たちは天井から脱出するという知らせが広まった。その話は、この中で感染してるひとりには何を意味するのだろうと俺は考える。

一番図体がでかいという理由で、警備員が最初に担ぎ上げられる。ロジャーと俺と、あと二人、名前を知らないか忘れてる男たちとでそいつを持ち上げ、あとは自力で警備員が登っていくのを眺めていると、どうしてやつの名前も思い出せないか、それともどうして知らないのかと不思議になる。

するとロジャーがこっちを向いて言う。「よし、カウボーイ、次は君だ」

なぜいきなり俺をカウボーイと呼ぶことにしたのかは知らないが、俺は柄にもなくそれが気に入る。

その計画では、力も一番強い（と俺たち全員が見込んでる）警備員がかがみ込んで手を伸ばし、残りのみんなを引っ張り上げることになっている。やつは最初、俺を相手に試してみるが、俺たち二人の体重は、頼りない天井のタイルや支柱には重すぎる。全体がひび割れて崩れ始めたので、やつはとっさに手を放し、俺はロジャーの上に落っこちる。

「これじゃだめだ」と警備員が言った。信じがたいことに、やつが話すのを聞いたのはたぶんそれが初めてで、鼻にかかって調子外れな声なので、俺は一瞬、やつの物語を考え直す。もはや償いをしようとするタフガイでもなければ元中毒患者でもなく、今、俺の心に浮かぶのは生っちろい顔のRPG好きのガキで、弱々しい怯えた高校時代を送り、二十面のサイコロとゲームマスターにかける情熱を、スポーツジムの会員になることに費やしたほうが自分のためになると気づいた、そんな男だ。というわけで、今ではかなり図体がでかくなった、マニアックでおどおどした臆病なオタクなのかもしれないが、オタクであることに変わりなく、俺はどうしてやつが死なずにいるのか不思議になる。

「いい判断だ」とロジャーは立ち上がりながら言う。「別のやり方を見つけないとな」

それから俺のほうを見た。何を言い出すのかは分からないが、その目つきというか目を向けられているのが俺だというのはまったく気に食わない。

「よし、カウボーイ、君が輝く番だ」とロジャーは言い、勝手につけられた名前が何とも間抜けに聞こえるのを俺は実感する。「これじゃ時間がかかりすぎる。君は偵察として先に行って、出口を見つけてほしい。そうすればみんなが上がってすぐ、蟻塚の中でうろうろするアリみたいにならずにすむ」。そう言うとあいつは怪我していないほうの手で俺の肩を勢いよく叩き、それから上を見て呼びかける。「オーケー、フランシス、ちょっとだけ後ろに下がってくれ、俺たちが君にした要領でカウボーイにも行ってもらう」

「フランシス」ってのがあの警備員の名前なのか？ と俺は思った。それともニックネームがフランシスなのか？

すると、そのことをじっくり考える暇もなく俺は担がれて持ち上げられ、一瞬パニックに陥る。俺がつかめそうなもの、体を乗せられそうなものは全部、警備員のフランシスのせいで曲がったりひび割れたり崩れたりしているからだ。その後、手の届くところに支柱が見えたのでそれに飛びついたというか、少なくとも支えがない状態で飛びつこうとすると、その勢いでたまたま俺に顔を蹴られてしまった下の男が金切り声を上げる。俺はしっかりとつかまって天井まで体を持ち上げ、さて次はどうすればいいんだと考える。

それから、フランシスはなぜ出口を探しに行けなかったのか、とも。

「あっちかな？」とやつは小声で言うが、普通の声で話したらモールにいるあの化け物たちに聞かれてしまうのか、どっちにせよやつらに何かされるのかは分からない。「俺たちが逃げ込んだのがどの物置かによるが、一番見込みがあるのはあっちか、それとも後ろのあっちの方向だと思う」とまずは俺の右を、それから肩越しの後ろを指しながらやつは言う。大した距離じゃないが、俺はとりあえず右に行く。後ろ向きに進むのは嫌だからだ。

＊

十分かかって二十メートル近く進み、出口を探しているところで、これは何かの手の込んだ罠じゃないのかという気がしてくる。こうやって俺に出口を探しに行かせることが、そもそもロジャーの計画の一部だったんじゃないか。実は俺こそが、感染してるひとりだとみんなから疑われてるんじゃないか。そして俺は自問する——**俺は感染してるのか**？

いや違う。俺じゃない。

でも、ひょっとしたら？

違う。

でも、もしかして？

そこで、そもそも自分相手に繰り広げるなんて馬鹿げたその議論を終わりにしようと、俺は素早く自分の体——頭、手、脚、腕、足——を調べ、かすり傷も嚙み跡もなく、傷ひとつないことを確かめる。そしてようやく進んでいく。

＊

途中、俺の足が天井のタイルを一枚踏み抜いてしまい、下でざわつく音、呻き声や押し合う音、鋭い叫び声が聞こえる。俺の足が開けた穴から覗いてみれば、何が見えるやら。生ける屍どもの体がひしめきうねる光景だろうが、それを想像しても、イメージは長続きせずに映画で見るみたいなワンショットに変わってしまう。中くらいの距離でカメラが回るそのショットでは、モールから駐車場に出てみれば化け物たちに取り囲まれていて、そこからさらに遠く、街全体を映す幅広のロングショットへと引いていき、乗り捨てられた車や蹂躙された通りが見え、それから、画面はおそらく一連のクローズアップに切り替わる——

——女がひとり、赤ん坊を抱いて叫びながら化け物の群れから逃げていて、恐怖で理性が吹っ飛んでるせいで、赤ん坊がもう死んでいることにも、しかも、化け物のひとりに変わっている、または変わりつつあることにも気づいていない。

——屋上でひとりの男が追い詰められ、食われて変身させられたくなければ飛び降りて自殺するほかない状況にいるが、結局恐れている相手に捕まって死に損なってしまう。

——少なくともひとつ、希望を持てるイメージとして、小さな男の子が一人か二人、バットか棒か何やら画期的な仕掛けでもって、少なくとも化け物のひとりを始末している。

——そして、下に見える光景を恐怖におののきながら見つめる俺のアップに戻ってくる。

それが俺の思い描くこの先の出来事だ。

実際に今、下にひしめき合う生ける屍どもの集団を見てはいるが、編集や素早い場面の切り替えやパン撮影やロングショットやフェードアウトの助けもないというのは、映画とはまったく違って心乱されるものだ。

まずひとつには、やつらはまじまじと俺を見上げている。

もうひとつには、ひとり残らず、やつらは笑みを浮かべている。

連中が揃って笑いながら俺を見上げてるっていうのは、見ていて気持ちのいいものじゃない。やつらの歯は蛆虫が湧いたみたいに灰色がかっている。腐って脆いが、それでもどこか危険そうだ。

やつらの笑みや歯、こちらを見て動いている様子には、何かゆらゆらした液体みたいなところがある。そのゆらめく様子は、生き生きとして魅入られそうで、俺は自分が身を乗り出すのが分かる。そして、すんでのところでもう一度天井の支柱をつかむと、何もかもがまたピントが合い、一瞬、やつらが俺をあざ笑ってるように見える。

俺はその穴から離れ、先に進んでいく。もう何回か、足やときには片手が天井のタイルを突き破ってしまい、そして壁にぶつかる。行き止まりだ。

俺は待つ。

息を吸って耳を澄まし、もう少し息を吸う。

自分の呼吸の音しか聞こえないが、俺はタイルを外し、天井から下に頭を出して、万が一に備えて目を閉じたい気分になりつつも、それをこらえていると出口が目に入る。何も危険はないと分かり、俺はほっと息をつく。

*

戻っていく途中、メアリーを見つける。

姿が見えるより先に、彼女の立てる音が聞こえる。というよりむしろ、俺に聞こえるのはタイルが真っ二つに割れる音、それに続く鋭い喘ぎ声だ。

メアリーの姿を見つけると、彼女の左脚が完全に天井を突き抜けていて、啜り泣いている。**こりゃもうやられちまったな、**と俺は考える。だが彼女のところへ行きその口を片手で塞ぐ。というのも本気で泣き叫び出してしまったら、間違いなくやつらは俺たちのところに来るし、見つけた出口のかなり近くまで来てしまうからだ。だが、彼女は手で口を塞がされてもすぐには俺だと気づかず、手を噛んでくる——それでも彼女を褒めてやるべきだろう、俺だったらやつらが忍び寄ってきたときにがぶりと噛めるほど破れかぶれになれるかどうかは分からない——そのせいで俺は彼女の後頭部を思い切り殴りたくなるが、その思いをどうにかこらえる。「俺だよ」と歯を食いしばりつつ言い、まだ手で彼女の口を押さえているが、見ようによっては彼女の口に手が入っているとも言える。「俺だよ俺、出口を見つけたんだ」

それが出口だってことは間違いない。二十メートルか三十メートルか四十メートル近く走った先にあるとはいえ、道はまっすぐだし体を少し隠してくれるものもあるから、少しかがんで走れば誰にも見つからない。

俺が一番驚いているのは、自分が出口を見つけたことではなく（ちょっとした衝撃ではあるが）、それを見つけ、出られるかどうか試してみたことだ。天井から飛び降りて、大きな音を出しつつも無事に、誰かに見つかることもなく着地し、それから中腰でガラスの扉まで走り、扉を押し開けて、昼の太陽が眩しい外に出た。駐車場は満車だったが、どうしてそこが空っぽだと予想していたのかは分からない。人も化け物どもも誰の姿もなく、俺は目の上に手をかざして、ずらりと並ぶ車とそのすぐ先に続くアスファルト、そしてさらに遠くの道路を見て考えた。**今がチャンスだ。ここで逃げ出して振り返らなくたって誰にも分からない、俺は自由の身になれる。少なくとも、中に戻るよりも、自由になって生きていけるチャンスは大きい。まだ天井をよたよた歩いているあの馬鹿どものところに戻るよりずっといい。**だが俺は逃げ出さなかった。立ち去ることもできたが、そうはしなかった。今はここにいて、メアリー（俺の名前すら知らない）を引っ張り上げて、彼女が脱出できるように天井に戻してやろうと奮闘している。だが彼女だけじゃない。彼女とタイロンとロジャーと警備員と二人の男、いや少なくとも二人のうち片方だ、なぜならもうひとりが感染してるに違いないと俺は睨んでいるからだが、ともかく彼らを引き上げようとしている、そして突き詰めればそれが俺にとって最大の驚きだ。俺は出口を見つけ、そして逃げなかった。

次に起きることは、あまりにあっけなく思える。俺はメアリーに正しい方向を教えてやり、そしてすぐにあの二人の男に出くわし、正しい方向を指してやる。そして最初の場所に戻っていて、戻る道を、しかもここまで手早く見つけられたことが信じられず、心の中で考える。**こうやって人生は変わっていくものなのか？ ロジャーは毎日こういう気分なのか？ 何か決めるたびにこう感じるのか？**

「フランシス」と俺は言う。

やつはびくっとして振り向き、笑みを浮かべる。「カウボーイか」と言う。

「出口を見つけた。家に帰る準備はいいか？」

「おうよ」と彼は言う。「ロジャーとあのガキを待ってるだけさ」

するとまたもや自分でも驚いたことに、「行けよ、タイロンは俺がどうにかできる」と俺は彼に言う。

やつは躊躇うが、俺はしっかりやつを見つめる。今まで誰にも向けたことのない目つきだ。**俺に任せろ、**という目つき。**俺にはやるべきことがある、ここは俺に任せて、他のみんなを助けるんだ、いいか？** という目つき。ともかく、その手のことを伝えている。

その目つきが何を伝えているにせよ、フランシスはそれに応えて離れていき、ロジャーはタイロンの体重に耐えながら、「何をぐずぐずしてる？」と声を上げる。

俺はかがみ込んでタイロンの体をつかむ。思っていたほど重くはなく、持ち上げても天井は崩れないし、つかんでいる両腕がずり落ちてもいかないし、タイロンの重みでつんのめって落ちてしまうわけでもなく、悪いことは何も起きず、俺としてはこれからの人生はそうなっていくんだろうという思いが頭にじわじわと染み込んでいくに任せる。ようやく天井に引き上げると、俺はタイロンに微笑みかけて軽く頭を撫で、勇敢だったな、俺たちは誇らしく思うぞとか、俺は君が誇らしいよとか声をかけると、タイロンも笑顔になって「こっちこそ」とか「ありがとう、カウボーイ」なんて返してきて、それから俺はタイロンを先に行かせる。

そしてまさにそのとき、何かおかしなことになったと俺は気づく。

＊

タイロンが四つん這いになって通っていったあと、俺がかがんで天井の穴からロジャーを見下ろすと、あいつも俺を見上げている。一体どうして全員を上げたのか、誰が感染してるのかとロジャーに訊こうとするが、何か口にする前に、二つのことが起きる。

最初に起こるのはこれだ。扉が荒っぽく開き、荒れ狂うやつらの波が物置になだれ込み、引っ掻き呻く死人みたいな灰色の手足や血みどろの頭が群れていて、**ロジャーがやられちまった**、と俺は思う。

次に起きたのは――まだ俺を見上げているロジャーが、蛆がわいたみたいな腐った歯を俺に向けて剝き出す。

そして跳びかかってくる。

俺はすんでのところで頭を引っ込める。間一髪だ。ロジャーの死んだ両手が天井に開いた口から伸びてきて、俺の体のどこでもいいからやみくもにつかもうとするのが見える。そしてもう一度、さらにもう一度跳び上がり、棚や箱が床に落ちる音が聞こえ、ゾンビみたいな化け物が、登って俺たちを追ってくるために箱を積み上げたりできるのかどうかはよく知らないが、それを自分の目で確かめたくないことはよく知っているので、俺はそこを離れる。

＊

その時点から、すべては悪い方向に進む。

天井に開いた穴に出くわし、ちらりと下を見てみると、名前を知らない男のうちのひとり、というかその男の体の一部が目に入る。とにかくどれがそいつなのか、いやそいつだったのかもよく分からないくらいにやつらはそいつを細かく引きちぎってしまったらしい。

一瞬、どういう基準でやつらは食い尽くす人間と感染させる人間を区別するのかという疑問が湧いてくるが、それを考えてる暇はない、というのも警備員のフランシスが前にいて、天井のところに戻ってこようともがいているのが見えるからだ。突然、俺たちは脆いタイル、あるいは脆くなったタイルに囲まれているらしい。警備員の友人フランシスを助けてやるべきだとは思うが、あの巨体と運命をともにして下に落ちたいとは思わない。俺はやつのそばを素通りする。嫌な気分だが、仕方がない。俺は素通りし、そしてタイロンの声がするそちらに向かう。

タイロンはぶら下がる自分の両足を見下ろし、それからどうにか細い金属の支柱をつかんでいる自分の両手を見上げる。俺のことは見ていない。目が恐怖に狂ってるか虚ろになってるか、はたまた見えなくなってるのか。やつらの集団がタイロンめがけて飛びかかっていて、スニーカーの端をかすめている。少しでも協力し合えば、やつらは獲物を手に入れられる。

だが、タイロンはそれほど重くはない。それに子供だ。

俺が片腕をつかむと、触られてタイロンは悲鳴を上げ、体をよじって振り払おうとするので、あやうくあいつを落としそうになる。つかんだまま体を揺さぶってタイロンの名前を何度も繰り返し呼ぶが、通じているのかは結局分からない。天井が足の下で崩れ、俺は落ちる。

やつらを不意打ちした格好になって、上から落ちた衝撃で二人か三人を床に倒す。タイロンの白い靴が頭上の暗がりにすっと消えていくのが見えて、俺はもうお陀仏だがタイロンを火の手から守ったという事実に少し誇らしくなる。

するとやつらがのしかかってきて、手の届くものを手当たり次第につかんでくる。その悪臭に俺は息が詰まり、今や腐ったやつらの服の切れ端が俺の口や鼻や目にかぶさってきて吐きそうになる。だが連中は数が多すぎるうえに、俺をつかもうと一斉に身を乗り出してくるから、ほんの一瞬、俺は繭の中にいるような状態になる。大きく動く腕や歯や足でできたエアポケットだ。そのときひとりが俺の顔めがけて派手に腕を振ってきて、その空気がシュッと動く音が聞こえ、拳が鼻をかすめていくのが分かるくらい近くに感じるが、その腕はやつらの体の奥深くに当たり、破れたどこかのポケットからタバコの箱をひとつ弾き出し、それに続いてライターが落ちる。

俺がひとりに火をつけると、そのすぐそばにいるやつらは乾いた焚きつけのように炎に包まれる。

＊

そして俺は走っている。今しがた自分がやってのけたこと、それが俺にとって意味するものにすっかり舞い上がっている――ショッピングモールから脱出したというだけでなく、人生から、それまでの人生から、あの退屈な自分自身から脱出したということに。

俺は心の中で考える。**これでよかったんだ。何もかも。**

そして、ロジャーや警備員やその他の人類のことを考えればもっと嫌な気分になるべきなのかもしれないが、俺たちにはこうした瞬間が必要なのかもしれないと考えてしまう自分がいる。静寂の瞬間ではなく、俺たちの人生が暴力的な悲劇、怪物、ゾンビどものせいでひっくり返される瞬間だ。それなくして、どうやって俺たちは夢見た男たちや女たちに出会えるのか？　どうやって過去の過ちを償えるのか？　どうやって自分の真の姿――勇気や思いやり、強さ、知性――を見せられるのか？

そうだ、どうやって？

すると、思いがけず俺は足を滑らせる。目と足が別々のほうを向いていたうえに、床に濡れていたところがあったのか血だまりがあったのか、それとも灰色の肉片がひょっこり落ちていたのか、俺のブーツのつま先に粘着性の物質がくっついていたのか、ともかく俺は前に倒れる。ここまで不意を突かれてここまで派手に倒れると、想像をはるかに越える痛みで、息ができない。

床に倒れ込むとき、視界の片隅に、やつらがやってくるのが見える。だが俺はまだ終わってはいない。立ち上がれる。俺は立ち上がって走り出し、今までの人生でなかったほど力強く速く走ることができる。俺はあの扉にたどり着いて一気に通り抜け、駐車場に出て自分の車を見つけることができる。あんなやつらには追いつかせたりしない、この人生をやり直せる。テレビを観る時間を減らそう。もっと外に出よう。迷子の動物たちを引き取って、チャリティーマラソンに寄付をして、交差点では右も左も見て渡ろう。姉に電話して、結婚式の日に言ってしまったことを謝ろう。この心を愛に開こう。

俺はこれを生き延びられる。俺は走れるし、人生は違うものになるだろうし、俺は振り返らない。アクセルをふかして駐車場からするりと抜け出したら、車のない高速道路に入って、今やすっかり無人になってしまった通りを振り返らず、一度たりとも振り返らずに、次々に飛ばしていく。

訳者あとがき

過去十五年のアメリカ文学において、奇想や幻想は主戦場となってきたと言っていい。リアリズムから大きく外れた幻想的世界を作り上げる作家の登場は、もはや日常の風景になっている。とりわけ短篇作家に、その傾向は顕著である。エイミー・ベンダー、ケリー・リンク、カレン・ラッセル、セス・フリードなど、それこそ枚挙にいとまがない。そこに投入された強力な新兵器が、マヌエル・ゴンザレスである。二十年間旋回し続ける飛行機、小型化した妻、全身の筋肉が萎縮した音楽家、オフィス勤めのゾンビ……。いざ読み出すと癖になる独特の中毒性は、この作家が「二番煎じ」などとはまったく違う次元にいることを教えてくれる。

マヌエル・ゴンザレスは一九七四年、テキサス州プレイノで生まれた。名前が示すとおり、メキシコからの移民一家の出身であるが、移民三世にあたる彼は、テキサスに暮らすいたって平凡なアメリカの少年として、テレビドラマやゲームに浸かって育ったという。

大学に進学したゴンザレスは、最初は弁護士になろうと考えていたため、文章力を養うクラスを中心に受講していた。それが大学二年のときに思いつきで短篇小説を書いたことをきっかけに、創作の面白さに目覚め、法律から文学に志望を変更し、コロンビア大学の大学院創作科に入学する（ちなみに、創作科の同期で彼と親交のある作家には、『奪い尽くされ、焼き尽くされ』のウェルズ・タワーと、「天才賞」と呼ばれるマッカーサー基金に選ばれたディナウ・メングストゥがいる）。それまではアメリカ文学の古典を読むことが多かった彼だが、創作科の授業でジョージ・ソーンダーズ、エイミー・ベンダー、ブライアン・エヴンソンといった同時代のアメリカ作家たちに触れつつ、自分なりの作風を見出していく。

卒業後、ゴンザレスは故郷のテキサス州に戻り、六歳から十八歳を対象に文章の指導をする非営利団体「オースティンのコウモリ洞窟（Austin Bat Cave）」の所長を務めるかたわら創作に励み、二〇一三年に本書『ミニチュアの妻』でデビューした。現在はケンタッキー大学の大学院創作科で教鞭をとっている。

ポップカルチャーやSF的な要素を作品の設定に用い、そこから個人の抱え込んだ妄念や、歪んだ世界の姿をえぐり出していく、それがゴンザレスの作風だと言えるだろう。破天荒な設定を借りつつ、人はなぜ虚構を作り出すことに惹かれるのか、人生において主体性とは何かという問いや、慣れ親しんだ日常（たとえば聴覚や動物の存在）の奇妙さなどが追求されていく。ゴンザレスの奇想というレンズを通して眺めれば、平穏な世界は一気に異様な姿をあらわにする。

とはいえ、主題の奇妙さと対照的に、語りそのものは、ジャーナリストが書くような冷静な文章で進められるものが多い。とりわけ、架空の取材記という体裁や、百科事典の形式を借りた短篇に、それは典型的に現われている。冒頭からいきなり提示される世界の非現実性と、あくまで現実描写に徹したような文章の融合が、抜け出すことのできない微熱のような感覚を『ミニチュアの妻』全体にもたらしている。
ゴンザレスの文体におけるもうひとつの特徴は、しばしばセンテンスが長大になる点にある。語り手の言葉は、右に左にハンドルを切りながら車を走らせるようによろめく思考に乗りつつ、奇妙な軌道を描いて進んでいく。走り終わってみればさして前に進んでいないことが多いにもかかわらず、その揺れ具合はなぜか癖になるのだ。とはいえ、その文章の不可思議な魅力が翻訳でどの程度再現できているのかとなると心もとないのだが……。

本書の冒頭を飾る短篇は、「操縦士、副操縦士、作家」である。ダラス・フォートワース空港から離陸直後に飛行機がハイジャックされた。さては自爆テロ攻撃か？ と緊張が走ってもおかしくないのだが、飛行機はそのままダラス上空を旋回し続け、二十年が経過する。長期間にわたって飛び続けるなかで、操縦士、副操縦士、語り手である作家の各人にとって、空の上でもうひとつの人生も巡り続ける。

表題作でもある「ミニチュアの妻」は、文字どおり妻をミニチュア化してしまった男の語りによる奇妙な家庭劇である。小型化を専門とする謎の仕事に就いている語り手は、どういうわけか偶然、家で妻をマグカップ大に縮めてしまう。家庭に仕事は持ち込まないと誓ったのに……と、いささか的外れな後悔の念を覚えつつ、主人公は妻を元に戻すべく悪戦苦闘する。しかし、解決策が見出だせないなか、夫婦の関係は変質していき、家庭は夫婦にとってのサバイバル空間に変貌していく。
「早朝の物音」は一転して、音に怯える一組の夫婦をめぐる謎めいた状況が進行するにつれて、二人にとって音とは何か、彼らが何をしたのかが明らかにされていく。平凡な住宅街での生活に、「音」をめぐる幻想性が次第に入り込むにつれ、凍結したような世界の風景が次第にあらわになる。

音という主題は、続く「音楽家の声」でも展開される。主人公は作曲家だが、難病のために全身の筋肉が固く萎縮し、四歳児の大きさにまで縮んでしまっている。当然ながら、口も舌も声帯も筋萎縮のために動かせないのだから話せるはずがないのだが、どういうわけか彼は言葉を発している。一体なぜなのか？　語り手が行なう周囲への取材や、人間の耳をめぐる詳細な医学的説明に惑わされた先には、驚きの真相が待ち受けている。

「殺しには現ナマ」は打って変わってラフな語り口で、犯罪の後始末をめぐる不手際の一幕が語られる。ここでも、最初は限定されていた視野が語りのなかで広がっていくにつれ、思いもかけない光景が姿を現わすというゴンザレスの特徴がいかんなく発揮されている。

本書を貫く関心のひとつが、動物という存在の奇妙さである。「動物たちの家」は、荒廃した故郷の住宅地に戻ってきた若者と、そこで出会った女の子ウェンディとの奇妙な同居生活を描く。どこかコミカルな青春の出会いは、ウェンディが近くに動物だらけの家を見つけたことで変化していく。やがて、正体不明の襲撃者が出現し、物語は一気に緊迫度を増していくことになる。

「僕のすべて」の語り手はゾンビである。彼はビルの十二階にあるオフィスで働いている。人肉を食べたいという衝動に日々抗い、自宅で大量のガラス製品を壁に投げつけてはストレスを発散している。そんな身ではあるが、彼は受付嬢のバーバラに好意を寄せている。しかし相手は既婚女性、自分はゾンビ、所詮は叶わぬ恋だと思っていたところに、事態は急展開する。ゾンビはみずからの人生、いや人ならぬ生に希望の光を見るのだが……。

奇妙な語り手ということでは、「キャプラⅡ号星での生活」がさらに上を行っているかもしれない。主人公の兵士は、宇宙に進出した〈新世界連邦〉によって入植者が送り込まれた星で、猛威をふるう数々のモンスターとロボットを相手に日々激闘を繰り広げる。なぜ自分はこんな世界にいるのか？

なぜ過去数分間しか記憶がないのか？　憧れの女性ベッキーとのデートは実現するのか？　そして何よりも、見捨てられた星で戦う自分は何者なのか？

ゴンザレスのもうひとつの関心事である、人間と虚構の関係を最もよく見せてくれるのが「セバリ族の失踪」である。一九七〇年代、グラントとハモンドという若手の文化人類学者が南太平洋に浮かぶ小さな島で未開の部族セバリ族を発見し、長期にわたって詳細な観察を続け、本格的な研究書を発表する。一躍学界のスターとなった二人はしかし、唐突に姿を消す。それをきっかけに、壮大な研究捏造事件が明るみに出る。それを独力で解明した若い大学院生デニーズへの取材記という形で進行するこの短篇は、人間にとってフィクションとは何なのかという問いを突きつけてくる。

「角は一本、目は荒々しく」は、テキサス州ヒューストン郊外での家庭ドラマとして進行する。幼なじみである語り手とラルフは、近所にそれぞれ家を構えているが、ある日ラルフがある中国人からユニコーンを格安で購入したことをきっかけに、二人揃って家庭を疎かにするようになり、二つの家族の力学は大きく崩れていく。そのプロセスが奇妙なほどじっくりと、崩壊する当人によって語られることによって、物語には不気味な輝きが与えられている。

ふたたび動物という主題を取り上げ、狼男の物語を語り直す「オオカミだ！」は、テキサス州での野鳥観察旅行で犬に噛まれた父親が凶暴な狼男に変身する様子と、それを退治しようとする母親と息子の奮闘が語られる。これまた奇妙な家庭劇ではあるが、息子による冷静な語り口によって、怪物性の境界はじわりと広がっていく。

「さらば、アフリカよ」は、日本沈没ならぬアフリカ沈没の物語である。とはいえ、記念式典を取材するジャーナリストの語りが始まった時点で、アフリカ大陸はすでに水没している。物語の中心となるのは、大陸が沈没したという大事件ではなく、それを追悼するために開催された博物館の開館パーティーでの不手際の数々である。何もかも思いどおりに進行しないまま、ハイライトとなるスピーチの時間を迎えるのだが……。

最後を飾る「ショッピングモールからの脱出」では、ふたたびゾンビが登場し（ただし語り手は人間）、既存のゾンビ物語のパターンを拝借した設定になっている。ヒューストン郊外のショッピングモールにいた語り手たちが、突如出現したゾンビらしき怪物の群れから逃れ、物置部屋に隠れている。彼らがそこから脱出を試みるなかで、人生を自分のものとして生きるとはどんなことなのか、という哲学的な問いが浮かび上がりそうになったところで、物語は突如として緊迫と脱力の展開を迎える。

そうした短篇の間にちりばめられるように、「その奇特なる人生」という副題をもつ掌篇が五つ置かれている。道化を演じる東欧の民に魅せられた近世のイングランド人、代替臓器を発明しようとした十九世紀のアメリカ人科学者、絶滅したはずの言語を学習もせずに話し出す二十世紀の詩人……当初はひとつの短篇に事典形式で収められていたという、これらの超短篇が各所に挿入されることにより、本書全体に独特のリズム感がもたらされている。

本書の発表後も、ゴンザレスはコンスタントに執筆を続けている。短篇小説を引き続き発表するほか、新作にあたる第一長篇 *The Regional Office Is Under Attack!* も完成させ、二〇一六年春にアメリカで刊行が決定している。舞台は闇の勢力に屈しようとする世界で、そこでは超能力をもつ女性殺人者による組織がその勢力と戦っている。しかしある日、その組織に闇の手が伸びてくる……。それだけを読めば既視感を漂わせる設定ではあるが、そこはゴンザレスのこと、一ひねりも二ひねりもある物語を楽しませてくれそうな予感でいっぱいである。

本書の翻訳にあたっては、企画段階から白水社編集部の金子ちひろさんにご尽力いただき、訳稿を練り直していく段階では金子さんと藤波健さんにお世話になった。いつもながら頼りない訳者を辛抱強く、的確に支えていただいたことにこの場を借りてお礼申し上げる。また、作家の藤野可織さんに帯文をお願いしたところ、快く引き受けていただいた。ゴンザレスの作品が日本で船出するにあたって、最高のサポートを与えてくださったことに感謝したい。

最後に、我が家を四つん這いで走り回る動物好きの娘と、この不思議な世界で人生をともに歩んでくれる妻に、本書の翻訳を捧げたい。

二〇一五年十月　京都にて

藤井光

訳者略歴
一九八〇年大阪生まれ
北海道大学大学院文学研究科博士課程修了
同志社大学文学部英文学科准教授
主要訳書
D・ジョンソン『煙の樹』、S・プラセンシア『紙の民』、R・カリー・ジュニア『神は死んだ』、P・ユーン『かつては岸』（以上、白水社）、W・タワー『奪い尽くされ、焼き尽くされ』、D・アラルコン『ロスト・シティ・レディオ』、T・オブレヒト『タイガーズ・ワイフ』、S・フリード『大いなる不満』（以上、新潮社）、L・ダレル『アヴィニョン五重奏』（河出書房新社）

〈エクス・リブリス〉
ミニチュアの妻

二〇一五年一二月一〇日 印刷
二〇一五年一二月三〇日 発行

著者 マヌエル・ゴンザレス
訳者 © 藤井光（ふじい ひかる）
発行者 及川直志
印刷所 株式会社三陽社
発行所 株式会社白水社

東京都千代田区神田小川町三の二四
電話 営業部〇三（三二九一）七八一一
編集部〇三（三二九一）七八二一
振替 〇〇一九〇-五-三三二二八
郵便番号 一〇一-〇〇五二
http://www.hakusuisha.co.jp
乱丁・落丁本は、送料小社負担にてお取り替えいたします。

誠製本株式会社

ISBN978-4-560-09043-5

Printed in Japan

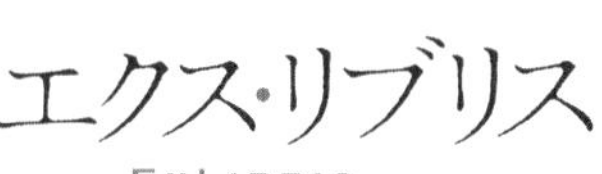

キルメン・ウリベ　金子奈美訳

ムシェ　小さな英雄の物語

第二次大戦下、反ナチ抵抗運動の作家ムシェとバスクの疎開少女の悲運。愛する人の喪失とその克服、戦争の記憶の回復を試みる。『ビルバオ―ニューヨーク―ビルバオ』の異才による待望の最新長篇！

ハリ・クンズル　木原善彦訳

民のいない神

砂漠にそびえる巨岩「ピナクル・ロック」。そこで起きた幼児失踪事件を中心に、先住民の伝承からUFOカルト、イラク戦争、金融危機まで、予測不能の展開を見せる「超越文学（トランスリット）」の登場！

呉明益　天野健太郎訳

歩道橋の魔術師

一九七九年、台北。物売りが立つ歩道橋には、子供たちに不思議なマジックを披露する「魔術師」がいた――。今はなき「中華商場」と人々のささやかなエピソードを紡ぐ、ノスタルジックな連作短篇集。

甘耀明　白水紀子訳

神秘列車

政治犯の祖父が乗った神秘列車を探す旅に出た少年が見たものとは――。台湾の歴史の襞に埋もれた人生の物語を、ストーリーテリングの名手が情感をこめて紡ぎだす傑作短篇集！

ラモーナ・オースベル　小林久美子訳

生まれるためのガイドブック

私たちは何度も生まれ変わる。誕生、妊娠、受胎、愛を主題に、風変わりな出来事に遭遇するごく普通の人々を描く。米で大絶賛の新星による、チャーミングな短篇集。